신경향파 문학의 재인식

신경향파 문학의 재인식

저자_문학과사상연구회

유성호(柳成浩, Yoo Sung Ho) 한양대학교 국어국문학과 교수
김신정(金信貞, Kim Shin Jung) 한국방송통신대학교 국어국문학과 교수
이현식(李賢植, Yi Hyun Shik) 인천문화재단 한국근대문학관 관장
김재용(金在湧, Kim Jae Yong) 원광대학교 한국어문학부 교수
김재영(金宰瑩, Kim Jae Yeong) 연세대학교 국어국문학과 BK 연구교수
한수영(韓壽永, Han Soo Yeong) 연세대학교 국어국문학과 교수
손유경(孫有慶, Son You Kyung) 서울대학교 국어국문학과 교수
최병구(崔竝求, Choi Byoung Goo) 성균관대학교 동아시아학술원 연구원
하정일(河聲日, Ha Jeong Il) 전 원광대학교 한국어문학부 교수

신경향파 문학의 재인식

초판인쇄 2016년 1월 20일 **초판발행** 2016년 1월 30일
지은이 문학과사상연구회 **펴낸이** 박성모 **펴낸곳** 소명출판 **출판등록** 제13-522호
주소 서울시 서초구 서초중앙로6길 15, 1층
전화 02-585-7840 **팩스** 02-585-7848 **전자우편** somyungbooks@daum.net **홈페이지** www.somyong.co.kr

값 20,000원 ⓒ 문학과사상연구회, 2016
ISBN 979-11-5905-049-7 93810

신경향파 문학의 재인식

A New Understanding of the Anti-Conventional School Literature

문학과사상연구회

1.

　최근 우리 문학 연구의 지형은, 빠른 주기로 대체되곤 했던 담론의 주류성이 급격히 소멸하면서, 담론적 귀속성 여부보다는 문학사의 자료가 되어온 문학 현상이나 시대를 되살피고 그것을 꼼꼼하게 재구하는 일에 가파르게 경사되고 있다. 시대와 조건이 달라져도 문학 연구가 근본적으로 지켜가야 할 기율과 가치는 어떤 것인가 하는 고전적이고 원론적인 성찰이 대두한 것도 바로 이 같은 시대적 분위기 때문일 것이다. 물론 그것은 지난 시대에 대안적 위상을 차지했던 연구 경향을 무반성적으로 따라가거나 폐기하는 것이 아니라, 지금의 시대적 상황과 문학 연구라는 형식의 관련성에 대한 메타적 통찰의 축적을 요구하는 일이기도 하다. 이러한 요청에 답하듯, 우리 문학과사상연구회에서 또 한 권의 재인식 시리즈이자 근대한국학총서의 하나인 '신경향파 문학의 재인식'을 펴낸다.

　1920년대 이후 한국문학은 식민지 시대의 궁핍한 현실에 대한 형상화를 꾸준히 이어왔다. 그러다가 당대 주요 담론으로 부상한 사회주의의 영향과 함께 한국문학은 일종의 공동체적 관심을 보이면서 보다 더 넓고 활발한 구도를 형성하게 되는데, 이 과정에서 생성된 것이 바로 신경향파 문학과 프로문학이다. 특별히 러시아 혁명 후 일본을 경유하여 유입된 사회주의 사상이 근원적으로 매개되면서, 신경향파 문학과 프로문학은 식민지 현실에 대한 날카로운 대응의 형태를 띠고 등장하게 되었다고 할 수 있다. 문학과사상연구회는 이 가운데 '신경향파 문학'을 연구 과제로 삼았다.

2.

모두 아홉 분의 원고가 모였다. 제1부에서는 신경향파 문학 가운데 시와 비평의 지형을 다룬 글을 수록하였다. 먼저 유성호의 글은 신경향파에서 카프로의 인적 연속성이 단절되었다는 점에 주목하여, 이러한 속성이 그들 자신의 내적 기질에서 연유하는 것이기도 하고, 외적 기율이나 경험의 차이에서 발생하는 것이기도 하다는 점을 밝혔다. 신경향파시가 주목했던 민족 패러다임은 경험적인 것인 데 비해, 카프 시인들이 받아들였던 마르크시즘은 추상적인 것이었다는 점, 그리고 신경향파시가 주목했던 '검'이나 '신' 같은 종교적 개념이 소멸하고 일방적으로 과학성으로 경사된 것도 카프로의 이월이 신경향파시의 어떤 가능성을 지워버린 실례라는 점을 논증하였다. 그래서 카프로 이월하면서 소진된 신경향파시의 시적 가능성과 자산을 중요하게 보려 하였다.

김신정의 글은 조명희 문학의 일관성과 역동적 변화를 포착하고 그 의미를 규명하기 위해, 인문지리학의 개념에 착안하여 '장소성'과 '장소상실'의 의미와 양상을 규명하였다. 조명희 문학에 대해 '장소' 개념을 도입함으로써, 동경 유학과 귀국, 소련 망명으로 이어지는 그의 삶과 문학적 여정의 일관된 테마와 역동적 변화를 포괄하고, 망명 이전과 이후의 문학 세계를 같은 층위에서 논의한 것이다. 피식민지인으로서 식민주의를 극복하려는 태도가 조명희의 삶과 문학에서 끊임없는 이동과 이주를 낳았고, 이동하는 주체로서의 타자적 시선이 그의 문학에서 현실을 객관적으로 드러내는 역할을 한다는 점을 밝힌 것이다.

이현식의 글은 김기진의 1920년대 카프 시절 비평을 다루었다. 그동안 이 시기의 비평사 연구에 대한 반성, 곧 카프 조직 중심의 연구나 논쟁 중심적 연구로부터 벗어나 한국 근대문학 이론의 발전사라는 측면을 부각하려는 의지가 반영된 글이다. 카프 시절 김기진의 글들을 검토함으로써 한국근대문학비평사의 한 축을 재구성하였다. 내용 형식 논쟁과 대중화 논쟁, 변증적 사실주의의 주장에 이르기까지 그 나름의 문제의식 아래 비평사의 핵심적 국면을 장식하는 글들을 꼼꼼히 읽어냈다. 더불어 김기진과 유사한 문제의식을 가졌지만 문제를 구성하는 방식은 달랐던 염상섭의 존재를 재조명하고 있다.

김재용의 글은 염상섭 글에 대한 메타적 분석의 결과이다. 염상섭이 주장했던 민족운동과 사회운동의 관계, 프로문학과 비프로문학의 관계에 대한 성찰을 보여주었다. 염상섭은 프로문학이 민족 문제에 대해 무지했던 것을 비판해야 하고 계급 문제에 소홀했던 국민문학론은 편협함을 넘어서야 한다고 보았으며, 민족을 초역사화시키는 민족주의에 대해서도 비판적이었고 민족 문제를 정신상의 문제로만 보았던 관념적 사회주의에 대해 비판적이었다는 것이 김재용의 논지이다. 이러한 염상섭의 논지는 홍기문과 김기진으로부터 비판받았지만 해방 직후 민족문학론으로 수렴되는 것을 고려할 때 대단히 중요한 이론적 논의를 펼친 것이라고 논자는 보고 있다.

3.

제2부에서는 신경향파 소설의 해석을 담았다. 모두 네 편이 실렸는데, 최서해와 송영 문학이 주로 다루어졌다. 김재영의 글은 최서해 초기 소설의 특성과 그에 드러나는 세계인식에 다가가기 위해 첫 발표작인 「토혈」의 개작 과정에 주목하였다. 「토혈」을 「기아와 살육」으로 변화시키는 과정에 초기 최서해 소설의 지향이 응축되어 있는 것으로 판단했기 때문이다. 잔혹과 공포를 결합시키고 있는 작품을 통해 최서해가 드러내고 있는 것이 '더 나은 세상'에 대한 비전이라기보다는 '처참한 파국'의 공포에 대한 상상임을 논증하였다. 더불어 최서해 소설 안에 이들과 다른 지향을 보여주는 것들도 존재하고 있다고 보았다.

한수영의 글은 최서해 소설을 재독하기 위해 '분노'라는 정서 혹은 감정을 키워드로 삼았다. 최서해 소설을 '분노'를 중심으로 읽으면서, 기존 연구와 비평이 놓치고 있는 지점들을 환기하였다. 우선 '분노'가

특정 작품들에만 집중 배치되어 있는 것처럼 이해해온 기존 독법을 확장하여, '분노'가 텍스트 표면에 노출되는 작품은 물론, 그런 감정의 폭발이 전면에 드러나지 않는 작품의 경우에도 '분노'가 응축되는 서사구조의 내부 갈등을 해석하였다. 그럼으로써 '분노'의 기원이 빈곤과 비인간적 억압의 고통 때문만이 아니라, 좀 더 근본적으로는 사상과 지적 편력 속에서 형성된 세계인식과 관련된 것이며, 아울러 최서해 소설에 등장하는 '분노'의 주체는 감정의 과잉과 '광기' 이전에 윤리적 주체이며 지적 주체임을 확인하였다.

손유경의 글은 '빈궁'이나 '체험' 대신 '연애'나 '열정' 같은 키워드를 독해의 지침으로 삼아 최서해 소설 연구의 새로운 지평을 열었다. 체험에 근거한 현실 폭로라는 문학사적 평가가 최서해 작품에 등장하는 청년들의 내적 열정의 문제를 간과하게 만들었다는 문제의식 아래, '연애냐 혁명이냐'라는 갈림길에 서서 고뇌하는 주인공의 내면을 본격적으로 고찰하였다. 특별히 연애는 혁명과 치열하게 경합하는 가치로 그려져 있다는 것이 글의 논지이다. 여기서 주인공들은 서로 다른 고유의 존재 근거를 가지는 인간 조건의 두 영역, 즉 연애와 혁명을 위계적으로 평가함으로써, 연애와 관련된 뿌리 깊은 콤플렉스를 해소하려 한다는 것이다.

최병구의 글은 프로문학에 나타난 정념의 문제에 주목하였다. 식민지 프로문학은 물질적 조건과 거기서 촉발된 사건에 근거하면서도 그것을 돌파하는 동력을 정념으로부터 얻게 되는 문화예술의 성격과 연동된다는 것이다. 프로문학을 정념의 서사로 읽음으로써 프로문학에 스며들어 있는 당대 사회에 대한 작가 개인의 감각과 '정치적 공동체'

의 절합 과정을 질문한 것이다. 특별히 지배 권력이 제도화된 시스템을 이용하여 이러한 감정 상태를 '합법'이라는 이름으로 조작하고 통제한다는 점을 고려하여, 이러한 맥락에서 프로문인이 느낀 분노나 공포, 슬픔이 자본주의적 국가권력의 폭력에 대항한 정치적, 사회적 실천을 위한 중요한 기제로 작동함을 밝혔다. 글은 이러한 과정을 송영소설을 중심으로 살폈다.

4.

마지막으로 제3부에서는 하정일 교수의 유고와 연보를 실었다. 이 글은 신경향파 문학론이 민족주의와 밀접한 친연성을 지니고 있다는 점, 그리고 민족주의는 신경향파 문학론의 중요한 사상적 원천이라는 전제를 깔고 있다. 다만 부르주아 민족주의가 부르주아를 중심으로 한 위로부터의 민족을 상상한 데 비해 신경향파 문학론은 민중이 중심이 된 아래로부터의 민족을 기획했다는 것이다. 그 점에서 신경향파 문학은 낭만주의, 자연주의, 민족주의를 급진화한 문학이고, 마르크스주의와의 만남 또한 낭만주의, 자연주의, 민족주의가 급진화하는 과정에서 이루어진 내발적 귀결이 아닐까 하는 것이 논자의 주장이다. 공통감각의 차원에서 보면 유미주의, 낭만주의, 자연주의, 신경향파 문학 등 1920년대 문학의 주요 분파들은 동질적이면서, 낭만주의, 자연주의,

민족주의는 그들에게 이론이나 이념 이전에 감성 혹은 정서로 내면화되어 있었다고 논자는 보고 있다. 이 글은 문학과사상연구회 세미나 때 초고로 발표된 것인데, 그만큼 미완의 글이 아닐 수 없다. 비록 짧은 글이지만 하정일 교수의 문제의식과 정확한 문장과 선명한 주장이 잘 녹아 있어서, 그 어느 글보다도 하정일다운 흔적이라 할 수 있다. 이번 책에 이 초고를 찾아 실을 수 있게 되어 다행으로 생각한다. 더불어 이번 책은 하정일 교수에 대한 우리 문학과사상연구회의 추모의 마음을 담아 펴낸다는 점을 부기하고자 한다.

하정일(河珽日, 1959~2015)의 학문 세계는, 한 시대의 주류적 담론에 대하여 일종의 대항 담론을 구상하고 실천하려 했던 한 근대문학 연구자의 뚜렷한 궤적을 만나는 일과 크게 다르지 않다. 그를 오랫동안 만나 본 경험으로나, 사석에서 이런저런 이야기를 풀어간 기억으로나, 그의 글을 오랫동안 읽어온 감각으로나, 우리는 하정일이 언제나 명료하고 정확한 사람이었다고 확실하게 말할 수 있다. 그의 언어에는 의뭉한 안개 지수나 자기 분식의 현학적 미로가 전혀 없다. 그래서 우리는 하정일을 떠올릴 때, 그가 한국 근대문학의 대항 담론을 명료하고 정확하게 구축해낸 몇 안 되는 우리 시대의 연구자였음에 상도(想到)한다.

하정일 교수는 모두 다섯 권의 개인 저서를 냈다. 출간 순으로 밝히면 『민족문학의 이념과 방법』(태학사, 1993), 『20세기 한국문학과 근대성의 변증법』(소명출판, 2000), 『분단 자본주의 시대의 민족문학사론』(소명출판, 2002), 『탈식민의 미학』(소명출판, 2008), 『탈근대주의를 넘어서 ─ 탈식민의 미학 2』(역락, 2012) 등이다. 더불어 그는 『한국근대민족문학사』(한길사, 1993) 같은 공동 저작이나 『홍염(외) ─ 최서해』(범우사, 2005), 『하근찬 선집』(현대문학, 2011) 같은 편서도 펴낸 바 있다. 이 모든 저작들에 대체로 그의 지적 기획과 실천이 잘 드러나 있다고 보아도 좋을 듯하다.

그는 길지 않은 생애 동안 비교적 지속적이고 일관된 담론적 자장을 완성하고 우리 곁을 서둘러 떠났다. 그 자장을 시기적으로 일별해보면 민족문학론, 리얼리즘론, 근대성론, 분단 자본주의론, 탈식민론 등으로 개괄할 수 있을 것이다. 여기서 우리는 그 구상의 저류(底流)에 흐르는 것이, 한국문학의 탈식민성에 대한 그의 지속적 사유와 실천이었을 것이라고 생각해본다. 하지만 이처럼 자신만의 사유와 담론적 실천을 생애 내내 펼쳤던 그는 너무도 아쉽게 떠나갔다. 사실 그는 임화 관련 단행본을 준비했었고, 임화 평전을 필생 저작으로 생각하기도 하였다. 그 연구가 세상에 나오지 못하고 그의 학문적 생애가 중단된 것이 못내 아쉽고 아쉬울 뿐이다. 더불어 우리는 그와 나누었던 오랜 순간과 언어와 감각을 재생해본다. 아마도 한동안, 아니 오래도록, 지워지지 않을 것이다. 먼저 떠난 그의 학문과 인간을 흠모하면서, 그의 평안과 명복을 마음 깊이 빌어마지 않는다.

더불어 이 책을 내주시는 소명출판 박성모 대표께, 그리고 연세대학교 근대한국학연구소에 깊은 사의를 표한다.

2015.12.

문학과사상연구회

제1부
신경향파 시와 비평의 지형

신경향파시의 시적 가능성과 자산

유성호

1. 신경향파시의 문학사적 맥락

한국 근대 시문학사에서 3·1운동 전후로부터 1920년대 초중반에 이르는 시기는 신문, 잡지, 동인지 등의 광범위한 매체적 변화를 중심으로 폭넓은 시적 다양성을 형성하게 된다. 그리고 시인이나 작품들도 활발히 증폭되는 현상을 빚게 된다. 근대 들어서 초유의 양적, 질적 전환기 겸 도약기가 펼쳐진 것이다. 이처럼 방사적으로 넓게 퍼진 당대 창작 활동은 커다랗게 세 갈래로 나누어 범주화할 수 있을 것이다. 하나는 병적, 감상적 충동에서 발원한 이른바 낭만주의 경향이며, 둘은 민요시 혹은 전통적 의미의 서정시 계열이고, 마지막은 당대의 빈궁을 증언하고 비판한 일련의 현실주의 경향이다. 그리고 이러한 굵은 줄기 외에도 실험적으로 분출되었던 상징주의, 다다이즘시 등을 떠올릴 수 있을 것이다.

이 가운데 감상적 어조로 생래적 슬픔을 노래한 낭만주의 경향은 당대에 대한 즉자적 애상과 비탄이 주조를 이루었다. 『白潮』에서 한 극점을 이루다가 김소월에 이르러 민족적 전체성과 보편성을 얻어간 이 경향은, 어쨌든 1920년대 내내 한국 근대 서정시의 저류(底流)로 흡수되어갔다. 하지만 1920년대 중반 이후 당대 주요 담론으로 부상한 사회주의의 영향과 함께 이러한 슬픔의 시학은 궁핍한 현실과 깊이 접속되면서 한층 더 강화된 공동체적 관심을 보이면서 보다 더 넓고 활발한 시적 구도를 형성하게 된다. 다시 말해 시기적으로 보아 당시는 러시아 혁명 후 일본을 경유하여 유입된 사회주의 사상이 민족 운동의 주요한 축으로 부상하였고, 그에 부합하여 문학 운동들도 여러 갈래로 상당한 영향력을 지닌 채 펼쳐지게 된다. 우리가 대상으로 하는 이른바 '신경향파시'의 기저에는 당시 지식인 사회에 만연했던 사회주의 사상이 근원적으로 매개되어 있었으며, 이러한 상황에서 산출된 신경향파시는 식민지적 현실에 대한 날카로운 대응의 형태를 띠고 등장하게 된 것이다.[1]

---

1   김윤식은 『白潮』가 견지했던 낭만주의적 경향이 붕괴하면서 신경향파시가 태동했다고 본다. 예술적 저항과 계급적 저항을 '저항의 동질성'이라는 초점에서 파악하고 그 동질적 양상이 전자에서 후자로 전이되었다고 해석한다. 홍정선은 "순수문학의 동인지에만 역점을 두지 말고 당대의 여러 종합지에도 눈을 돌려볼 필요"를 말하면서 사회주의 사상과 진화론을 토대로 하여 팽배해진 당대의 생활 개혁 의지가 신경향파적 경향을 낳은 것이라고 논급한다. 김윤식, 『한국현대시론비판』, 일지사, 1986; 홍정선, 「신경향파 비평에 나타난 생활문학의 변천과정」, 서울대 석사논문, 1981.

신경향파의 등장 맥락을 바라보는 이러한 시각은 그에 상응하는 두 갈래의 평가를 낳아왔다. 하나는 순조로운 근대시의 발전을 가로막은 이른바 '생채기'에 불과했다는 부정적 시각이다. 말할 것도 없이 사회주의와 매개된 시적 지향에 예술성이 현저하게 부족하였고, 이는 정치 우위의 세계가 필연적으로 빚어낸 미학적 퇴행이었다는 진단으로 이어진다.[2] 다른 하나는 보다 적극적인 의미를 부여하여 프로문학의 발전도상에서 빚어진 이행기적인 의미로 한정하는 시각이다.[3] 이는 카프의 문예운동이 방향전환을 하면서부터 신경향파시와는 변별되는 프로시가 창작되기 시작하였다는 이른바 진화론적 시각이다. 이 경우 프로시는 마르크시즘 세계관을 수용하여 계급 개념에 대한 새로운 인식을 찾았으며, 신경향파시의 자연발생성에 비해 한층 더 진전된 계급적 현실 인식과 프롤레타리아의 구체적 생활에 대한 묘사를 통해 시적 현실성을 확보했다는 해석을 얻게 된다. 프로시로 나아가는 전단계의 자연발생적인 사회 시학적 성취를 신경향파시로 범주화한 결과이다.[4]

여기서 우리는 이러한 두 가지 오래된 견해를 넘어서는 차원에서 신경향파시가 한국 시의 다양성과 공적 심층성을 중요하게 계발, 발전시켰고, 나아가 프로문학의 전단계로서의 이행기적 속성이 아니라 독자적 미학으로도 매우 중요한 속성을 견지하고 있다고 파악할 수 있다.

---

2   김용직, 『한국근대시사』(학연사, 1986)가 대표적이다.

3   역사문제연구소, 『카프문학운동연구』(역사비평, 1989)가 대표적이다. 이는 임화의 견해 이후 반복적으로 변주된 것이기도 하다. 물론 임화는 소설에 한정하여 논의를 펼쳤다.

4   이러한 시각에서는 '신경향파시'를 미성숙한 프로시로 보고, 프로시를 성숙한 신경향파시로 파악하게 된다. 그래서 자연스럽게 '신경향파시 → 프로시'라는 발전 도식과 '신경향파시 + 프로시 = 경향시'라는 포함 관계 등식을 선호하게 된다. 자연스럽게 경향시의 역사는 신경향파시에서 프로시로 시간적 이월뿐만 아니라 질적 도약까지 거쳤다는 평가가 따르게 된다. 신경향파의 전환기적, 과도기적, 이행기적 속성을 강조한 시각이다.

그 핵심적인 내적 원리는 다름아닌 민족주의와 낭만성을 '비극성'이라는 미적 범주로 통합, 결속하였고, 일상어의 시적 도입을 시도하였고, 나아가 민족 현실의 전체성을 사유한 것 등에서 찾을 수 있다. 그러한 핵심 미학이 추출될 경우, 우리는 1920년대 주류 문법으로서의 신경향파를 다시 사유해볼 수 있을 것이다. 우리가 생각하는 신경향파의 주요 시인은 김기진, 박영희, 김석송, 조명희, 이상화, 유완희, 김창술, 김해강, 김동환, 박팔양 등이다. 따라서 임화, 권환, 이찬, 박세영 같은 주요 시인들은 신경향파로 포괄하기 어렵고 신경향파 이후에 자기 존재를 드러내는 이들이라고 말할 수 있을 것이다.

2. 신경향파시의 초기 단계

김기진과 박영희는 신경향파 문학의 발흥과 전개에 결코 빼놓을 수 없는 인물이다. 파스큘라 그룹의 실질적 리더였던 이들의 시적 성취가 신경향파 문학의 정점으로 이어진 것은 아니지만, 이들은 신경향파 문학에서 매우 중요한 산파 역할을 담당했고 나아가 스스로 시적 실천을 했던 행동가로서의 면모를 보여주기도 했다. 특별히 김기진은 일본에서 경험한 클라르테 운동에 감화를 받고 귀국하여, 『白潮』 3호에 후기 동인으로 참여하였다가 『白潮』를 점진적으로 해체하고 신경향파 문학으로 그 추를 옮겨간 실질적 주역이었다. 그가 『白潮』에 발표한 「한 개

의 불빛」은 민중들의 "크나큰 부르짖음"을 격렬하게 대망하는 시편이
다. 그는 그 부르짖음과 "헛되인 탄식"(「백수의 탄식」)을 현격하게 대조
시키면서 당대 지식 청년들이 취해야 할 감수성을 선언적으로 보여주
었다. 이러한 문학관은 "힘 있는 현실적 이상주의 철학이 찬란한 불꽃
을 뿌리는 것"(「발뷰스 대 로만 로란 간의 논쟁」, 1923)을 대망하는 것으로 이
어지면서 박종화가 주창한 "力의 예술"(「문단의 1년을 추억하여」, 1923)과
상통하게 된다. 그 다음 시편 역시 이러한 '부르짖음'이 적실한 은유를
얻은 경우이다. 그 은유의 매개체가 '화강석'으로 나타난다.

나는 보고 있다. ―
역사의 페이지에 낫 하나 있는
화강석과 같은 인민의 그림자를,

언제든지 인민의 대가리 위에는
別別色色의 탑이 서 가지고
그것들이 인민을 심판하고 있었다.

나는 알고 있다―
인민의 생활이 뒤흔들릴 때에는
애처롭게도 탑은 부서진다는 것을,

정치가보다도 시인보다도
꾹 담고 있는, 화강석과 같은

인민이야말로 더 훌륭한 편이 아닐는지—

오오 역사의 페이지에 낫 하나 있는, 화강석과 같은

인민의 그림자를, 최후의 심판자를,

나는 지금, 눈앞에 놓고 생각하고 있다.

— 김기진, 「화강석」 전문[5]

이러한 세계는 '역사', '인민', '생활' 등의 기표를 통해 '화강석'과도 같은 굳센 민중의 의지를 긍정하는 쪽으로 나아간다. 물론 "역사의 페이지"나 "화강석과 같은 인민의 그림자"의 충실한 내포는 문면에 드러나 있지 않다. 다만 "인민의 생활"에 대한 깊은 애정과 옹호 속에서 시인은 "정치가보다도 시인보다도" 훨씬 더 근원적이고 강인한 "화강석과 같은/인민"이 역사의 "최후의 심판자"임을 명명하고 있을 뿐이다. 선언적이고 심정적인 이러한 발화야말로, 정치 담론이라기보다는 종교적 신뢰에 가까운 낭만적 상상력의 결과라 할 것이다. 이러한 낭만적 상상력이 변주된 또 다른 실례가 포석 조명희의 시편들이다.

온 저자 사람이 다 나를 사귀려 하여도,

진실로 나는 원치를 아니하오

다만 침묵을 가지고 오는 벗님만이,

어서 나를 찾아오소서.

---

5   『開闢』, 1924.6.

온 세상 사람이 다 나를 사랑한다 하여도,

참으로 나는 원치를 아니하오.

다만 침묵을 가지고 오는 님만이

어서 나를 찾아오소서.

그리하여 우리의 세계는 침묵으로 잠급시다

다만 아픈 마음만이 침묵 가운데 귀 기울이며…….

— 조명희, 「온 저자 사람이」 전문

조명희의 시적 동선은 여타 신경향파시의 그것과는 현저하게 다르다. 그는 소설과 희곡에서도 두각을 나타냈으며 일찌감치 『봄 잔디밭 위에』(1924)라는 시집을 상재한 중견이기도 하였다. 이 시집에 실린 위 시편은 "온 저자 사람"보다는 "침묵을 가지고 오는 벗님"을 긍정하면서, "우리의 세계"를 '침묵'으로 잠그고 "아픈 마음만이 침묵 가운데 귀 기울이며" 살아가자는 권면을 담고 있다. 저자 거리가 가지는 '훤소(喧騷)'와 벗님이 가져올 '침묵이' 선명하게 대조되면서 "아픈 마음"이라는 시대고(時代苦)를 넘어서려는 지향을 보여준다. 신경향파시가 가지는 '부르짖음'의 속성 너머(beyond)의 세계를 징후적으로 암시하는 사례라 할 것이다. 그런가 하면 파인 김동환의 초기 시편도 중요한 검토 대상이다.

펜을 던졌다

아침부터 동무하던 펜을 던졌다

그리고 의논하였다. 어떻게 하면 이길까 하고

주먹은 탁자를 부쉈다.

격정은 불길을 일으켰다

그리고 부르짖었다. 여럿은 유태교인이 되자고

"눈은 눈으로 이빨은 이빨로!" 하는

— 김동환, 「罷業」 전문

파인은 '펜'과 '주먹(격정)'의 대조 속에서 오랫동안 동무하던 '펜'을 던져버리고 "어떻게 하면 이길까"만을 상상하면서 서둘러 '격정'을 택하는 과정을 보여준다. 구약성서에 나오는 "눈은 눈으로 이빨은 이빨로!"라는 경구를 바탕으로 하여, 시편 제목인 '파업'의 페이소스가 암시적으로 전해져온다. 하지만 선명한 이분법적 구획에도 불구하고 이 시편에는 '파업'의 맥락이나 지향 등이 드러나지 않는다.

이처럼 팔봉, 포석, 파인의 초기 시세계는 신경향파시의 초기 단계적 화두를 잘 보여준다. 그것은 '정치가나 시인 / 인민', '저자 사람 / 침묵의 벗님', '펜 / 주먹(격정)'의 분법(分法) 속에서 현저하게 후자를 취하는 단호한 선택의 과정을 통해 '민중적인 것'에 대한 긍정과 그 너머를 사유하는 가능성으로 전개된 것이다. 모두 소박하고 선명한 약자에 대한 긍정, 신뢰 등을 담고 있다 할 것이다. 이러한 신경향파시의 한계는 이상화, 박팔양에 의해 극복되는데, 이들은 약자에 대한 옹호와 긍정의 지향을 민족주의적 열정과 매개하기도 하고 이산(離散)이라는 민족적 경험과 결부시키기도 한다.

3. 낭만성과 민족주의적 열정의 결속—이상화의 시

우리가 잘 알듯이 『白潮』 이후의 이상화 시편은 낭만성과 민족주의적 열정을 결속하여 자신의 시학을 완성해간다. 특별히 이상화는, 식민지 시대 내내 민족 현실의 전체성에 대한 인식을 보여준 뚜렷한 시사적 실례로 기록되고 있다. 이러한 이상화 시편은 당대 진보적 매체였던 『開闢』에 주로 발표되고 있는데, 그 점에서 이상화 시편은 신경향파시의 권역이 민족주의와 만나는 풍경을 잘 보여준다. 신경향파 미학이, 프로문학이 지향한 국제주의보다는 민족주의적 충동과 근접해 있다는 사실을 알려주는 것이다. 그 점에서 이상화 시편은 민족 현실을 파악하는 데서 계급적 규정보다는 민족 현실을 우선시한다. 이는 당대의 논객이었던 김기진이나 박영희의 논설에서도 여러 차례 간취되는 신경향파시의 편재적인 민족주의적 충동이다. 이처럼 신경향파 문학에서 민족주의가 중요한 심급으로 작동하는 것은 매우 깊고 근원적인 것이다. 그 시사적 실례로 우뚝 서 있는 존재가 바로 이상화인 것이다.

아, 가도다, 가도다, 쫓겨가도다
잊음 속에 있는 간도와 遼東벌로
주린 목숨 움켜쥐고, 쫓겨가도다
진흙을 밥으로, 햇채를 마셔도
마구나, 가졌더면, 단잠은 얽맬 것을—
사람을 만든 검아, 하루 일찍

차라리 주린 목숨 뺏어가거라.

아, 사노라, 사노라, 취해 사노라
自暴 속에 있는 서울과 시골로
멍든 목숨 헣여 갈까, 취해 사노라
어둔 밤 말없는 돌을 안고서
피울음을 울더면, 설움은 풀릴 것을—
사람을 만든 검아, 하루 일찍
차라리 취한 목숨, 죽여버려라!

— 「가장 悲痛한 祈慾」 전문6

‘間島 移民을 보고’라는 민족 이산의 형상을 담고 있는 이 시편은, 당대 민족 현실의 비극성을 폭로하고 고발하는 목소리를 반영한다. 간도와 요동으로 이산하는 식민지 백성들의 삶을 강렬한 민족적 연대로 감싸안고 있다. 두 연이 운율적 고려에 의해 병치되고 있는 이 시편은 "주린 목숨 움켜쥐고" 쫓겨가는 사람들의 참상을 반영하면서, "사람을 만든 검"에게 이러한 비극을 죽음으로라도 면케 해달라고 절규한다. 그렇게 "自暴"와 "멍든 목숨"으로 살아온 이들에게 "피울음"과 "설움"을 치유할 방도는 사실 없다. 죽음이라는 극한 처방으로밖에는 타개할 수 없는 절망 상황 아래서 비극성이 점증한다. 따라서 우리는 죽음을 자청해 들일 수밖에 없는 현실에서 ‘가장 悲痛한 祈慾’이 발화되는 경험을 하게 되는 셈이다. 이렇게 이 시편에는 경작할 토지를 잃고 타지로 유

---

6   『開闢』, 1925.1.

리하는 식민지 농민들의 집단적 처지와 심경이 잘 나타나 있다. 일제에 의한 식민지 수탈 정책의 결과로 인한 농민들의 몰락과 농촌 해체는 1920년대 식민지 조선의 보편적 현실이었는데, 이 작품은 이러한 상황에 대한 핍진한 증언이요 화자를 포함한 집체적 고단함을 드러내는 웅변의 목소리이기도 하다. 이러한 증언과 웅변의 미학은 당시 신경향파시가 가지는 목소리의 일반 속성이자, 민족주의적 낭만주의를 저류로 하는 미학을 그 안에 결속하고 있다. 이러한 첨예한 발상과 어법을 낭만성과 민족주의의 결합이라는 형식으로 노래한 그의 대표작 「빼앗긴 들에도, 봄은 오는가」는, 아마도 한국 시사의 정상에 놓일 시편일 것이다.

지금은 남의 땅 — 빼앗긴 들에도 봄은 오는가?

나는 온몸에 햇살을 받고
푸른 하늘 푸른 들이 맞붙은 곳으로
가르마 같은 논길을 따라 꿈속을 가듯 걸어만 간다.

입술을 다문 하늘아 들아
내 맘에는 내 혼자 온 것 같지를 않구나
네가 끌었느냐 누가 부르더냐 답답워라 말을 해다오.

바람은 내 귀에 속삭이며
한 자욱도 섰지 마라 옷자락을 흔들고

종조리는 울타리 너머 아씨같이 구름 뒤에서 반갑다 웃네.

고맙게 잘 자란 보리밭아

간밤 자정이 넘어 내리던 고운 비로

너는 삼단 같은 머리를 감았구나 내 머리조차 가뿐하다.

혼자라도 가쁘게나 가자

마른 논을 안고 도는 착한 도랑이

젖먹이 달래는 노래를 하고 제 혼자 어깨춤만 추고 가네.

나비 제비야 깝치지 마라

맨드라미 들마꽃에도 인사를 해야지

아주까리 기름을 바른 이가 지심 매던 그 들이라 다 보고 싶다.

내 손에 호미를 쥐어다오

살진 젖가슴과 같은 부드러운 이 흙을

발목이 시도록 밟아도 보고 좋은 땀조차 흘리고 싶다.

강가에 나온 아이와 같이

짬도 모르고 끝도 없이 닫는 내 혼아

무엇을 찾느냐 어디로 가느냐 웃어웁다 답을 하려무나.

나는 온몸에 풋내를 띠고

푸른 웃음 푸른 설움이 어우러진 사이로

다리를 절며 하루를 걷는다 아마도 봄 신령이 접혔나보다.

그러나 지금은―들을 빼앗겨 봄조차 빼앗기겠네

―「빼앗긴 들에도, 봄은 오는가」 전문[7]

이 작품에서 이상화 시편의 배경은 광활하고도 아름다운 대자연으로 경사되고 있다. 이렇게 가장 구체적인 육체인 국토의 자연을 통해 이상화가 전달하려고 한 것은 민족 현실과 그에 대응하는 자세일 것이다. 이 작품은 그러한 구체성과 저항성을 거의 완벽하게 갖춘 한국 시사 전체에서 찾기 어려운 가편이다. 먼저 첫 연과 마지막 연은 "지금은 남의 땅―빼앗긴 들에도 봄은 오는가?"와 "그러나 지금은―들을 빼앗겨 봄조차 빼앗기겠네"로 확연하게 대칭을 이룬다. 봄이 왔지만 그 봄조차 빼앗길 위기에 처해 있는 민족 현실의 암담함이 수미상관 형식으로 잘 제시된 것이다. 또한 둘째 연과 10연 역시 확연한 구조적 대칭을 이룬다. 앞에서 "온몸에 햇살을 받고 / 푸른 하늘 푸른 들이 맞붙은 곳으로 / 가르마 같은 논길을 따라 꿈속을 가듯 걸어만" 간 화자와 마지막에서 "온몸에 풋내를 띠고 / 푸른 웃음 푸른 설움이 어우러진 사이로 / 다리를 절며 하루를" 걷는 화자는, 물론 동일한 사람이지만, 국토를 순례하고 현실을 자각하게 된 변화 과정을 치른 시인의 초상이기도 하다. 그 과정은 '푸른 하늘 푸른 들'이 '푸른 웃음 푸른 설움'으로 바뀌는 과정이고, 다리를 절면서 "아마도 봄 신령이 접혔나보다" 하고 외치

---

7 『開闢』, 1926.6.

는 화자의 고단함과 환각의 과정이기도 하다. "입술을 다문" 하늘과 들, 속삭이는 바람과 종조리의 웃음, 보리밭의 일렁임과 도랑 그리고 깝치는 나비 제비 등으로 구성된 국토의 구체적 육체는 물론 비할 데 없이 아름답고 풍요로운 것이다. 하지만 그것은 실재하는 세계라기보다는 "꿈속을 가듯 걸어만" 가고 있는 화자의 상상적 환각에서 구성된 이상적 형상으로 제시된다. 오히려 국토는 피폐하고("마른 논"), 사람들은 사라진("지심 매던 그 들이라 다 보고 싶다") 부재의 공간이 우리의 국토일 뿐이기 때문이다. 그래서 화자가 "내 손에 호미를 쥐어다오 / 살진 젖가슴과 같은 부드러운 이 흙을 / 발목이 시도록 밟아도 보고 좋은 땀조차 흘리고 싶다"고 말할 때, 그것은 국토에 대한 육친애적 발언이기도 하겠지만, 오히려 그것은 그러한 노동의 기억이 멀리 뒤로 물러선 현실을 반어적으로 말한 것이기도 하다. 그러니 "강가에 나온 아이와 같이 / 짬도 모르고 끝도 없이 닫는 내 혼"에게 화자는 스스로 "무엇을 찾느냐 어디로 가느냐 웃어웁다 답을 하려무나"라는 자조적 절규를 할 수 있는 것이다. 결국 이 시편은 냉철한 이성적 의지보다는 다분히 낭만적 비가(elegy)의 속성이 우세하다. 그리고 이념 분석이나 전망 탐색보다는 화자 자신의 경험적 과정이 육박해 들어오는 작품이다. 그 스스로 "金剛! 조선이 너를 뫼신 자랑 — 네가 조선에 있는 자랑 — 자연이 너를 놓은 자랑 — 이 모든 자랑을 속 깊이 깨치고 그를 깨친 때의 경이 속에서 집을 얽매고 노래를 부를 보배로운 한 精靈이 미래의 조선에서 나오리라, 나오리라"(「金剛頌歌」,(『黎明』 1925.6))라고 외친 그러한 낭만적 페이소스가 이른바 국권 상실과 농촌 해체라는 현실과 맞닥뜨리면서 강렬한 민족주의적 저항성으로 이어진 것이다. 이 시기에 씌어진

이상화 시편은 낭만성이라는 후경 속에서 민족주의적 비극성의 충동을 현재화한 신경향파시의 오롯한 성과라고 할 수 있을 것이다. 그렇게 낭만성과 민족주의적 열정이 깊이 매개된 이상화 시편이야말로 신경향파시의 외로된 섬광이다.

4. 식민지 시대의 궁핍과 이산 경험—박팔양의 시

박팔양 역시 초기에 낭만주의 속성을 기조로 하면서 일제 강점하의 궁핍상에 대한 증언을 보여주었다. 3·1운동에서 1920년대 초반까지를 문화 정치의 장막 속에서 어떻게 응전할 것인가에 대해 역사적 전망이 채 잡히지 않았던 때로 이해한다면, 당대의 시는 이러한 비관적 허무주의 속에서 선택된 장르였다고 볼 수 있다. 박팔양은 이러한 분위기에서 시의 첫발을 들여놓는다. 그런데 한 가지 특징적인 것은 그가 센티멘털리즘을 주조로 하고 있기는 하지만, 시적 대상을 한결같이 고립된 내면이 아닌 사회 현실에서 취하고 있다는 점이다. 이러한 속성은 1920년대 중반을 지나면서 당대의 주요 담론으로 부상하게 된 신경향파시의 속성을 선명하게 보이면서 그의 초기 시편을 식민지 현실에 대한 시적 대응의 한 형식으로 나아가게 한다.

이제야 온단 말인가 이 사람들아

나는 그대들을 기다려 기나긴 밤을 다 새었노라

까막까치 뛰어다니며 아침을 지저귈 때

나는 그대들의 옴을 보려고 몇 번이나 洞口 밖에 나갔던고

그대들은 모르리라

荒凉한 이 廢墟, 이 거칠은 터에

심술궂은 바람이 虛空에서 몸부림치던 지난 밤 일

아아 꽃같이 젊은 무리가

罪없이 이 자리에서 몇이나 피 吐하고 죽은지 아느뇨

光明한 아침을 못 보고 죽은 무리

그대들 오기를 기다리다가

아아 옳은 사람 오기를 기다리다가 가버린 무리

그들의 피묻은 옷자락이

솟아오르는 아침볕에 붉게 빛나지 않느뇨

지나간 모든 일은 한바탕의 뒤숭숭한 꿈자리

고개 넘어 마을에 있는 적은 鐘이 울어

久遠의 길을 떠난 受難者를 弔喪할 때

보라 나와 그대들의 머리 위에 있는 해와 무지개!

밤새워 기다리던 이 사람들아

이제는 그 지리하던 어둔 밤이 다 지나갔느뇨

千里 萬里 먼 곳으로 다 지나갔느뇨

아아 지나간 밤의 지리하였음이여

—「黎明以前」 전문[8]

이 시편은 당대 현실을 '黎明以前'으로 명명하면서, '어둠(밤) / 밝음(아침)'이라는 원형 심상의 대립을 통해 미래에 대한 강한 희망을 보여준다. 신경향파시의 공통분모이기도 했겠지만, 시적 상황과 인물의 구체성보다는 우의적 현실 해석과 전망이 격렬한 독백적 발화를 통해 나타나고 있다. 이때 시적 전언은 바람이 허공에서 몸부림치는 폐허에, 꽃같이 쓰러져간 수많은 젊은 수난자들의 희생과 비극을 통해 지리한 밤이 가고 아침이 왔다는 내용을 담고 있다. 그래서 이 시편은 당시의 감상적 낭만주의 시편들이 개인적 직정이나 울분을 집중적으로 보여준 데 비해서 모순된 역사를 극복하고 새로운 역사를 열어가고자 하는 집단적 주체의 의지를 보여줌으로써 꽤 다른 면모를 구축했다고 할 수 있다. 이러한 낭만적이고 원형적 대립 구도는 신경향파시의 주류 문법으로 등장한다. 물론 이러한 면모가 바로 신경향파의 주역들이 프로문학 운동에서 대부분 탈락하는 요인이 된다고도 할 수 있을 것이다.

追放되는 백성의 고달픈 魂을 싣고

밤車는 헐레벌떡거리며 달아난다

逃亡꾼이 짐싸가지고 솔밭길을 빠지듯

夜半國境의 들길을 달리는 이 怪物이여!

제1장_ 신경향파시의 시적 가능성과 자산　33

車窓 밖 하늘은 내 답답한 마음을 닮았느냐
숨막힐 듯 가슴 터질 듯 몹시도 캄캄하고나
流浪의 짐 위에 고개 비스듬히 눕히고 생각한다
오오 고향의 아름답던 꿈이 어디로 갔느냐

비둘기집 비닭이장 가치 오붓하던 내 동리
그것은 지금 무엇이 되었는가
車바퀴소리 諧調 맞춰 들리는 中에
희미하게 벌어지는 괴로운 꿈자리여!

北方 高原의 밤바람이 車窓을 흔든다
(사람들은 모두 疲困히 잠들었는데)
이 寂寞한 訪問者! 문 두드리지 마라
의지할 곳 없는 우리의 마음은 울고 있다.

그러나 汽關車는 夜暗을 뚫고 나가면서
"돌진! 돌진! 돌진!" 소리를 지른다.
아아 털끝만치라도 의롭게 할 일이 있느냐
아까울 것 없는 이 한 목숨 바칠 데가 있느냐

疲困한 백성의 몸 위에
무겁게 내려 덮인 이 지리한 밤아
언제나 새이려나 언제나 걷히려나

아아 언제나 언제나 이 괴로움에서 깨워 일으키려느냐

　　　　　　　　　　　　　　　　　　　　　　　—「밤車」전문[9]

　이 작품은 당대 현실을 암담한 "夜暗"으로 명명하면서 사회 현실에 대한 관심을 목적의식적으로 형상화한 시편이다. 특기할 것은 이 시편에서 제시된 모습이 일제의 혹독한 수탈과 억압에 고향을 등지고 쫓겨가는 유이민의 참상이라는 점이다. '유이민'이란 식민지 시대에 단순한 경제적 이유에 따른 국내 유랑의 범위를 훨씬 벗어나, 일제의 침탈이 본격화되면서 한층 확대된 경제적 궁핍과 합방을 계기로 현저해진 정치적 탄압의 이유로 대규모로 발생하게 된 유랑민을 지칭한다. "고향의 아름답던 꿈"을 잃고 고국에서 쫓겨나 짐짝처럼 아무렇게나 이민 열차에 지친 몸을 싣고 달리는 유이민들의 고통을 그린 이 시편은 바로 이러한 국외 유랑민의 역사적 삶을 시적 제재로 수용한 결과인 것이다. "차창 밖 하늘"이나 "北方 高原의 밤바람"마저 유이민의 고통에 중첩되어 상황을 더욱 암울하게 빚어내고 있다. 그리고 '밤'이 주는 고통스런 현실 속을 힘차게 달리는 '汽關車' 이미지를 상정하여 현실 타개의 의지가 드러나는 마지막 두 연까지 이끌어간 점은 이 시편이 지닌 적극적 성과이다. 이는 박팔양이 초기의 추상성과 모호성을 극복하고 집단적 주체의 구체적 음성과 만나게 되는 지점이기도 하다. 이러한 진전된 현실 인식은 노동자들의 삶과 투쟁 현장을 직접적 소재로 삼은 시편에도 이어지는데, 「데모」는 열악한 노동 조건에 처해 있던 노동자들의 계급적 각성이 강력한 비타협성 지향의 사회주의 사상과

9　　『朝鮮之光』, 1927.9.

매개되면서 급격한 증가 현상을 보인 노동 쟁의 현장을 포착한 것이다. 여기서 노동자들의 목소리는 막연한 관념이 아니라 메이데이 시위 행렬이 물결치는 투쟁 목소리로 나타난다. '自動車'나 '馬車'로 상정되는 "XXXX(부르주아－인용자)"의 삶과 "평소에 묵묵히 일"만 하던 노동자들의 뿌리 깊은 구조적 갈등이 이 시편의 내적 정황이다. 이러한 인식은 '가진 자 / 못가진 자'라는 자연 발생적 빈부 개념에서 '부르주아 / 프롤레타리아'라는 계급적, 역사적 개념으로 발전된 것이다. 특히 시인의 어조는 감격과 흥분으로 나타나고 뚜렷한 적의를 가지고 당당하기조차 하다. 반복되는 의문형, 청유형, 명령형, 어미의 속도감은 짧은 시적 긴장감과 함께 분위기를 한층 고조시키고 있다. 이처럼 「黎明以前」, 「밤車」, 「데모」로 이어지는 박팔양 시편들은 당대의 현실을 우의적으로 파악한 신경향파시의 성취와 함께 프로시로의 이월을 선명하게 보여준 사례일 것이다. 식민지 시대의 궁핍과 이산 경험을 통해 신경향파시의 수월한 성과를 거둔 것이다.

5. 신경향파시는 무엇인가

우리가 한 시대의 시사적 사조나 경향을 해석하고 평가할 때는 당연히 그 안에 담긴 '말'과 '형식'과 '의식'을 면밀하게 따져보아야 한다. 우리가 신경향파시의 '말'을 문제삼을 때, 그것은 일상어의 시적 탐구와,

개념어와 형상 언어의 경계 무너뜨리기, 그리고 이른바 '예술성 / 정치성'의 낡은 분법(分法)에 대한 새로운 해석 등을 논급할 수 있을 것이다. 그 다음 형식 문제에서 신경향파시는 단형 서정시에서 출발하여 점점 장형화하는 수순을 밟는다는 것을 알 수 있다. 언어의 경제적 처리라는 서구 시학의 금과옥조를 스스로 타기하면서, 그 안에 서사성과 반복성을 집중적으로 활용하게 된 것은 엄연히 '함축'의 원리에 위배된다고 할 수 있다. 이러한 신경향파시의 형식적인 한 극단에 대한 평가가 이어져야 할 것이다.

마지막으로 그 안에 담긴 시적 의식의 문제이다. 이때 우리는 '비극성' 범주가 중요하다고 할 수 있는데, 이는 이상적 상태를 바라는 주체의 소망이 좌절되고 나서 발생하는 미적 범주일 것이다. 특히 예술에서의 '비극성'은, 실재 세계 속에서의 이상적인 것의 몰락이자 실재하는 것 속에서의 이상적인 것의 패배로 규정된다. 그렇게 비극성은 실재하는 것과 이상적인 것 사이의 특수한 관계이기 때문에, 다른 미적 범주들과 마찬가지로 특수한 역사성을 가지게 된다. 예컨대 중세 봉건 귀족들에게는 중세 이념과 봉건 지배 체제의 몰락이 비극적이었지만, 새로운 이상을 가진 이들에게는 그 이상의 패배로 해석되는 사건들이 비극적인 것이다. 이것은 '비극성'의 진정한 가치가 올바른 역사에 대한 해석 행위가 뒤따랐을 때 비로소 구현될 수 있다는 점을 뜻한다. 신경향파시는 이러한 비극성의 실재를 가장 먼저 한국 근대시사에 도입하고 착근시킨 공로를 가지고 있다. 그 후 이러한 충동과 원리가 프로시, 카프 해체 이후 임화, 이용악, 이찬, 오장환, 백석 시편들로 이어진다고 할 수 있다. 따라서 우리가 이러한 비극성의 시적 실재들을 미학적 원리로 해명하고 우리 시사에 착근시키는 것은, 그동안 이러한 시적 지향에 철저하게 인색했던 관행 곧 근대문학의 '생채기'로 기억하는 부정적 평가를 넘어, '비극성'이라는 원리를 우리 시사의 중요한 육체로 형성해가는 과정이 될 것이다. 이처럼 신경향파시의 정점은, 민족주의와 낭만성을 '비극성'이라는 미적 범주로 통합, 결속하였고, 일상어의 시적 도입을 시도하였고, 나아가 민족 현실의 전체성을 사유하는 성과를 거두었다고 할 수 있다.

물론 신경향파시가 구축한 예의 비극성이 우의적 현실인식에서 온 것이라 할 때, 이때 비극성은 그것이 집체적 경험에서 비롯한 것일지라도 일종의 낭만적 자기 표현에 가까워진다는 것을 부정하기 어렵다. 그리고 '부정 / 긍정'의 대립이 원형 심상에 많이 의존하는 것 역시 계급 개념이나 민족 현실에 대한 추상적이고 심정적인 파악에서 비롯한 것이 아닌가 하는 한계를 지적할 수 있다. 하지만 신경향파시는 한국 근대시의 계몽적 출발의 초점을 개별화한 개인으로 돌리지 아니하고 민족 혹은 집단의 경험에 돌림으로써 새로운 계몽을 추구하였다. 그러한 맹아적이요 이행기적인 속성이 신경향파라는 자연발생적(여기서 자연발생성이란 상대적인 것이고, 염군사나 파스큘라 같은 당대의 수많은 조직 운동에 비추면 어불성설이다)으로 광범위하게 나타난 운동의 오롯한 의의라고 할 수 있을 것이다.[10]

---

[10] "신경향파 문학이란 프로문학의 과도기적인 발생현상으로서 초기의 프로문학을 말하는 것이 되지만 신경향파 문학 자체의 발전이 바로 프로문학은 아니라는 점이다. 신경향파는 그것이 확고한 계급의식의 기초 위에 섰던 것이 아니라 인도적인 동정심이 그 기초적인 형성 요소였던 만큼 그것은 프로문학으로도 발전될 수 있는 성질의 것이었다. 그것은 신경향파 문인들의 대부분이 프로문학으로 진출되어갔으나 신경향파의 최초의 지지자들이요, 그 일파였던 안석주, 김형원, 박종화, 심훈 등의 그 후의 민족주의적인 문학적 성장은 이를 말해

이 글에서 다루지는 못했지만 파생적 문제들이 만만치 않다. 먼저 김석송의 존재가 중요하다. 그가 주재했던 잡지『生長』(1924)의 담론적 지향이 낭만적 충동으로 가득하다는 점에서 일본 낭만주의가 부르짖었던 생의 충동과의 연관성을 탐구해볼 문제이다. 그리고 유완희나 김창술이 보여준 우의(寓意)나 김해강이 보여준 자체 진화 과정도 매우 중요한 시사적 실재가 될 것이다. 김기진이 내세운 감각의 혁명,[11] 박영희의 선구적 역할, 수산 김우진의 활약도 부가되어야 할 것이다.『國境의 밤』(1925)에서 김동환이 보여준 스케일과 디테일도 신경향파의 맥락으로 수렴해볼 수 있을 것이다. 이들의 변모 과정도 신경향파시의 분기와 수렴 구조를 알게 해주는 중요한 단서가 된다. 예컨대 김동환은 제국주의 협력의 길을 걸었고, 이상화와 김석송은 민족주의로 나아갔고, 김우진과 조명희는 더 이상 문필 활동을 이어가지 못했고, 김해강과 박팔양은 자체 진화를 해나가는 도정을 밟는다. 팔봉과 회월은 초기 카프의 맹장으로 활동한 것 외에는 카프의 미학으로 흡수 확장되지 못하고 변신해가는 모습을 보여준다. 이런 점들을 통해 우리는 '신경향파시'가 프로시의 전사(前史)로 규정되는 해석과 독자적인 미학적 성취로 승인되는 해석이 당분간 치열한 논전을 거듭해갈 것을 예감하게 된다. 더불어 동시대 정지용, 김소월, 한용운과의 비교를 통해 신경향

주는 구체적인 형상이기도 하다." 조연현,『한국현대문학사』, 현대문학사, 1956, 406~407면.

11 김기진은 "감각의 혁명은 금일에 있어서 제일착으로 실행하지 않으면 아니 된다. 지금까지 구부러진 교화를 받아오던 우리들이 기성 지식으로부터 양념 받은 우리의 감각을 하루라도 바삐 써서 없애야 할 일이다. 그리하여 온전한 생명에서 흐르는 문학을 작성할 수 있고 병적으로 발달된 우리의 미각은 본질로 돌아갈 수 있는 것이다. 인간성의 본질로 돌아가자면 감각의 혁명을 먼저 하고 그러한 뒤에 인간개조를 해야 한다"라고 말하였다. 김기진, 「금일의 문학, 명일의 문학」,『開闢』, 1924. 2.

파시의 문학사적 위상이 온전히 부여받을 수 있음은 물론일 것이다.

요컨대 본 연구는 신경향파에서 카프로의 인적 연속성이 단절되었다는 점에 깊이 주목하였다. 그것은 그들 자신의 내적 기질에서 연유하는 것이기도 하고, 외적 기율이나 경험의 차이에서 발생하는 것이기도 하다. 그리고 세대론적 카프 변화도 한 몫 하였을 것이다. 가령 신경향파시가 주목했던 '민족' 패러다임은 매우 경험적인 것엔 데 비해, 그들이 받아들였던 마르크시즘은 너무도 추상적인 것이었다. 그리고 신경향파시가 주목했던 '검'이나 '신' 같은 종교적 개념이 소멸하고 일방적으로 과학성으로 경사된 것도 카프로의 이월이 신경향파시의 어떤 가능성을 지워버린 실례일 것이다. 그래서 우리는 카프로 이월된 진화 양상과 함께, 카프로 이월하면서 소진된 신경향파시의 시적 가능성과 자산을 중요하게 보려 한 것이다.

제2장

조명희 문학에 나타난
장소성과 장소상실의 의미

김신정

1. 서론

1920년대 프로문학의 대표작 「낙동강」의 작가인 조명희는 소설가일 뿐만 아니라 시인, 희곡작가로서도 많은 활동을 했다. 그는 1920년대 동경유학생을 중심으로 한 민족극운동을 전개하고 희곡 「김영일의 사(死)」(1921)를 창작하고 연극으로 상연한 희곡작가였으며, 창작시집 『봄 잔디밭 우에』(1924)를 펴낸 근대시인이자 목적의식기 프로문학의 대표 작가였다. 또한 그는 한국 근대문학사상 최초의 소련 망명 작가로서 재소(在蘇)고려인 문학의 형성에도 중요한 영향을 끼쳤다.

　　지금까지의 조명희 연구는 주로 「낙동강」을 중심으로 한 소설 작품을 대상으로 진행되었다. 일제 강점기와 해방 직후의 비평으로 김기진, 안함광, 민병휘, 임화 등의 글[1]이 있으며, 해방 후에 간행된 문학사에서 백철, 박영희, 김윤식[2] 등이 「낙동강」의 특징과 문학사적 의의에 대해 기술했다. 조명희 연구는 1980년대 후반 '월북작가'에 대한 해금 조치와 프로문학 연구의 활성화를 계기로 새로운 전기를 맞이하게 된다. 윤홍로, 김성수, 정호웅, 류보선 등의 연구[3]가 이에 해당된다. 소설 작품을 대상으로 한 연구 이외에도 그의 시와 희곡에 대한 논의[4] 등 각기 장르별로 나누어 연구가 진행되었고, 희곡에서 시, 소설로 이어지는 장르 전환 및 변모 과정에 대한 연구[5]도 조명희 연구의 주요 논의 주제였다. 구 소련 문단의 자료가 공개되면서 소련 망명 이후 조명희의 활동과 문학세계에 대한 탐구[6]가 진행되었고, 그밖에 아나키즘,[7] 고향의

1　김기진, 「時感二篇」, 『조선지광』 1927.8; 안함광, 「농민문학문제재론」, 『조선일보』, 1931.10.21 ~11.5; 민병휘, 「포석과 서해」, 『삼천리』, 1935.1; 임화, 「중간사」, 『낙동강』, 건설출판사, 1946.

2　백철, 『국문학전사』, 신구문화사, 1957, 355면; 박영희, 「현대한국문학사(9)」, 『사상계』, 1953.3, 318면; 김윤식, 『한국문학사논고』, 법문사, 1973, 184~186면.

3　윤홍로, 『한국근대소설연구』, 일조각, 1980, 275~282면; 김성수, 「목적의식론과 「낙동강」」, 『성대문학』 25집, 1987; 정호웅, 「1920~30년대 한국경향소설의 변모과정 연구」, 서울대 대학원 석사논문, 1983, 29~42면; 류보선, 「1920~30년대 예술대중화론 연구」, 서울대 대학원 석사논문, 1987, 13~18면.

4　희곡에 대한 연구로 정덕준, 「포석 조명희의 현실인식」, 『고대어문논집』 22, 1981.4; 유민영, 『현대한국희곡사』, 홍성사, 1982; 서연호, 『한국현대희곡사연구』, 고대 민족문화연구소, 1982; 김진기, 「조명희의 희곡 연구」, 『사회과학연구』, 1990. 시에 대한 연구로 민병기, 「조명희론」, 『현대문학』 1989.7; 오성호, 「조명희 시에 관한 연구―장르 전환 과정을 중심으로」, 『논문집 인문사회과학』, 1996; 백운복, 「조명희의 시 연구」, 『인문과학연구』, 1996; 오윤호, 「조명희 시집 『봄잔듸밧위에』 연구」, 『우리말글』 59, 2013 등이 있음.

5　이강옥, 「조명희의 작품 세계와 그 변모 과정」, 『한구근대리얼리즘 작가연구』, 문학과지성사, 1988; 임헌영, 「조명희론」, 『조명희선집』, 풀빛, 1988; 김형수, 「포석 조명희 문학 연구」, 서울대 대학원 석사논문, 1989.

6　김성수, 「소련에서의 조명희」, 『창작과 비평』, 통권 64, 1989; 민병기, 「포석 조명희론」, 이명재, 「포석 조명희 연구―조명희와 소련지역 한글문단」, 『국제한인문학연구』 1, 2004; 김

식[8] 등 그의 세계관과 주제의식에 관한 연구도 이루어졌다.

일제 강점기 조선 문단에서 활동한 이력이 매우 짧은 기간이었음에도 불구하고 조명희 문학이 한국 근대문학사에서 차지하는 영향력은 결코 작지 않다. 그러나 지금까지의 조명희 연구는 주로 카프 작가로서의 의미 규명에 제한되는 경향이 있었고, 상대적으로 그의 문학의 전체상에 대한 탐구는 더디 진행되었다.[9] 따라서 새로운 관점에서 조명희 문학의 본령을 이해하고 파악하는 작업이 필요한 단계라고 할 수 있다.[10]

본고는 선행연구의 문제의식과 성과를 바탕으로 하되, 조명희 문학의 일관성과 역동적 변화를 아울러 포착하고 그 의미를 규명하기 위해, '장소성'과 '장소 상실'의 문제를 중심으로 그의 문학의 전체상을 규명하고자 한다. 이 글에서 사용하는 '장소', '장소성', '장소 상실' 등은 인문지리학에 기초한 개념으로서, 특히 이 푸 투안과 에드워드 렐프의 연구성과와 주요 개념을 활용하고자 한다. 이들에 따르면 '장소'는 인간

낙현, 「조명희 시 연구―구소련에서 발표한 시를 중심으로」, 『우리문학연구』 36, 2012.

7 김홍식, 「조명희 문학과 아나키즘 체험」, 『어문논집』 26, 1998.

8 임형모, 「고향의식의 발현과 사회주의적 민족주의에의 지향―조선과 구소련을 잇는 조명희 문학을 중심으로」, 『한국문학이론과 비평』 49, 2010.

9 조명희 작품의 전체상을 파악하려는 시도로 이선옥, 「조명희 작품 연구」, 숙명여대 대학원 석사논문, 1990; 이인나, 「조명희 문학 연구」, 서울대 대학원 석사논문, 2005 등의 논문이 있음.

10 2000년대 이후 진행된 조명희 연구에서 이인나, 임형모, 이정숙은 각각 "낭만적인 동경"과 "고향의식", "낭만성과 혁명성"을 조명희 문학의 전체상을 관통하는 핵심 주제로 제시하였다. 이인나는 "이국에 대한 동경"과 "미래세계에 대한 전망" 등 작가가 지닌 "이상적인 세계에 대한 동경"의 태도를 중심으로 조명희 문학 전체에서 "낭만적인 요소"를 추출하였다. 임형모는 '고향'을 조명희 문학의 핵심 주제로 제시하고, '고향'이라는 개념을 일반적 의미가 아니라 "만들어가야 할 미래적 지평이자 현실 너머에 있는 이상향"을 함의하는 용어로 새롭게 규정하였다. 본고는 선행 연구의 문제의식과 성과를 바탕으로 하되, 인문지리학의 개념을 도입하여 조명희 연구를 새로운 관점에서 심화하려는 기획이다(이인나, 위의 글; 임형모, 앞의 글 참조).

의 질서와 자연의 질서가 융합된 것으로, 인간이 세계를 직접적으로 경험하는 의미깊은 중심이다. '장소'는 '공간' 개념과 대비할 때 그 의미가 좀 더 명확하게 드러난다. '공간'이 장소에 비해 추상적 개념인 반면, '장소'는 사람이 거주할 수 있는 대상으로서 "문화적이고 맥락적인 개인의 실존 공간"이라고 할 수 있다.[11] 다시 말해 '장소'는 특정 환경에 대한 경험과 의도에 초점을 두는 방식으로 정의되는 용어로서, 이것은 개인과 공동체 정체성의 중요한 원천이며 때로는 사람들이 정서적·심리적으로 깊은 유대를 느끼는 "인간 실존의 근원적 중심"[12]이 된다. 이렇게 '장소'가 "의미, 실제 사물, 계속적인 활동 등으로 가득 차 있"[13]는 공간임에 비해서 '장소성'이란 장소와 인간의 관계 속에서 형성되는 장소의 고유한 특성을 의미한다.[14] 이와 대비되는 '장소 상실'이란 장소성의 상실, 즉 장소와의 깊이있는 유대감을 상실하게 되는 경험과 그 특성을 가리킨다. 에드워드 렐프는 뿌리뽑힌 삶의 장소 상실감을 논의하는 과정에서 '장소상실'(placelessness)이라는 용어를 제시하면서,[15] 이

---

11 '공간'과 '장소'의 차이에 대해서는 이 푸 투안, 구동회·심승희 역, 『공간과 장소』, 대윤, 1995, 15~38면; 에드워드 렐프, 김덕현·김현주·심승희 역, 『장소와 장소상실』, 논형, 2005, 39~73면 참조.

12 에드워드 렐프, 위의 책, 96면.

13 위의 책, 68면.

14 위의 책, 107~110면 참조.

15 렐프의 한국어 번역본인 『장소와 장소상실』에서는 'placelessness'를 '장소 상실'과 '무장소성'이라는 두 가지 용어로 번역하고 있다. 렐프는 'placelessness'라는 개념을 통해 "장소의 독특하고 다양한 경험과 정체성이 약화되는 현상"과 그 가운데서도 특히 후기 산업사회에 이르러 인간이 "장소와의 깊이있는 유대감을 상실하게 되는 경험"을 개념화한다. 그로 인해 인간의 삶이 "장소에 깊이 뿌리내린 삶으로부터 뿌리뽑힌 삶으로" "변화"하는 과정에 대해 인문지리학적 관점에서 논의한다. 한편 렐프의 개념을 원용하여 백석 시의 '토포필리아'를 고찰한 노용무는 '장소 상실'과 '무장소성'이라는 용어를 구분하여 사용한다. 그에 따르면, '장소 상실'과 '무장소성'은 모두 '장소 소외감'의 유형으로서, '장소 상실'을 "장소의 내부에서 진정한 장소감을 경험했다가 이를 자의든 타의든 상실한 주체의 경우"에 해당되는 용어로 정

용어를 주로 후기산업사회의 특징을 설명하는 개념으로 활용했다. 이를테면 '장소상실'을 조장하는 매개로 그는 매스커뮤니케이션, 대중문화, 대기업, 중앙집권화된 정치체계, 경제체계 등을 지목하고 있다. 렐프의 개념을 원용하면서도 이 글에서 주로 관심을 갖고 주목하는 문제는 식민지 지식인의 체험, 식민주의와 관련된 '장소성', '장소상실'의 문제이다. 최근의 근대문학연구에서는 식민지 지식인의 '기행', '유학', '유랑' 체험 등을 통해 타향, 타국에서 외부인으로서 겪는 '장소상실', '비장소성'의 문제를 탐구한 바 있다.[16] 선행연구의 문제의식을 공유하면서 본고에서는 식민지 / 제국 체제의 '내부'와 '외부'에서 피식민지인으로서 겪는 장소성과 장소 상실의 문제를 탐구하고자 한다. 특히 소련 망명 이후의 조명희 문학과 활동을 망명 이전의 문학과 관련지어, '장소성'과 '이동성' 등의 주제를 통해 두 시기, 공간의 연속성과 연관성의 문제를 탐구할 것이다.

의하고 그에 비해 '무장소성'이란 "장소를 획득하지 않았거나 아직 익숙하지 않은 장소를 대하는 주체의 태도와 의식을 일컫는 용어"로 구별하고 있다. 본고에서는 렐프의 '무장소성'이 후기산업사회에서 점차 장소의 경험의 획일화되고 표준화되는 현상을 개념화하는 데 적합하게 활용되는 용어라고 보고, 식민지 근대화 과정에서 나타나는 '장소성'의 변화와 '장소 소외' 현상을 설명하기에 '장소 상실'이라는 용어가 더 적합하다고 판단하여 '장소 상실'을 선택한다.

16 차혜영, 「식민지시대 미국 유학생의 장소표상과 주체 구성」, 『현대문학이론연구』 39, 2009.

2. 조명희 문학에서 '집'의 의미

한국 근대문학사에서 인간-장소의 깊이있는 유대감을 통해 장소성을 구현하고 있는 시인으로 가장 먼저 떠오르는 시인은 백석이다. 그의 첫 시집 『사슴』에는 "고방", "토방", "부엌", "외갓집" 등의 구체적인 장소를 기억하고 그것과 교류하는 시적 주체의 장소성 획득의 과정이 나타난다. 기행과 유랑 체험을 바탕으로 한 후기 시에서도 장소성의 특징은 구현된다. 고향을 떠나 타향의 이질적인 공간을 유랑하는 시적 주체는 낯선 방문지의 여인숙, 또는 "어느 목수네 집 헌 샷을 깐 / 한 방"에 "누워"[17] 조용히 자기 성찰의 과정을 반복한다. "마치 소처럼 연하여 쌔김질하는" 묵묵한 성찰을 통해 타향의 외딴 장소는 특별한 가치를 부여받는다. 백석 후기 시의 '방'은 유랑하는 주체, 이향하는 주체에게 개인적·공동체적 정체성을 확인하게 하는 중요한 원천이 되고 있다. 윤동주 시에 자주 등장하는 '방'도 유사한 특징을 보인다. 만주에서 조선 경성, 다시 일본의 도쿄와 교토로 이동하는 윤동주에게 '방'은 존재의 근원적 중심과 같은 역할을 한다. 백석과 마찬가지로 그에게 '방'은 낯선 타향 / 고향에서 비진정한 장소감을 마주하고 장소성을 회복하는 매개체로 기능한다.

1920~30년대 카프의 대표시인이었던 임화의 시에서도 장소성의 특징을 확인할 수 있다. 임화에게 '종로 네 거리'는 문학운동가이자 혁명적 시인으로서의 개인의 정체성과 그가 지향하는 공동체의 정체성을

17　백석, 「남신의주유동박시봉방」, 『학풍』 창간호, 1948.10.

확인하게 하는 구체적 장소이다. 임화는 '종로 네 거리'에서 저항하고 투쟁하고 사랑하며 다시 그 거리에 서서 성찰하고 결단을 내린다. '종로 네 거리'를 지각하고 경험하고 의미화하는 과정은 시인 임화의 고유한 장소성을 구현하는 과정이자 식민지 지식인으로서 임화의 정체성을 확인하는 과정이라고 할 수 있다.

이상에서 살펴본 임화, 백석, 윤동주 등은 식민지 내부에서 구체적 장소와 깊은 유대 또는 소속감이나 정서적 일체감을 경험하고 있다.[18] 장소 '내부'에서 장소에 대한 애착과 안정감을 획득한 이들 세 시인의 문학에서 장소성의 구현을 확인할 수 있는 반면, 이 글의 연구대상인 조명희 문학은 '장소'와 관련해 이들과 다소 구별되는 양상을 띤다.

조명희의 문학 작품에는 '집', '홈' 등의 단어가 자주 등장하지만, 앞의 세 시인에게서 나타나는 장소와의 깊은 유대감은 찾아보기 힘들다. 그의 시와 산문, 소설 등의 여러 작품에서 조명희는 "집 없는 나그네", "고독자" 등의 표현을 사용하기도 하고, 특히 '집'이라는 구체적 장소를 매개로 한 정서적·심리적 유대감의 상실을 곳곳에서 토로한다. 그의 단편소설 「땅 속으로」에는 유학 후 오랜만에 찾아온 '집'과 식구들에게서 느끼는 불편함과 억압, 우울감이 서사 전개 과정에서 지속적으로 나타난다. 이 작품에서 조명희는 '집'이라는 구체적 장소, 그리고 '집'을 매개로 한 인간관계에서 진정한 장소감을 발견하지 못하는 모습을 보인다. "영혼이나 육체의 집", "보금자리! 그 마음의 보금자리! 홈! 영혼의 홈!"을 간구하지만 그것은 이상적인 세계에 그칠 뿐, 현실에서는

---

18 그밖에 김소월도 장소와의 교감이 각별했던 시인이다. 이에 대한 연구로 이혜원, 「김소월과 장소의 시학」, 『상허학보』 17, 2006 참조.

"과연 우리는 우리의 살 집을 장만하지 못하였다", "집 없는 나그네의 무리가 장차 어디로 향할고?"라고 자문하면서 '집 없음'의 상태, 아직 진정한 '장소'를 획득하지 못한 상태를 보여주고 있다.

조명희의 이같은 태도는 '장소상실'이라는 개념으로 설명할 수 있다. '장소상실'이란 진정한 장소를 획득하지 않았거나 아직 익숙하지 않은 장소를 대하는 주체의 태도와 의식을 가리키는 말로서, 조명희 문학의 '장소상실'은 앞에서 기술한 백석, 윤동주, 임화 등의 시에서 나타나는 '장소성'과는 차별화되는 지점이다. 백석, 윤동주, 임화가 '방', '집', '거리' 등의 "의미있는 장소를 경험하고 창조하고 유지"[19]하는 방식을 통해서 식민지 지식인이자 시인으로서 자신의 정체성을 형성해 나갔다면, 조명희는 시, 희곡을 창작하던 동경 유학 시절부터 조선에서 활동하던 시기, 이후 소련 망명 후에 이르기까지 계속해서 '장소'에 깊이 뿌리내리지 못하는 모습을 보여준다. 구체적으로 '집'으로 표상되는 장소에 대해서 그는 강한 소속과 친화의 갈망을 표현한다. 그에게 '집'은 단지 몸의 거주의 장소가 아니라 "마음의 보금자리", "영혼의 홈"이었고 정서적 안정감과 정체성의 원천이자 토대임을 충분히 인지하고 있었던 것으로 보인다. 그러나 '집'의 의미에 대한 명확한 인지와 갈망에도 불구하고 조명희는 자신의 일상에서 "실존의 근원적 중심"으로서의 진정한 장소인 '집'을 발견하거나 획득하지 못하고 자신을 뿌리뽑힌 존재로서 인식했던 것으로 보인다.

장소성 획득에 실패하는 조명희 문학의 특성은 피식민지인으로서 그의 삶이 지닌 '이동성'과 관련된다. 충북 진천 출생인 조명희는 경성과

---

19 에드워드 렐프, 앞의 책, 34면.

일본 유학 후 귀국, 소련 망명을 감행하기까지 식민지 / 제국 체제의 안과 밖을 자주 이동했다. 식민지 내부의 이동(진천→경성), 그리고 식민지 / 제국 체제의 경계 이동(조선→일본), 다시 식민지 / 제국 체제 외부로의 망명(조선→소련)에 이르기까지, 식민지 / 제국 체제의 안과 밖을 가로지르는 그의 '이동'은 '장소상실'이라는 조명희 문학의 특질과 긴밀히 관련되는 것으로 판단된다. 삶의 이동성은 그의 문학의 '장소상실'을 낳는 배경이 되고, 역으로 장소성 획득에 실패하는 그의 태도가 끊임없는 이동성으로 귀결되었다고 볼 수 있을 것이다. 그러나 '삶의 이동성'이 항상 '문학의 이동성'으로 귀결되는 것은 아니다. 일제강점기 많은 문인들이 여행, 유학, 이주 등의 형태로 계속해서 '삶의 이동성'을 경험했지만, 그들 문학 세계의 특징은 매우 다양하게 발현되었다. 조명희가 삶과 문학 양면에서 모두 장소성 획득에 거듭 어려움을 겪는 과정은 식민주의를 경험하고 그것을 적극적으로 극복하려는 작가의 태도와 깊이 관련된 것으로 판단된다. 이동하는 식민지 주체는 어떻게 장소와 관계를 맺고, 장소를 지각하고 경험하며 의미화하는가. 이동하는 식민지 주체는 식민지 / 제국 체제의 안과 밖에서 겪는 경험을 장소를 통해 어떻게 의미화하여 표현하는가. 본고에서는 이같은 질문을 중심으로 특히 조명희의 삶의 경로, 즉 경계를 넘나드는 그의 이동에 주목하여 그의 문학이 획득하는 / 하지 못하는 장소성의 특징과 의미를 탐색하고자 한다.

3. 조명희 문학의 장소성과 장소 상실

1) 어디에도 없는 – 장소 상실과 유토피아

조명희는 「낙동강」의 작가, 소설가로서 알려져있지만, 기실 그의 문학 활동은 희곡으로 출발했다. 동경 유학 중이던 1920년 극예술협회에 참여하면서 희곡 「김영일의 사」[20]를 쓰기 시작했고, 이 작품은 1921년 7월에 국내에 처음으로 공연되었다. 「김영일의 사」의 시대와 장소는 '현대', '동경'이다. 이 작품에서 '동경'은 주인공 김영일이 어려운 집안 형편에서도 "암만 하여도 공부는 하여야 하겠다고 단연히 마음을 먹고" "병든 어머니와 우는 동생을 두고" 건너온 곳이다. 그는 "과감하게 운명과 싸움하며 자기 신생을 개척하려고"(255)[21] 하지만 그가 현실에서 겪는 역경은 서사의 전개상 점차 가중되고 극의 마지막 부분에서 김영일은 죽음에 이른다. 이 작품의 배경인 '동경'은 조선 청년 김영일에게 공부의 '꿈'을 이룰 수 있는 희망의 장소로 받아들여졌다. 그러나 그러한 기대와 달리 그가 찾아와 직접 확인한 동경은 고통으로 점철된 "전쟁장"에 가깝다. 당시 식민지 조선의 많은 청년들은 문명, 지식, 생활수준의 향상 등 '더 나은 삶', 혹은 '다른 삶'을 향한 동경을 안고 식민지 / 제국 체제의 경계를 넘었다. 그러나 김영일과 같은 피식민지인들

---

20 이 작품은 이후 1923년 희곡집 『김영일의 사』로 묶여 동양서원에서 발간되었다. 한국 최초의 창작 희곡집으로 평가된다.

21 이하 본문의 작품 인용 부분은 『포석 조명희 전집』, 동양일보 출판국, 1995의 해당 작품 페이지를 적는다. 이하 각주에서는 『전집』으로 약칭한다.

이 제국의 중심에서 마주한 것은 내지의 외지인으로서의 처지, 곧 중심에 포섭되지 못하는 차별과 차단의 구조였다.

「김영일의 사」에서도 이러한 차이, 차별, 차단의 표지는 곳곳에서 발견된다. 장소, 언어, 사람의 차이와 분열이 바로 그것이다. 떠나온 '조선'(집)과 현재 무대인 '동경'의 머나먼 거리, 또한 각기 1막과 2막의 무대가 되는, 김영일의 초라한 '셋방'과 전석원의 '서재'인 '팔첩방'이 조선인 유학생의 경계 이동과 내지(內地) 안에서의 차이와 분리를 선명하게 보여준다. 제국의 중심으로 이동한 조선 유학생들 내부에서도 차이와 차별, 분리와 갈등이 일어난다. 김영일이 몰락한 농민 계층의 가난한 고학생을 대표한다면, "명선화복에 금장안경을 썼으며 궐련을 피"는 전석원은 부유하고 안정된 계급 출신임을 쉽게 짐작할 수 있다. "셋방"과 "팔첩방"의 대조적인 묘사는 두 유학생의 신분적 격차와 분리를 선명하게 드러낸다.

> 그 창 앞 중앙면으로 헌 책상 3개가 놓였으며 그 위에 책과 필통 등이 약간 놓여 있고 그 옆으로 값싼 북 케이스가 있고 드러난 붕내(棚內)에는 헌 책과 몇 가지 새 책이 많지 않게 옆으로 세워 있다. 그 케이스 위에는 값싼 석고소상(로댕의 판스루)이 놓이고 그 위 벽에는 삼색 판화 2매, 다리에 서서 연인 베아트리체를 기다리는 시성(詩聖) 단테(Ecce Homo)와 형관(荊冠) 쓴 그리스도가 붙어 있다. 그 옆으로 화복(華服)이 걸려 있다. 방 중에는 숯불 약간 담긴 화로가 놓여 있다.[22]

실내가 다 신선하며 벽을 향하여 테이블이 놓이고 그 위에는 화양서적이 기권 놓이고, 필통, 좌종, 화병, 기타가 놓였으며 테이블 위로 24촉 등이 켜 있다. 그 앞으로 암췌어가 놓였고, 그 옆으로 훌륭한 북케이스가 있으며 그 위에는 거울과 기타 화장구가 놓여 있다. 벽상에는 여기저기 풍경화, 인물 등 액록이 걸리어 있다. 중앙에는 화로가 놓였으며 그 주위로 전석원, 정성희, 오해송, 최수일 4인이 늘어 앉았다.[23]

김영일을 중심으로 하는 가난한 고학생들과 전석원을 중심으로 하는 유학생 그룹은 경제적 처지와 일상의 문화, 이념과 이상 면에서 차이와 갈등을 빚는다. 앞의 그룹이 "화로에 불도 없"이 추위에 떨며 "두끼쯤은 고구마"로 때우며 벌이를 나가야 하는 "없는 놈"들인데 반해, 뒷그룹은 일본인 "하녀"에게 "비푸스텍"을 배달시켜 먹는다. 또한 앞의 사람들이 이상의 실현을 위해 테러리즘을 추구하는 사람들까지 포괄한다면, 뒷 그룹은 앞의 사람들에 대해 "자기 명리를 얻"으려는 사람들이라고 서슴없이 비판한다. 결정적으로 두 그룹은 "돈을 꾸"려는 사람들과 그들에게 필요한 돈을 선뜻 내주지 않는 사람으로 분리된다. 이때 앞의 사람들, 그 가운데서도 김영일이 필요로 하는 돈은 "고향집"으로 돌아가기 위한 여비, 정확히는 "병환이 위중"한 "어머니"를 만나러 가기 위한 것이다. 그러나 "위스키"와 "가쓰레쓰", "비푸스텍"(263)을 선뜻 주문하는 전석원의 호사 앞에서 김영일의 절박한 요구는 참담하게 거절당한다. '집'으로 돌아가고 싶은 열망과 절박함이 강할수록 그것을 불가능하게 하는 '돈'의 위력과 현실의 무게는 더욱 분명하게 대비된다.

---

23 『전집』, 259면.

본고의 주제인 '장소성'과 관련하여 특히 주목할 부분은 '집'의 반복적 호명, 그리고 그 의미와 효과이다. 조명희의 처녀작인 「김영일의 사」에서 '집'은 서사의 전개를 이끄는 핵심 모티프이다. 집을 떠나온 김영일은 막상 집 생각을 하느라 마음 편할 날이 없다. 그러던 중 집에서 온 편지를 통해 어머니가 위중하다는 기별을 받고 귀향하려고 하지만, 그의 수중에는 여비가 없다. 집으로 돌아가기 위한 여비를 마련하려는 과정에서 갈등이 발생하고, 결국 김영일은 집으로 돌아가지 못한 채 동경의 '셋방'에서 죽음을 맞이한다.

'집'이라는 단어는 극 중 김영일의 대사에서 반복적으로 등장한다. "나는 집에를 나가야겠네"(258), "집에서 우리 어머니께서 병환이 위중하시다는 기별을 듣고 불가불 집에는 나가야 하겠고,"(265) 등 귀향 / 귀가에 대한 열망을 끊임없이 내비친다. 전석원의 집에서 일어난 충돌로 인해 경찰서에서 구류형을 살고 난 이후 병세가 악화된 김영일은 혼수상태에서 "우리 집 좀 데려다 주어, 응"(271), "여기가 어디야? 우리 집이야?", "응, 여기가 우리 집이 아니야? 응"(275) 등을 반복하다 마침내 숨을 끊는다.

「김영일의 死」에서 '집'은 열망과 좌절이 교차하는 부재의 공간이다. 극 중에서 '집'은 인물들의 대사를 통해 언표화되고 있을 뿐 무대에서 재현되지 못한다. 그런 점에서 '집'은 마치 "존재하지도 사라지지도 않는"[24] 공간이라고 할 수 있다. 그것은 무대의 어느 곳에도 실재하지 않는 부재의 공간이지만 김영일의 마음 속에는 엄연히 존재하는 공간이

---

[24] 토마스 모어는 그의 책 『유토피아』의 제목 '유토피아' 위에 "존재하지도 사라지지도 않는 나라"라는 일종의 부제를 남겼다. 또한 이 책의 마지막 장에서도 '유토피아'에 대해 "기대할 수 없지만 바라는 것"이라고 적었었다. 토마스 모어, 권혁 역, 『유토피아』, 돋을새김, 2006, 표지 및 253면 참조.

다. 누이동생이 보내온 '편지'의 출처에 대해 "어둠의 나라", "알 수 없는 나라"(257)라고 말하고, 죽음 직전 "새 세계", "새 나라! 언제나 새 나라!"(276)라고 마지막으로 궁극적 지향처를 외치는 장면은 그가 꿈꾼 '집'이 어원적 의미의 유토피아, 즉 "좋고 선한" 공간, 그러나 지금 여기에는 '없는' 공간을 가리키고 있음을 확인하게 한다.[25]

「김영일의 사」에서 드러나듯, 현실의 구체적인 장소와 실제적인 관계를 맺지 못하고 "고향" 또는 "알 수 없는" '먼' 곳, "새 나라"를 꿈꾸는 태도는 그의 문학적 특징이라고 할 수 있다. 이같은 특징은 그의 시집인 『봄 잔디밭 우에』에 수록된 시편에서도 확인된다. 특히 일본 동경에서 쓴 시편 가운데는 진정한 장소감 획득에 어려움을 느끼며 끊임없이 이상향을 꿈꾸는 태도가 나타난다. 아래 인용 부분은 그 사례에 해당된다.

> 나의 고향이 저기 저 흰 구름 너머이면 / 새의 나래 빌려 가련마는 / 누른 땅 위에 무거운 다리 움직이며 / 창공을 바라보아 휘파람 불다 // (…중략…) // 고적한 사람아, 시인아. / 하늘 끝 회색 구름의 나라 / 이름도 모르는 새 나라 찾으려 / 멀고 먼 창공의 길 저문 바람에 / 외로운 형영(形影) 번득이여 날아가는 그 새와 같이 / 슬픈 소리 바람결에 부쳐 보내며 / 아른 걸은 푸른 꿈길 속에 / 영원의 빛을 찾아가다
>
> ― 「나의 고향이」 부분[26]

25　유토피아의 어원적 의미에 관해서는 정헌이, 「비-장소로서의 유토피아―동시대 미술의 유토피아적 조건」, 『서양미술사학회』 41, 2014, 315~316면 참조.
26　『전집』, 45면.

나는 누구를 찾아 / 어두운 벌판에 터벅거리노 // 그 욕되고도 쓰린 사랑의 미광(微
光)을 찾으려고 / 너를 만나려고 / 그 험하고도 험한 길을 / 훌훌히 달려 지쳐 왔다

—「누구를 찾아」 부분[27]

인용시에서 확인할 수 있듯, 조명희 시의 시적 자아는 멀리 있는 "고
향"이나 "이름도 모르는 새 나라"를 향한 강한 지향성을 품고 있다. '여
기'가 아닌 '저 곳'을 향한 강한 동경은 곧 '여기'에서 진정한 장소감을
느끼지 못하고 있음을 뜻한다. 자신에 대해 "고독자", "애도자(哀悼子)"
라고 스스로 칭하며 "여기"는 "나의 주가(主家)", "광야(曠野)의 일우(一
隅)"이며 "고독의 세계"임을 토로하고 있다. 동경 유학 시절에 쓴 조명
희의 시들은 젊은 날의 방황과 애상을 표현한 시들이 주류를 이룬다.
시인과 동일화된 시적 자아는 낯선 타향에서 구체적인 장소를 매개로
한 정서적 유대감을 맺지 못하고 정처없이 방황하는 모습을 보인다.
"아아 나는 어디로 갈까 나는 어디로 가"(「혈면오음」), "아아 나는 어이?"
(「인연」) 등의 자문(自問)의 표현들, 그리고 "머나먼 나라", "해탈의 나라"
등 관념적인 형태로나마 유토피아적 이상향을 향한 동경의 표지들은
시적 자아가 구체적 현실에서 장소성 획득에 실패하고 있음을 보여주
는 증거라고 할 수 있다.

동경에서 창작한 시들이 대체로 영토에 뿌리내리지 못하고 이국(異
國)을 방황하는, 뿌리뽑힌 자의 상실감을 토로하고 있는 반면, 귀국한
이후에 창작한 작품에서는 "대지(大地)", "어머니", "(대)우주", "봄", "영
원" 등 원형공간으로 특징화되는 유토피아적 지향성이 발현되고 있다.

---

27 『전집』, 43면.

①어머니 좀 들어주서요 / 손잡고 귀 기울여 주서요 / 저 담 아래 밤나무에 / 아람 떨어지는 소리가 들립니다 / '뚝' 하고 땅으로 떨어집니다 / 우주가 새 아들 낳았다고 기별합니다 / 등불을 켜 가지고 오서요 / 새 손님 맞으러 공손히 걸어 가십시다

—「경이(驚異)」 부분28

②내가 이 잔디밭 위에 뛰노닐 적에 / 우리 어머니가 이 모양을 보아주실 수 없을까 // 어린 아기가 어머니 젖가슴에 안겨 어리광함같이 / 내가 이 잔디밭 위에 짓둥글 적에 / 우리 어머니가 이 모양을 참으로 보아주실 수 없을까.

—「봄 잔디밭 우에」 부분29

③순실(純實)이 없는 이 나라에 / 아픔과 눈물이 어디 있으며 / 눈물이 없는 이 백성에게 / 사랑과 의(義)가 어디 있으랴 / 주(主)여! 비노니 이 땅에 / 비를 주소서 불비를 주소서! / 타는 불 속에서나 / 순실(純實)의 뼈를 찾아 볼까 / 썩은 잿더미 위에서나 / 사랑의 씨를 찾아 볼까.

—「불비를 주소서」 전문30

①에서는 유토피아를 현실에 구현하고자 하는 지향성이 두드러지게 나타난다. ②에서는 자연과의 친화와 더불어 '어머니'로 표상되는 대지적 생명력에 대한 예찬이 나타난다. 이 두 편의 시가 새로운 생명,

---

28 『전집』, 28면.
29 『전집』, 31면.
30 『전집』, 39면.

자연의 생명력에 대한 경이를 표현하고 있다면, 마지막 ③의 시는 '이 땅'에 대한 좌절, 실망과 더불어 "순실(純實)의 뼈", "사랑의 씨"를 찾아 미지의 '다른' 곳을 지향하는 시적 자아의 태도가 나타나고 있다.

지금까지 동경 유학 중에 창작한 조명희의 희곡 「김영일의 死」, 그리고 동경 체류 기간과 "귀국 후에" 창작한 『봄 잔디밭 위에』의 수록 시를 중심으로 그의 초기 작품 세계를 살펴보았다. 반복하여 강조하자면, 조명희에게 '집'은 열망과 좌절이 교차하는 부재의 공간이며, 그의 지향점이자 현재적 결여체라고 할 수 있을 것이다. 「김영일의 사」에서 주인공은 '집'으로 돌아가고자 하는 강한 열망에도 불구하고 끝내 그 꿈을 실현하지 못하며 '여기'가 아닌 '새 나라'를 향한 강한 지향성을 보여준다. 동경 유학 중에 창작한 그의 시들은 구체적 장소, 환경, 인간관계 등 시인의 경험과 지각 속에서 진정한 장소감을 발견할 수 없는 상황을 드러낸다. 그런 점에서 '장소상실'과 '유토피아 지향성'은 구체적 현실에서 진정한 장소감을 획득하지 못하는 그의 태도를 집약하는 두 가지 특징이라고 할 수 있다. '여기'에서의 '장소상실'이 '저기'를 향한 '유토피아 지향성'으로 나타나고 있는 것이다. 이 두 가지 특징은 경계를 넘는 그의 '이동성'과도 긴밀히 관련된다. 고향을 떠나 내지(內地)의 외부에서 겪는 갈등과 소외감이 그의 작품에서 '장소상실', 또는 막연히 "먼" 곳, "새 나라"를 향한 지향성으로 발현되었다면, 다시 식민지 / 제국 체제의 경계를 넘어 고향으로 이주하는 또다른 이동이 현실에 대한 실망과 환멸, 동시에 원형공간을 향한 동경의 태도로 나타나고 있다.

2) '집'의 부재 – 장소 상실과 월경(越境)의 꿈

이 절에서 살펴볼 작품들은 조명희의 단편 소설, 특히 「땅 속으로」
에서 「낙동강」에 이르는 신경향파 소설에 해당된다. 1925년에서 1928
년에 이르는 이 시기는 프로작가로서 조명희의 가장 왕성하고 대표적
인 활동기에 해당하며, 작가 개인에게는 동경 유학을 마치고 조선으로
돌아와 식민지 / 제국 체제의 모순적 현실을 경험하고 소련 망명을 감
행하기까지의 기간이다.

자전적 내용에 기초한 조명희의 첫 단편소설 「땅 속으로」의 첫 문장
은 작가 자신 귀국 후 고향에서 느끼는 낯선 이질감과 장소 상실의 경
험을 기록하고 있다.

> 내가 올 봄에 동경을 떠나 나와 S역 근처에 있는 내 집이라고 와서 보니 (그 집
> 이란 것도 실상 내 집이 아니요, 내 형님 집이다.) 집안 형편이 참 말이 못된다.[31]

> 가난한 집에는 싸움이 많다더니 사람들이 모두 악만 남아 그러한지 아이 어
> 른 할 것 없이 걸핏하면 싸움질을 일으킨다. 어찌되어 나가려는 집안인지 집안
> 이 그만 난장판이 되고 말았다. 어른도 어른 노릇을 못하고 아이도 아이 노릇을
> 못한다.
> 달려들며 며칠 동안에 이러한 광경을 본 나는 (다섯 해 전 내가 집에 있을 때
> 에는 물론 이 지경은 아니었다) 무슨 '산지옥', '아귀 수라장(餓鬼修羅場)'을 연상
> 하게 되었다. 대다수의 조선 사람 생활이란 것을 미루어 짐작하게 되었다(우리

---

31 『전집』, 97면.

조선에서 이보다 더 참혹한 광경을 보기는 예사이지마는)[32]

집은 "개인으로서 그리고 한 공동체의 구성원으로서의 우리 정체성의 토대"[33]이자 "인간 실존의 근원적 중심"[34]으로서 모든 인간에게 중요한 의미를 지닌다. 하지만 「땅 속으로」의 1인칭 화자는 '다섯 해'만에 돌아온 '집'을 "난장판", "산 지옥", "아귀수라장"이라 부르며 낯선 이질감과 거리감을 느낀다. 그가 이러한 감정을 느끼는 이유는 "악연(惡緣)"(102)이라 칭할 만큼 '아내'를 비롯한 '식구'들에게서 느끼는 정서적 불편함, 그리고 동경 유학을 마치고 온 그가 가족의 생계를 해결할 것이라는 기대감 속에서 "아이고 인자 우리집에는 아무 걱정도 없어요"(98)라고 건네는 식구들의 이야기 등에서 연원한다. 그러나 무엇보다 그가 '집'을 통해서 느끼는 시간적 격차와 장소 상실의 경험은 "대다수의 조선 사람"이 겪고 있는 식민지 / 제국 체제의 강화와 그로 인한 "가난"의 현실에서 비롯된다. "가난한 집"에서 자주 발생하는 "싸움"의 원인을 한낱 집안 문제로 제한하지 않고 "대다수 조선 사람의 생활"의 문제로 확대하여 "이보다 참혹한 광경을 보기는 예사"라고 보편화하는 서술 과정에서 작가 자신 '집'의 문제를 '조선'의 보편적 현실과 연관짓는 관점을 확인할 수 있다.

「땅 속으로」에서 '나'는 "난장판", "산 지옥" 같은 '형님 집'에서 벗어나기 위해 출판사에 시집 원고를 넘기고 판권 선금을 받아 서울 삼청

동에 셋방을 얻어 분가를 한다. 하지만 그는 식솔들과 함께 서울살이를 시작하면서 곧 "지옥의 초입"(113)에 들어서는 듯한 느낌을 갖는다. 조명희 소설에서 이렇게 '집'과 '가족'들에게 정서적 유대감을 느끼지 못하는 인물과 상황은 「땅 속으로」뿐만 아니라 여러 작품에서 제시되고 있다. 「R군에게」의 부부관계, 「저기압」의 '나'가 그러한 사례에 해당되며, 그밖에 「농촌 사람들」의 '원보', 「한 여름밤」과 「새 거지」에서 지배계급의 횡포와 가난으로 인해 가족의 해체를 겪고 거리로 내몰린 인물들의 상황이 그러하다.

이들 작품에서 조명희는 가족의 해체, 장소 상실, 비진정한 장소감 등 '집'을 둘러싼 소외감, 심리적 거리감의 현실적 연원을 끈질기게 탐색한다. '집'의 해체와 상실에 대해 그가 작품 속에 제시하는 연원은 우선, 가난으로 현실화되는 식민지 / 제국 체제의 지배·착취 구조이며, 다음으로 검열과 감시로 대표되는 식민지 / 제국의 관리 체제, 마지막으로 조혼의 폐습이다.

서울은 20만 인구의 도회로서 무직업한 빈민이 18만이라는 말을 신문기사를 보고 알았지마는 세계지도 가운데 이러한 데가 또 있거든 있다고 가리켜 내어 보아라. (…중략…) 나도 물론 이 걸식단 가운데 신래자(新來者)의 한 사람이 되었다. 남촌이라는 이방인 집단지인 특수지대를 제해 놓고 그 외는 다 퇴락하여 가는 옛 건물, 영쇠하여 가는 거리거리, 바싹 마른 먼지 냄새로 꽉 찬 듯한 기분 속에서 날로날로 더 패멸 조잔(凋殘)의 운명의 길로 돌아가는 서울이란 이 땅, 아니 전 조선이라는 이 땅, 그 속에 굼질대는 백의인—빈사상태에 빠진 기아군(飢餓群)[35]

여기에는 생활이 없다. 생활의 기초적 조건이 되는 경제가 사회적으로 또는 개인
적으로 파멸이 되었다는 말이다. 따라서 다른 생활도 파멸이 되었다는 말이다.[36]

위의 인용문에서도 '기아(飢餓)'로 고통받는 식민지 조선의 현실이 객
관적 수치(數値)와 구체적 사실감을 통해 묘사되어 있지만, 작품의 곳
곳에서 조명희는 "토지조사"(166), "동척회사"(176), "군청, 척식회사, 헌
병소"(176)뿐만 아니라, "대지주인 동척의 횡포와 착취"(208), "자본주 지
주들"(191), "일본 제국주의 세력"(191), "무슨 국 무슨 과 검열계"(117) 등
으로 조선 사람의 '가난', '집'의 해체와 상실을 낳은 식민지 / 지배 체제
의 구체적 대상들을 정확히 지칭하고 있다.

이렇게 "왜놈들의 손아귀에서 시달리고 시달리면서 살다가 못살게
된 조선사람"(197)들은 조명희 소설에서 대부분 '집'을 나와 거리를 떠돈
다. 어떤 이는 "개 모양으로 음식 냄새를 맡으로 거리로 뛰어나오"(109)
고, 어떤 이는 "수채에 내어던진 썩은 콩나물 대가리"(155)처럼 버려진
다. "집도 절도 없이 떠돌아 다니는 사람들"(193)의 사연은 여러 가지다.
"공장에서 쫓기어 나가지고"(195) 거리로 내몰린 경우도 있고 남편이
"왜놈한테 매맞아 죽"(196)는 바람에 '집'을 잃고 거지가 된 여성도 있다.
이처럼 '집'을 잃은 사람들, 혹은 '집'을 '집'으로 여기지 못하고 정서적
유대감을 상실한 사람들은 '조선'을 떠나 '다른 곳'으로의 이주를 감행
하고자 한다. 그들은 '내 것', '우리 것'으로 인식되는 한 장소에 뿌리를
내리지 못하고[37] '여기'가 아닌 '다른 곳'으로의 이주를 도모한다.

---

35 조명희, 「땅속으로」, 『전집』, 108면.
36 조명희, 「저기압」, 『전집』, 156면.

　　"여기에서는 백판에 살 도리가 없고……. 하니 별 수 없어, 여기를 떠나잔 말이여."[38]

　　"일본이나 가세 그려."
　　"이 사람 말 말게. 갔다가 돌아오는 것들은 어쩌고. 돈벌이가 좋다더니만 까딱 잘못하면 사람을 무엇? 감옥 속 같은 데로 속여 끌고 들어가서 그 안에 다 가두고 죽도록 일만 시키고 돈도 먹을 것도 얼만큼씩 안 주고 한번 갇히면 세상 밖에도 잘 못 나온다네."[39]

　　"서간도, 서간도……. 그래도 거기나 가봐. 그런데 그 이쁜네하고 같이 간 음전네는 서간도에 안 있데여. 거기서 더 들어가 어딘지도 알 수 없는 곳으로 가버리고 말았다네 그려."[40]

　　'여기'가 아닌 '다른 곳'을 향한 동경의 태도는 희곡과 시 등 조명희의 동경 유학 시절과 귀국 직후의 작품에서도 나타난다. 유학과 귀국 직후의 작품에서 '새 나라' 등의 추상적이고 관념적인 이상향, 또는 원형 공간으로서의 유토피아를 향한 지향이 나타나는 반면, 단편소설에서 작가가 지향하는 '다른 곳'은 구체적인 실제 지명으로 제시된다. "일본", "북간도", "서간도", "서간도에서 더 들어간 알 수 없는 곳", 그리고 "남북만주", "노령", "북경", "상해"(214) 등 조선을 떠나 '살 곳'을 찾아가

37　에드워드 렐프, 앞의 책, 95면.
38　조명희, 「춘선이」, 『전집』, 214면.
39　조명희, 「농촌 사람들」, 『전집』, 174면.
40　조명희, 『전집』, 175면.

려는 사람들의 이야기는 작품 곳곳에 등장한다.

조명희 소설에서 '이동'과 '이주'는 여러 방향으로 진행된다. 앞에서 언급한 것처럼, 조선을 벗어나 식민지 / 제국 체제의 경계 밖을 찾아나서는 사람들을 비롯해, 식민 자본의 이익 창출 구조를 찾아 현해탄을 건너온 '내지(內地)' 일본인들, 그리고 이주한 땅에 정착하지 못하고 다시 역이주하여 귀향하는 조선인 등 이동과 이주의 방향과 목적, 이주민의 형태는 다양하다. 조명희는 조선의 내 / 외부에서 발생하는 광범위한 이동의 원인을 정확히 직시하고 작품 속에 제시하고 있다. "왜놈들의 손아귀에서 시달리고 시달리면서 살다가 못살게 된 조선사람", "이렇게 참혹한 생활형편은 일본제국주의 부르주아 놈들에게 착취와 억압을 당하기 때문"(197)[41]이라는 표현에서 그가 조선인의 이주와 이동, 가족 해체의 원인으로 식민지 / 제국의 지배 체제를 지시하고 있음을 확인할 수 있다. 또한 이동과 해체로 인한 장소 상실이 "온 세계 무산군의 고통"(110)이라는 그의 언술을 통해, 개인의 고통이나 조선인의 생활난에 한정된 문제가 아닌 세계 체제의 구조적 문제임을 드러낸다.

이렇게 이동과 이주만이 조선인들의 절실한 요구이자 유일한 과제로 제기되지만 실제 현실은 결코 녹록지 않다. "서북간도에서 도로 쫓겨오는 유랑민"의 모습이나 "우리 조선 사람은 살 곳도 갈 곳도 없구나"(174)라는 농민의 탄식은 어느 곳에서도 뿌리내리지 못하는 피식민지인의 처지를 보여주고 있다. "뿌리를 원하고, 뿌리를 필요로 하고,

---

41 이 부분은 조명희, 「한여름 밤」, 『조선지광』 67호, 1927.5의 한 부분으로 작품 발표 당시에는 검열로 인해 복자로 표기되었다. 『전집』에는 복자가 작가에 의해 복원된 형태로 밑줄을 넣어 표기되어 있다.

뿌리·소속감·내 것·네 것·우리 것으로 인식되는 어떤 장소를 쟁취하려는 것은"[42] 인간 본성의 일부분이며, 따라서 인간은 "한 장소에 뿌리를 내"림으로써 "어딘가에 의미있는 정신적이고 심리적인 애착" 관계를 맺고 "세상을 내다보는 안전지대"[43]를 형성한다. 조명희 소설에 등장하는 식민지 조선인들은 식민지 / 제국 체제의 경계를 넘어 광범위한 이동을 시도하지만, '내지', '반도', '만주' 등 조선의 안팎 어디에서도 뿌리내리지 못하고 장소성 획득에 실패한다.

작품 속에 형상화되는 이같은 현실은 이 시기 작가의 상황과도 관련되는 것으로 보인다. 작가로서의 조명희는 1927년 「낙동강」을 발표하며 프로문단에서 높은 평가를 받지만, 이 무렵 그의 개인적 상황은 이기영과 "한집에서 방을 갈라 가지로 살림"[44]할 정도로 궁핍했고 "극도의 신경쇠약증으로" "3, 4일씩 계속하여 잠 한잠도 자지 못하"는 불면증을 심하게 겪고 있었다. 이 불면증의 원인에 대해 선행 연구자들은 "원고 쓰기에 진이 빠진데다가 가족들과 비좁은 방에서 함께 생활하는 불편함",[45] 그리고 "일본 경찰의 박해와 추궁이 심해지면서 체포와 투옥의 위기에 놓"이고 "신변의 위협"[46]을 느껴야 했던 상황을 들고 있다.[47] 이 시기 조명희는, 동경 유학 시절 김우진과 함께 이미 '러시아

---

42 Coles R, *Uprooted Children*, New York : Harper and Row, 1970, pp.120~121. 에드워드 렐프, 앞의 책, 95면에서 번역 재인용.

43 에드워드 렐프, 위의 책, 같은 면.

44 한설야, 「포석과 민촌과 나」, 『중앙』 28호, 1936.2.

45 이명재, 『그들의 문학과 생애-조명희』, 한길사, 2008, 98면.

46 정덕준, 「포석 조명희의 생애와 문학」, 정덕준 편, 『조명희』, 새미, 1999, 16면.

47 조명희의 '불면증'은 그의 소련 망명의 동기 및 원인과도 연관되는 것으로 판단된다. 작가의 망명 원인에 대해 서는 "양심적인 전문가로서의 활동이 보장되어 있지 못한 조선 현실"을 탈피하여 문학적 열정을 쫓아간 실천 행위라는 견해(박성모), 프롤레타리아 국제주의의 사회주의를 실현하기 위해서라는 견해(김성수), 작가가 지닌 낭만성과 혁명성의 접점에서 이루

망명'을 도모했으나 갑작스런 그의 죽음으로 보류했던 계획을 비밀리에 추진하고 있었던 것으로 추정된다. 1928년 6월, 그가 망명하기 두 달 전에 발표한 수필 「잠 못 일우든 밤」에서 그는 다음과 같이 불면의 괴로움을 토로하고 있다.

> '인제 집으로 가자,'
>
> 하고는 거리로 내려서서 오던 길을 되밟고 집을 향하여 오며 혼자 중얼거렸다.
>
> '내가 이 모양으로 나가다가는 암만 해도 죽지⋯⋯.'
>
> 빈궁이 불건강을 낳고, 불건강이 병을 낳고, 또 병의 몸을 신경이 더 병으로 몰아 마지막에는 죽음으로 몰아 넣지⋯⋯. 이것은 변증법적으로 ××(탈자―인용자)을 과정하여 겪는 필연인가 보다. 나는 갑자기 더 분한 생각이 가슴에 끓어올랐다.[48]

위의 글에서, 잠을 이루지 못하고 '집'을 나선 작가는 한밤내 서울 거리를 떠돌다 새벽녘에야 '집'으로 발걸음을 옮긴다. 그러나 '집'으로 향하는 발걸음에서 그는 '죽음'을 예감하고 있다. 망명 두 달 전에 발표한 여러 편의 글 가운데 하나인 이 글에서 그는 '집'을 떠날 수 밖에 없는 절박함을 전달하고 있는 것으로 보인다. 가족관계를 비롯해 경제적 조건과 정치적 상황 등 복합적인 사정이 그의 망명 사유가 될 수 있겠지만, 무엇보다 '집'에서 '잠'을 못이룬 채 '불건강'에 시달리는 그의 신체

어진 결과(이정숙)로 보는 견해 등이 있다. 이에 대해서는 박성모, 「조명희 소설의 현실주의적 성격 연구」, 수원대 대학원 석사논문, 1992; 김성수, 앞의 글, 1989; 이정숙, 「조명희의 삶과 문학, 낭만성과 혁명성」, 『국제한인문학연구』 4호, 국제한인문학회, 2007 참조.

[48] 조명희, 「잠못 일우든 밤」, 『전집』, 368면.

가 한 곳에 뿌리내리지 못하는 장소상실의 상황을 가장 선명하게 제시하고 있다고 볼 수 있을 것이다. 이 글을 발표하고 두 달 후, 결국 조명희는 소련 망명을 감행한다.

3) ‘조선’이라는 헤테로토피아 – 망명과 이주 공간

조명희는 1928년 여름 소련으로 망명했다. 망명 직후 그는 연해주 아무르강 상류 지역의 노브고로드 부근에 있는 뿌찔룝까 육성촌에 정착했고, 그곳에서 황명희와 결혼하여 우스리스크, 하바로스크 등지로 다시 이주했다. 소련에 거주하는 동안 조명희는 농민청년학교, 사범전문학교 등에서 교편을 잡으며 생활했고, 1934년 소련작가동맹 맹원으로 가입하면서 블라디보스토크의 신문『선봉』의 문학편집자, 조선사범대학 교수로 일하는 등 활발한 활동을 했다. 창작 면에서도 시, 수필, 동요를 비롯해 정론, 평론, 소품, 서한 등 다양한 종류의 산문을 발표했다. 「붉은 깃발 아래에서」, 「만주 빨치산」이라는 장편소설을 창작했다고 전해지나, 이 두 편의 작품은 소실되어 현재 확인되지 않는다.

조명희가 감행한 조선 탈출과 소련 망명은 그의 내면에 자리잡은, 식민지 / 제국 체제의 ‘바깥’으로 벗어나고자 하는 욕망에서 기인하는 것으로 판단된다. 조선과 일본을 오가며 식민지 / 제국 체제의 경계를 이동하는 동안 조명희는 어디에서도 진정한 장소를 획득하지 못한다. 그는 식민지 / 제국 체제의 ‘내부’ 어디에서도 “보금자리”, “홈”을 발견할 수 없었고, 계속되는 장소성 획득의 실패는 체제 ‘바깥’으로의 이동을 감행하게 하였다. 하지만 한 체제의 경계를 넘어선 이동은 다시 다른 체제의 '내부'로 들어서게 한다. 지리적 경계를 넘어 정치적 이동을 감행한 조명희는 식민지/제국 체제의 내부를 떠나 사회주의 체제 '내부'의 새로운 이주민으로 정주하게 된다.

'다른' 체제, '다른' 정치적·사회적 공간의 '내부'로 이동한 조명희는 소련 망명 시기의 작품에서 이주와 정주의 시선을 동시에 보여준다. 정주를 꿈꾸는 조명희 시의 자아는 새로운 체제, 공간 내에서 장소성의 실현을 꿈꾸며, 이주자로서의 자아는 그가 떠나온 기원의 땅, 조선의 자취를 지속적으로 작품 속에 형상화한다. 가령, 정주자로서 내부의 시선으로 새로운 "소비에트" 체제를 형상화할 때, 그는 다음과 같이 고조된 어조로 "공화국"의 건설 현장을 묘사한다.

> 짓밟힌 무리의 흘린 핏방울 방울이 / 지심으로 흘러, 흘러 폭발이 되어 / 새 화산, 새 세기의 화산이 솟았다. / 북방에 높이 솟은 새 '히말라야 산' — 소비에트 공화국! / 그 앞에 낡은 제도는 골짜기같이 무너졌다. / 온 세계는 바다같이 끓는다. / 오, 우리의 모국 소비에트 공화국의 거룩한 탄생이여!
>
> —「10월의 노래」 부분[49]

> 봄! 새 나라에 떨쳐오는 봄, / 5년 계획 셋째 해의 봄, / 하늘에도, 땅에도 새봄이 나래를 친다. / 새 계획을 물고 나래를 친다. / 일어서라 천만의 노력 대중아! / 봄과 한 가지 떨쳐 일어서라!
>
> —「볼세비크의 봄」 부분[50]

---

[49] 『전집』, 387면.

맹세하고 나서자! / 건설의 울에 둘러선 나의 동무야, / 너의 피로 이룬, 나의 피로 이룬 우리의 혁명, / 너의 뼈로 이룬, 나의 뼈로 이룬 우리의 건설, / 이 혁명을 지키려, 이 건설을 옹호하려, / 팔 걷고 맹세하여 나서자 나서자!

— 「맹세하고 나서자」 부분[51]

소비에트 "혁명"과 "공화국"의 "건설"을 "옹호"하는 위의 인용시에서는 대상과 자아 사이에 어떤 틈새를 발견하기 힘들다. 정주자의 시선으로 '공화국 건설'이라는 대상을 응시하는 시적 자아는 '공화국'이라는 새로운 공간의 '내부'에 있다. 이렇게 작가가 어떤 공간의 내부, 혹은 중심에서 그 공간과 동일화된 관점을 보여주는 경우는 조명희 문학에서 매우 드문 경우에 해당된다. 동경 유학 시절에 창작한 초기 희곡과 귀국 후 조선에서 쓴 단편소설에서 조명희 작품의 주인공들은 대부분 그가 속한 공간의 '내부'에 정주하지 못하고 '바깥'으로 벗어나려는 욕망을 보여주었다. 희곡 「김영일의 사」에서 주인공 '김영일'은 동경을 벗어나 끊임없이 '고향집'으로 돌아가고자 하는 욕망을 표출했다. 그의 단편소설에서도 '집'을 떠나거나 '집'에서 정서적 유대감을 잃고 '조선'이라는 지리적 경계의 '바깥'으로 벗어나려 하는 인물들이 여럿 등장한다. 이들 작품에 비할 때 소련 망명 시기의 작품들은 그가 속한 공간의 '내부'에 매우 가깝게 밀착된 태도를 보여주고 있다.

그러나 망명 이전의 작품에 비해 '공간' 내부에 긴박되고 동일화된 태도가 나타남에도 불구하고, 소련 망명 시기 조명희의 문학적 자아가

---

50 『전집』, 389면.
51 『전집』, 392면.

'공화국'이라는 공간의 '내부' 혹은 '중심'에 머물고 있다고 보기는 어렵다. 앞에서 언급한 대로, 정주자로서의 자아가 '내부'와의 동일화를 지향하는 반면, 이주자로서의 자아는 그가 기억하는 이동의 경로를 작품 속에 되새겨넣는다. '떠나온 조선'은 "공화국"과 분리된 공간이 아니라 이주를 낳은 역사적 기원의 공간으로서 조명희 작품에 지속적으로 등장한다. 소련 망명 직후에 창작한 「짓밟힌 고려」는 그 대표적인 작품이다.

일본 제국주의 무지한 발이 고려의 땅을 짓밟은 지도 벌써 오래다. / 그놈들은 군대와 경찰과 법률과 감옥으로 온 고려의 땅을 얽어 놓았다. / 칭칭 얽어 놓았다 — 온 고려 대중의 입을, 눈을, 귀를, 손과 발을. / (…중략…) / 그러나 채찍은 오히려 더 그네의 머리 위에 떨어진다 — / 순사에게 눈부라린 죄로, 지주에게 소작료 감해달란 죄로, 자본주에게 품값 올려달란 죄로, / 그리고 또 일본 제국주의에 반항한 죄로, 프롤레타리아트를 위하여 싸워가며 일한 죄로! / 주림과 학대에 시달리어 빼빼마른 그네의 몸뚱이 위에는 모진 채찍이 던지어진다. / (…중략…) / 온 고려 프롤레타리아 동무 — 몇 천의 동무는 그놈들의 악독한 주먹에 죽고 병들고 쇠사슬에 매여 감옥으로 갔다. / 그놈들은 이와 같이 우리의 형과 아우를, 아니 온 고려 프롤레타리아트를 박해하려 든다. / 고려의 프롤레타리아트! 그들에게는 오직 주림과 죽음이 있을 뿐이다, 주림과 죽음! / 그러나 우리는 낙심치 않는다. 우리의 힘을 믿기 때문에 — / 우리의 뼈만 남은 주먹에는 원수를 쳐 꺼구러뜨리려는 거룩한 싸움의 힘이 숨어 있음을 믿기 때문에. / 옳도다, 다만 이 싸움이 있을 뿐이다 — / (…중략…) / 그리고 우리는 또 믿는다 — / 주림의 골짜기, 죽음의 산을 넘어 그러나 굳건한 걸음으로 걸어 나아가

는 온 세계 프롤레타리아트의 상하고 피묻힌 몇억만의 손과 손들이. / 저 — 동
쪽 하늘에서 붉은 피로 물들인 태양을 떠받치어 올릴 것을 거룩한 프롤레타리
아트의 새날이 올 것을 굳게 믿고 나아간다!

—「짓밟힌 고려」 부분[52]

소련 망명 시기 조명희의 시에서 조선, 곧 "짓밟힌 고려"는 "일본 제
국주의"의 침탈로 인해 "주림과 죽음", "학대"와 "싸움"이 지속되는 땅
이다. 위에서 길게 인용한 「짓밟힌 고려」에는 일제가 "군대와 경찰과
법률과 감옥으로 온 고려의 땅을 얽어 놓"은 상황에서 "고려 대중"의
"주림과 학대", 그리고 그로 인해 "고려 대중"의 이향과 이주가 발생하
는 과정이 나타나 있다. 시 「아우 채옥에게」에서도 "함흥 감옥", "동맹
파업", "기름을 짜내는 심문", "모진 매" 등의 시어와 표현이 '떠나온 조
선'의 생생한 투쟁의 상황을 환기시키고 있다. 또한 「까드르여 너의 짐
이 크다!—조선인 사범대학 제1회 졸업생들 앞에」에서도 "고향에서 쫓
기어나" "살 땅을 찾아" "유랑"한 "조선인"들의 역사가 '소비에트 건설'
의 배경으로 등장한다. 소련 망명 시기 조명희의 작품에는 이처럼 떠
나온 "고려"(조선)의 과거와 "소비에트"의 현재적 공간이 공존하는 양상
을 보인다. 달리 말해, 이주와 정주의 시선이 공존한다고 볼 수 있는 그
의 작품에서 '조선' 혹은 '고려'는 지속적으로 구체적인 장소감을 환기
시키는 대상으로 등장한다. 그에 반해, 현재 그가 거주하고 있는 '소련'
이라는 공간은 실제적인 장소와 매개되지 못한 채 추상적·이념적 대
상으로 등장하고 있다는 점에서 대조를 이룬다.

---

[52] 『전집』, 384~386면.

단적으로 말한다면, 소련 망명 시기 조명희에게 구체적인 장소감을 확인시키고 장소애를 불러일으키는 대상은 '소련' 내부의 장소가 아니라 '조선'이라고 할 수 있다. 조명희 시에서 '조선'은 "함흥 감옥", "경찰서 유치장", "검사국", "취조실" 등의 실제적인 장소와 정서적 태도를 매개로 구체적으로 장소감을 환기시키는 대상으로 부각된다. 그에게 '조선'이 지니는 의미는 '조선'과 매개된 사람들과 연관될 때 좀 더 명료하게 드러난다. 「아우 채옥에게」에서 그러한 단면을 확인할 수 있다.

> 내가 여기로 나올 때의 일만 생각하고 네가 그저 고무신 공장에서 무사히 일하는 줄만 알았구나.
>
> 그리다가 그 어느 날인가? 무심코 읽어내리던 신문의 글자가 내 눈을 그만 놀래어 주었다.
>
> 네 이름을 기록한 몇 낱의 작은 글자가 몽둥이가 되어 내 가슴을 두드리었구나… 네가 검사국으로 넘어갔다고….
>
> 영광스런 희생에 자랑스러운 마음이 남은 오히려 나중의 일이었었다. 먼저는 연약한 네 몸을 생각하고 놀라움에 마음이 떨리었구나.
>
> ― 「아우 채옥에게」 부분[53]

위의 시에서 "아우 채옥"을 향한 화자의 마음은 '놀라움'과 '안타까움'에서 "자랑스러운 마음"으로 변화해간다. 그러한 "마음"의 상태와 변화과정에 대한 묘사도 매우 상세하다. "네 이름을 기록한 몇 낱의 작은 글자가 몽둥이가 되어 내 가슴을 두드리었구나…", "연약한 네 몸을 생각

---

[53] 『전집』, 399면.

하고 놀라움에 마음이 떨리었구나” 등과 같은 표현에서 “동맹파업”에 참여하였다가 “푸른 죄수 옷”을 입고 감옥에 수감된 여성 노동자를 향한 화자의 태도가 매우 섬세하게 드러나 있다. 이렇듯 “아우 채옥”에 대한 화자의 섬세한 감정은 이 시의 후반부에서 “조선”에 대한 감정으로 확대된다. “채옥”을 매개로 한 “조선”에 대한 감정과 형상은 “사회주의” 국가 소련의 형상 및 그에 대한 화자의 태도와 대비되거나 연관되고 있다. “조선”의 “채옥”과 소련의 “붉은 수건 쓴 여성들”의 모습, 그리고 “이 여성들의 어린 아기”와 “조선”의 “아기” 모습이 대비되고 있으며, “프롤레타리아트의 조국”인 소련과 “앞날에 프롤레타리아 국가가 될 조선”에 대한 사랑이 서로 다른 차원이 아님을 강조하고 있다.

이렇듯 작품을 통해서도 ‘조선’의 의미를 찾을 수 있지만, 조명희에게서 ‘조선’의 의미가 가장 잘 드러나는 부분은 그의 자녀들의 이름이다. 망명 이후 출생한 장녀 ‘조선아’, 장남 ‘조선인’이라는 이름에서 ‘조선’이라는 기호가 작가에게 지니는 가치와 강한 환기력을 확인할 수 있다. 자신의 혈육에게 ‘조선’의 이름을 명명하고 호명함으로써 조명희는 떠나온 조국과 타국에서 가장 가까운 관계를 맺을 수 있었다. 자신의 조국이자 식민지/제국 체제인 ‘조선’에서 벗어나기를 강하게 욕망했고, 그 욕망의 실현을 위해 조선의 바깥, 소련이라는 새로운 체제로의 망명을 감행했지만, 그는 새로운 체제의 내부에서 여전히 ‘바깥’을 동경하고 있었다고 볼 수 있다.

소련 망명 시기의 조명희에게 소비에트 체제는 일종의 이념적 유토피아 공간으로서 의미를 지닌다. 그에게 소련은 노동자와 농민이 “즐거움과 용기”를 가지고 “사회주의 국가” 건설에 참여하며 여성들도 “노

력, 공부, 사업, 휴식" 등 "무엇이고 다 할 수 있으며 가질 수 있"는 곳이
며 자유, 평등, 노동, 혁명 등의 이념적 이상이 실현되는 유토피아적 공
간이다. 그러나 이때 작품에 나타난 유토피아로서의 소련이라는 공간
에서 구체적이고 실제적인 장소와 매개된 장소성을 발견하기 어렵다
는 점은 주목할 만한 특징이다. 작품에서 그는 "소비에트 공화국", "프
롤레타리아 조국", "사회주의 조국", "새 농촌 건설" 등 이념공동체를
지칭하는 추상적 개념을 사용하고 있을 뿐, 실제적인 장소와의 관계
속에서 장소를 지각하고 경험하고 의미화하는 과정은 확인하기 어렵
다. 물론 모든 작가가 언제나 장소성 / 장소감을 획득하거나 장소에 대
해 심리적 유대감 / 거리감을 느끼는 것은 아니다. 하지만 조명희의 경
우, 1920년대 동경 유학 시절에 창작한 희곡과 시, 그리고 조선 체류 시
기에 쓴 단편소설과 시에서 지속적으로 장소성, 장소상실의 특징이 발
현되었던 것과 비교한다면, 소련 망명 시기에 장소와의 유대 / 비유대
감이 나타나지 않는 것은 특기할만한 일이라고 할 수 있다.

  추정하건대, 이 시기의 조명희는 그의 생애 처음으로 '내부'에 속해
있다는 인식을 갖지만, 그 '내부'는 구체적인 장소성을 띠지 못하는 닫
힌 체제로서의 유토피아적 공간으로 다가왔던 것으로 보인다. 그 '내
부'에서 그는 '내부'와 완벽히 자기동일화된 상태에 있지도 않고 그렇
다고 이전과 같이 '바깥'으로 벗어나려는 강렬한 욕망을 보여주지도 않
는다. '바깥'으로서의 '조선'은 이 시기 조명희의 내면에 깊이 각인된 기
호, 구체적 실재로서 환기되는 강력한 기호이다. 그는 '바깥'으로 벗어
나려는 욕망을 품거나 탈출을 시도하지는 않지만 여전히 '바깥'을 꿈꾼
다. 그런 점에서 이 시기 조명희에게 '조선'은 유토피아에 반(反)하는 유

토피아, 닫힌 체계로서의 이념적 공간에 대한 문제제기이자 '다른 공간'의 가능성으로서 일종의 '헤테로토피아'[54]라고 할 수 있다. 유토피아가 실제 장소를 갖지 않는 완벽한 이상향이라고 한다면, 헤테로토피아는 유토피아의 환상성을 고발하는 공간이자 '현실에 존재하는 유토피아'라고 할 수 있다. 소련 망명 시기 조명희가 상기하는 '조선'은 일제의 "주림"과 "학대"에도 불구하고 "투쟁"과 "영광스런 희생"이 끊이지 않는 공간, 그리고 실제적인 장소, 인물과 매개되어 정서적 유대감을 확인시키는 공간, 나아가 "앞날에 프롤레타리아 국가가 될"(403) 나라이자 "거룩한 프롤레타리아트의 새날"(386)을 가져올 공간이다. '조선'은 소비에트라는 '내부'에서 '다른 공간'의 가능성으로 끊임없이 상기되는 장소, '조선'으로서 이 시기 조명희에게 헤테로토피아의 의미로 존재했다. 결국 소련 망명 시기 조명희가 상기하는 '조선'은 그 자체로 완벽한 사회인 '소비에트 공화국'에 대한 반공간이자, 이의제기로서, 그는 '소련'이라는 유토피아적 공간의 '내부'에서 '조선'이라는 반공간을 통해 "주림"과 "학대"와 "투쟁"을 상기시키며 '소비에트'의 유토피아적 환상성을 고발하고 있다.

---

[54] '헤테로토피아'란 "반(反)공간", "위치를 가지는 유토피아들", 달리 말해 실제로 위치를 한정할 수 있지만 모든 장소의 바깥에 있는 장소를 뜻하는 푸코의 개념이다. 유토피아가 "현실에 없는 장소"라면, 헤테로토피아는 "현실에 존재하는 유토피아"로서 다른 모든 공간에 대한 이의제기의 역할을 수행한다. 이의제기의 방식에는 두 가지가 있다. 나머지 현실이 환상이라고 고발하는 환상을 만들어냄으로써, 아니면 우리 사회가 무질서하고 정리되어 있지 않고 뒤죽박죽이라고 보일만큼 완벽하고 정돈된 또 다른 현실 공간을 실제로 만들어냄으로써 반공간(反空間)으로서의 역할을 수행할 수 있다('헤테로토피아'의 개념에 대해서는 미셸 푸코, 이상길 역, 『헤테로토피아』, 문학과지성사, 2014, 11~16·47~49면 참조).

4. 결론

본고는 인문지리학의 핵심개념에 착안하여 조명희 문학학에 나타나는 '장소성'과 '장소상실'의 의미와 양상에 대하여 살펴보았다. 그동안 대체로 '1920년대 프로문학의 대표작가', '소련 망명 작가'의 측면에서 주목되어왔던 그의 문학에 대해 '장소'의 개념을 도입함으로써, 동경 유학과 귀국, 소련 망명으로 이어지는 그의 삶과 문학적 여정의 일관된 테마와 역동적 변화를 포괄하고 망명 이전과 이후의 문학 세계를 같은 층위에서 논의할 수 있었다.

인문지리학에서 장소는 공간에 비해 훨씬 구체적이고 실제적인 대상으로서 인간과 정서적 · 심리적으로 깊은 유대를 맺는다. 장소는 개인과 공동체 정체성의 중요한 원천이며 인간 실존의 심오한 중심이 된다. 조명희는 장소에 대해 예민한 지각력을 지녔던 작가로서 특히 그는 '집'에 대한 경험과 장소정체성에 주목하여, 1920~30년대 식민지 / 제국 체제 하에서 피식민지 주체가 경험하는 장소성과 장소상실의 상황을 보여준다. 조명희 문학에서 '집'은 열망과 좌절이 교차하는 부재의 공간으로 형상화된다. 동경 유학 시기의 희곡과 시에서 조명희는 현실의 구체적 장소와 실제적 관계를 맺지 못하고 "집", "고향" 또는 "알 수 없"는 "먼" 곳, "새 나라"를 동경한다. '여기'에서의 장소상실이 '다른 곳'을 향한 유토피아 지향성으로 발현되는 것이다. 귀국 후, 식민지 / 제국 체제의 경계를 넘는 이동에도 불구하고 '집'의 부재는 여전히 조명희 문학의 테마로 구현된다. '집'에 돌아왔으나 여전히 그는 '집'의 내부에 있다는 안정감과 정서적 유대감을 느낄 수 없기에, '집'의 '바깥', 아니 엄밀히 말해 식민지 / 제국 체제의 '바깥'으로의 월경(越境)을 꿈꾼다. 체제 '바깥'으로, 소련 망명을 감행한 이후에 창작한 작품에는 이주와 정주의 시선이 동시에 나타난다. 그가 형상화한 "사회주의 조국" "소비에트"는 이념적 유토피아의 공간으로 나타나지만, 새로운 체제의 '내부'에서 그는 여전히 '바깥'으로서의 '조선'을 꿈꾼다. 소련 망명 시기의 '조선'은 '소비에트'라는 유토피아적 환상성에 대해 이의를 제기하는 반공간으로서의 장소, '다른 공간'의 가능성으로 끊임없이 상기된다.

조명희 문학의 '장소성'은 '이동성'과 연관된다. 유학, 귀향, 망명으로 이어지는 삶의 이동성은 그의 문학에서 장소에 대한 예민한 지각력과 아울러 장소성 획득의 어려움, 장소상실 등의 특징으로 발현된다. 동경과 서울, 소련으로 이동하며 그는 어디에서든 결코 뿌리내릴 수 없는 '타자'로서의 위치를 확인한다. 장소의 '내부'에 뿌리내리지 못하고 '외부'에 있다는 느낌, 혹은 '내부'에서 끊임없이 '바깥'을 꿈꾸는 그의 태도는 이동하는 주체, 이주자로서의 위치와 관점을 보여준다. 피식민지인으로서 식민주의를 극복하려는 태도가 조명희의 삶과 문학에서 끊임없는 이동과 이주를 낳았고, 이렇게 이동하는 주체로서의 타자적 시선이 그의 문학에서 현실을 객관적으로 드러내는 역할을 한다. '바깥'을 꿈꾸는 타자의 시선으로 그는 식민지 / 제국 체제의 동경과 서울, 그리고 새로운 사회주의 체제 하의 소비에트 공화국의 현실을 조명한다. 그 과정에서 조명희는 현실에 '없는 장소'로서의 유토피아를 꿈꾸지만, 소련 망명 후 '없는 장소'로서의 유토피아가 실재하는 현실에서 다시 '바깥'을 꿈꾸며 유토피아적 환상성에 의문을 제기한다. '조선'은 소련 망명 시기의 조명희에게 헤테로토피아, '바깥'으로서의 '다른 공간'이라고 할 수 있다.

진정한 장소의 꿈은 끝내 그에게서 실현되지 못했다. 그러나 장소성의 열망과 좌절, 장소성 획득을 위한 끊임없는 이동성은 조명희 문학의 핵심을 이루고 있다. 본고는 '장소성'과 '이동성'을 중심으로 조명희 문학을 분석함으로써, 피식민지인으로서의 그가 겪었던 곤경의 지점, 욕망과 좌절의 내면 체험의 양상을 상세하게 살필 수 있었다. 이 과정을 통해 그간 20년대 프로문학 작가, 소련 망명 작가, 고려인 작가 등으로 집중되었던 조명희 문학 연구를 좀 더 새로운 관점에서 확장하는 계기가 되기를 기대한다.

제3장

한국근대문학비평사의 구상과 1920년대 김기진의 평론

이현식

> 비평을 새 시대의 탄생을 위하여 봉사시키고,
> 모든 약점에 불구하고 새 세대의 발견자들을 연달아 길러간 사람이 팔봉이다.
> 그의 역사를 보는 눈과 예술을 느끼는 감각이 결코 이분되어 있지 않았다.
>
> ―임화

1. 문제제기―왜 김기진인가

이 글은 팔봉 김기진(八峰 金基鎭1903~1985)의 1920년대 카프(KAPF 조선 프롤레타리아 예술동맹) 시절의 비평을 다룬 것이다. 그런데 김기진의 문학 활동에 대해서는 그의 평론은 물론이고 소설에 대해서도 상당한 연구가 이미 축적되어왔다.[1] 이렇게 기존의 연구 성과가 꽤 축적되어 있는 마당에 왜 굳이 김기진을 다시 거론하려 하는가?

간단히 말하면 그것은 한국근대문학비평사라는 역사적 관점에서 김기진의 비평을 재조명해 보려는 의도에서 비롯된 것이다. 비평사는 고쳐 말하면 비평의 역사인데 그것이 비평의 연대기를 뜻하는 것이 아님은 상식에 속하는 일일 터이다. 범박하게 말해서 한국의 근대 비평이 어떤 과정을 거쳐 태동하고 발전했으며 변화해갔는가를 살피는 것이 한국근대문학비평사 연구라고 할 때, 김기진이 그 과정에서 어떤 역할을 했는가를 조금 더 의식적으로 드러내려는 것이 본고의 문제의식인 것이다.

그간의 비평사 연구, 특히 카프 시기의 비평을 중심으로 한 비평사 연구는 논쟁 중심, 조직론 중심의 연구가 주를 이뤄왔다. 이는 대부분 카프라는 조직을 염두에 둔 연구이기도 했다. 물론 이런 연구를 통해 그동안 제대로 조명을 받지 못했던 카프문학 운동 전반이 체계적으로 정리되는 성과를 거둔 것은 부인할 수 없는 일이다. 그러나 논쟁 중심, 조직론 중심, 더 나아가 카프라는 조직 틀 내에서의 연구는 그것대로 한계를 가질 수밖에 없는 것이, 그것 자체가 한국 근대문학 비평의 전체 역사가 되기는 어려운 일이기 때문에 그렇다. 논쟁을 통해 비평이

---

1 이도연의 「팔봉 김기진 비평연구」(『한국민족문화』 39집, 부산대 한국민족문화연구소, 2011.3)에는 그에 대한 연구 성과가 요령있게 정리되어 있다. 이도연은 그간 김기진에 대한 연구가 초기 신경향파에 대한 연구, 카프문학운동의 관점에서 카프 조직의 변모 과정과 관련된 연구, 비교문학적 관점의 연구, 카프 내부의 논쟁에 대한 개별 연구, 작가론, 비평중심의 프로문학론 연구, 문학작품의 연구로 정리하여 살피고 있다.

발전해 온 것은 부인하기 어렵지만 카프 조직 내의 논쟁 그 자체의 어떤 역사적 일관성이 규명되지 않는 이상, 그렇게 해서 논쟁 전반을 연결시키는 비평사 고유의 논리가 설정되지 않는 이상, 한국근대문학비평의 역사적 전개 역시 제대로 연구되었다고 말하기는 어려운 것이다.

본고는 김기진이 카프에 소속되어 정력적으로 평론을 써냈던 시절의 핵심적인 글들을 검토함으로써 한국근대문학비평사의 한 축을 재구성해보려는 의도를 갖고 있다. 특히 이 시기 한국근대문학비평은 김기진의 비평을 제외하고서는 거론하기 어려울 정도로 그를 중심으로 왕성한 활동이 전개되었다. 김기진은 '내용-형식 논쟁'과 '대중화논쟁', 변증적 사실주의의 주장에 이르기까지 나름의 일관된 문제의식 아래에 20년대 비평사의 핵심적 국면을 장식하고 있는 것이다.

그런데 이 글은 김기진의 평론과 문제의식의 출발은 유사하지만 문제를 구성하는 방식은 조금 다른 평론을 부분적으로 함께 살펴봄으로써 카프 조직 중심의 비평사 구성에 대한 문제제기도 겸할 생각이다. 김기진이 왕성하게 활동하던 20년대 중후반의 비평사 연구가 카프를 중심으로 수행되어 온 것은 부인하기 어렵다. 그렇다고는 하더라도 비평사 연구가 카프로만 국한되어서는 안 될 일이다. 분명히 동시대에 다른 방식의 구상을 한 평론의 존재도 있었던 것이다. 더구나 그것이 카프 소속 비평가들의 문제의식을 뛰어넘는 의미를 갖는다면 이제껏 카프 중심의 비평사 연구 역시 재검토될 필요도 있는 것이다. 따라서 본 연구는 김기진의 비평을 한국근대문학비평사라는 틀에서 다시 구성한다는 목적과 더불어 카프 중심으로만 비평사를 구성하는 것에 대한 문제제기도 포함하고 있다.

김기진 비평과 관련해서 필자와 유사한 문제의식을 갖는 최근의 연구는 손유경의 「팔봉의 '형식'에서 임화의 '형상'으로」가 있는데 비평사를 내적인 일관성으로 구축해야 한다는 주장에서 특히 그렇다.[2] 그러나 이 연구는 본고의 주된 관심사와는 조금 다르다. 그것은 이 논문이 팔봉과 임화의 연관성을 새로 발굴된 자료를 토대로 규명하는 데에 초점을 두고 있기 때문이다.[3] 즉, 1920년대 중후반 김기진 비평의 전체상을 구성하는 본 연구의 목적과는 거리가 있는 것이다. 아울러 이도연의 연구도 필자에게는 기존의 김기진 비평 연구와는 차별성을 갖는 것으로 보였는데 김기진 비평의 특성에 주목하여 그것을 몇 개의 항목으로 정리해내고 있는 점이 특히 그러하다.[4] 그러나 이 역시 비평사적 관점보다는 김기진이라는 개별 비평가의 평론에 일차적인 관심을 두고 있으므로 본고의 문제의식과는 궤를 달리하고 있다. 그러나 이들 논문은 본 연구에 의미있는 참고가 되었다.

김기진의 비평을 직접 다룬 것은 아니지만 최현식의 「유학생 문예잡지에서 비평담론의 형성과 분화」는 비평사 연구와 관련하여 시사점을 준 연구이다.[5] 1920년대 초 『창조』를 중심으로 비평 담론이 어떻게 자리잡아가고 있는가를 추적한 이 논문은 그간 비평사 연구에서 상대적으로 관심이 적었던 이 시기 비평의 실체와 비평사적 의미를 드러내었다. 특히 이 글은 한국근대문학비평사 연구가 어떻게 수행되어야 하

2　『한국현대문학연구』 35집, 한국현대문학회, 2011.12.
3　손유경은 이 글에서 『비판』 창간호(1931.5)에 실린 「레닌과 예술」을 발굴하여 김기진 문학론과의 연관성을 밝히고 있다.
4　이도연, 앞의 글.
5　『현대문학의 연구』 33권, 한국문학연구학회, 2007.

는지에 대해 주요한 참조가 되었다.

정리하자면 이 글의 목적은 김기진의 카프 시기의 비평을 한국근대문학비평사라는 관점에서 다시 읽고 그것을 비평사를 구성하기 위한 문제의식에서 재해석하는 것이다. 연구자의 문제의식은 비평사라는 장르의 역사를 어떻게 구성할 것인가에 놓여있음을 다시 한 번 강조하고 싶다. 이를 위해 본론에서는 우선 한국근대문학비평사가 어떻게 구성될 수 있는 것인지에 대한 틀을 가설 삼아 제시할 것이다. 그런 틀을 전제로 할 때 김기진의 평론이 어떤 자리에 위치할 수 있는지가 잘 보일 수 있을 것이라고 판단했기 때문이다. 그 다음으로 카프 결성 이후 벌어진 '내용-형식 논쟁'이나 '대중화 논쟁' 등 주요 논쟁에서 드러난 김기진의 평론을 역사적으로 재구성할 것이다. 그런 재구성 과정에서 김기진의 비평 활동이 한국 근대비평사에서 어떤 역할을 했고 어떤 위상을 가질 수 있는지가 자연스럽게 드러날 것이다. 특히 '대중화 논쟁'과 관련해서는 김기진의 문제의식과 비교되는 염상섭의 평론을 함께 검토할 것이다.[6] 비슷한 시기에 염상섭도 문학예술이 어떻게 대중과 연관성을 맺을 수 있는가를 집중 고민하는데 이런 고민은 김기진의 대중화론과 관련하여 대비되는 바가 크다. 카프처럼 운동적인 방식은 아니어도 염상섭의 문제의식이 김기진의 그것과 함께 검토될 때 우리에게 많은 것을 시사해준다. 이렇게 1920년대 중후반의 김기진 비평 전반을 검토한 연후에 김기진이 자신의 문제의식을 이어갈 수 있었던 이유들, 다시 말해 김기진으로 하여금 비평에 진력하도록 추동했던 요인

---

6 연구과정에서 염상섭 평론의 중요성을 코멘트해주신 원광대 국문과 김재용교수께 감사드린다.

들을 추출해 보려 한다. 이를 통해 김기진이 추상적인 문인으로부터 평론가로 자신의 정체성을 형성해갔던 것이라는 평가도 가능하다고 본다. 이 무렵 문인들은 시도 쓰고 소설이나 평론도 발표했는데 이는 장르를 넘나드는 자유로운 활동이라기보다는 아직 장르가 안정되지 못했던 시기의 산물이라고 보는 것이 타당하다. 그런 점에서 이 시기 김기진은 자신의 문제의식을 구체화시키면서 평론가로서의 자기 정체성을 형성해 간 것이 아닌가 해석할 수 있다는 것이다. 이런 과정을 거쳐 결론적으로 한국근대문학비평사에서 1920년대의 비평이 어떻게 연구되어야 하는가를 문제제기하면서 마무리할 예정이다. 따라서 이 글은 김기진의 비평을 주 연구대상으로 하면서도 1920년대 비평사를 다른 각도에서 구성해보려는 문제제기의 시작점에 서있다고 할 수 있다.

2. 한국근대문학비평사의 구상

한국근대문학비평사의 서술방법론에 대해서는 그동안 몇 번의 논의가 있긴 했어도 본격적인 토론이 이루어진 바는 거의 없다.[7] 게다가 최근에는 비평사 연구 성과가 많이 제출되는 것도 아니다. 과문인지는

---

7 신승엽의 「비평사연구의 새로운 방향 모색을 위하여」(『민족문학사연구』 1호, 민족문학사연구소, 1991)와 하정일의 「90년대 근대문학비평사 연구의 몇 가지 문제점」(『현대문학이론연구』 8권, 현대문학이론학회, 1997)이 대표적이다.

몰라도 한국근대문학비평사를 체계적으로 서술한 연구서 역시 다른 장르에 비해 많지 않은 편이다.[8] 한국근대문학연구자들은 2000년 이후 통사체계로서 본격적인 한국근대문학비평사를 서술하지 못하고 있는 실정이다. 그러나 이곳에서 이 문제를 본격적으로 다루려는 것은 아니다. 다만 김기진 비평과 관련된 한국근대문학비평사의 문제를 거론하려는 것이다. 한국근대문학비평사를 구상할 때 고려해야 할 몇 가지 지점이 있음을 확인하고 그것을 김기진 비평을 읽고 해석하는 준거점으로 삼으려 하기 때문이다. 이는 궁극적으로 한국근대문학비평사를 연구하는 행위로 이어지는 것이기도 하다.

상식적인 말이기는 하지만 한국근대문학비평사는 한국근대문학이론의 발전사로 이해되어야 한다. 한국근대문학비평사가 한국근대문학이론의 발전사라는 상식적 규정에는 그것이 역사를 구성하는 과정으로서의 논리와 이론을 탐색한다는 뜻과, 정치사나 사회사가 아닌 '문학이론'의 역사라는 점을 전제하고 있다. 아울러 일본이나 중국, 영국이 아니라 다름 아닌 '한국'의 현실에서 벌어지는 역사라는 점 또한 당연한 일이다. 즉 한국문학이론의 발전사로서 한국근대문학비평사는 한국이라는 현실, 문학이론이라는 영역, 역사의 전개라는 측면이 모두 함께 고려되어야 한다는 내포가 담겨있는 것이다. 그런 점에서 비평사가 사건의 나열이나 연대기가 되어서는 안 되는 것이며 외국이

8　통사로 서술된 대표적인 연구성과가 김윤식,『한국현대문학비평사』(서울대 출판부, 1982)와 김영민의『한국근대문학비평사』(소명출판, 1999),『한국현대문학비평사』(소명출판, 2000)이다. 비평사에 대한 연구는 어느 정도 있어도 통사 체계로 서술된 문학비평사는 많지 않다. 비평사 연구로서 대표적인 것은 김윤식의『한국근대문예비평사연구』(일지사, 1976, 초판은 1973년 한얼문고에서 출간되었다)이다. 이 연구서는 가장 널리 오래 읽히고 있는 비평사 연구이기는 하나 통사로서 비평사는 아니다.

론의 단순한 수용사여서도 곤란하다는 판단이 여기에는 전제되어 있다. 따라서 한국근대문학비평사를 연구하는 데에 있어서 연구의 초점은 바로 이런 점을 탐색하는 데에 모아져야 한다. 한국의 근대 시사(詩史)를 연구하거나 소설사(小說史)를 연구할 때의 논리도 이와 크게 다르지 않을 것이다. 간단한 예로 이광수의 『무정』을 거쳐 염상섭의 『만세전』, 최서해의 「홍염」과 조명희의 「낙동강」, 한설야의 「과도기」를 거쳐 이기영의 『고향』에 이르는 과정을 역사적으로 서술할 때 그것이 단순히 작가와 작품의 연대기로만 서술되어서는 진정한 의미에서 '소설사'일 수 없는 것과 같은 이치이다. 『무정』에서 『만세전』에 이르는 문학사적, 사회사적 맥락이 밝혀지고 그로부터 다시 「홍염」과 「낙동강」으로 가는 과정이 탐색될 때 비로소 한국근대소설사 연구로서의 의미를 가질 수 있는 것일 터이다. 큰 틀에서 보았을 때 이와 유사한 관점에서 비평사에 대한 연구도 수행되어야 하지 않을까 하는 것이다. 그런 점에서 과연 한국근대문학비평사 연구가 한국문학이론의 역사를 의식하면서 수행되었는가, 특히 김기진의 비평을 놓고서는 과연 그러했는가를 반성적으로 되물어 볼 수밖에 없는 것이다.

다음으로 한국근대문학비평사는 문학작품과 문학현장에 대한 비평의 역사로서 접근되어야 한다. 이 역시 상식적인 말인 동시에 방금 앞에서 언급한 문학이론의 발전사로서의 비평사 연구와 긴밀히 연관된다. 문학이론과 작품비평은 동전의 앞뒷면이기 때문이다. 한국근대문학이론은 한국의 문학작품비평의 역사와 떼려야 뗄 수 없을 뿐만 아니라 동시대 한국의 사회 정치적 현실과 긴밀하게 조응하고 있다. 그를 통해 다른 나라와는 구별되는 한국만의 문학비평의 전통이 형성될 수 있었던 것이고 비평사 연구 또한 응당 이점에 주목해야 하는 것이기도 하다. 한국근대문학비평사는 그런 점에서 문학작품에 대한 비평의 역사인 동시에 한국의 사회현실과 문학현실에 대한 담론의 역사이기도 하다. 김기진의 비평 역시 이런 점을 염두에 두고 검토되어야 마땅하다.

셋째, 한국근대문학비평사는 문학의 한 장르로서 비평의 형성과 정립, 즉 비평제도의 형성과 발전사로서 구성되어야 한다. 비평가의 탄생, 독립된 장르로서 비평에 대한 인식의 정착, 등단 제도와 재생산 구조의 형성, 발표 매체의 안정화, 이론의 수용과 전파, 문단 내에서 비평의 기능과 역할 등에 대한 연구가 여기에 속한다.[9] 그동안 한국근대문학비평 연구는 이 점에 대해서는 상대적으로 소홀히 다루어온 감이 없지 않다. 그러나 비평 장르가 어떻게 형성되어 오늘에 이르렀는가는 한국근대문학비평사 발전에서 무시할 수 없는 중요성을 지닌다. 이런 제도적 틀이 정착되지 않고서는 비평 본연의 역할을 하기 힘들다. 제도로서 비평의 형성 과정에 대한 탐구 또한 문학이론의 발전이나 비평 및 담론의 형성과 무관하지 않다.[10] 소략하게라도 본론에서 김기진의 주요 평론을 검토하는 과정을 김기진이 비평가로서 자기 정체성을 형성하게 된다는 평가와 연결시킨 이유도 이런 문제의식에서 비롯된 것이다.

마지막으로, 한국근대문학비평사 연구는 일종의 메타 문학사연구를 포괄하여야 한다. 학문적 연구대상으로서 문학사연구 자체에 대한 연구를 한국근대문학비평사 연구의 하위범주로서 포함해야 하는 것

---

9 최현식의 앞의 글도 이런 문제의식과 맞닿아있다.

10 강용훈,『비평적 글쓰기의 계보-한국근대문예비평의 형성과 분화』(2013, 소명출판)은 그런 문제의식의 소산이다.

이다. 이 영역에는 문학사서술방법론이나 시대구분론, 더 나아가 문학사연구의 제도적 확립, 문학사연구의 형성과 분화·발전, 즉, 학문사(學問史)로서의 문학사연구를 다룬다. 식민지 시대부터 오늘에 이르기까지 숱하게 많은 문학사연구가 진행되어왔음을 감안한다면 이 또한 비평사 연구에서 무시할 수 없는 분야이며 이런 연구를 통해 문학사연구가 진전될 수 있는 토양이 마련되는 것이기도 하다.[11] 그러나 이 글에서 이런 문제를 다루는 것은 아니다. 김기진의 비평을 소재로 한국근대문학비평사를 재구성하는 문제를 점검하면서 생각해 보아야 하는 문제를 첨언해 두는 데에 불과하다. 물론 김기진은 굉장히 많은 회고를 남긴 문인에 속한다. 과거를 어떻게 정리할 수 있을 것인지에 대해 김기진의 비평이나 회고가 참고가 될 수도 있다는 점만을 밝혀두고자 한다.

이렇게 보아온다면 김기진의 카프 시기 비평을 어떤 관점으로 읽고 해석해야 할 것인가에 대해서는 어느 정도 좌표를 안내받을 수 있다고 본다. 그 핵심은 김기진의 비평을 한국근대문학이론의 발전과정이라는 관점에 초점을 두려는 것이다. 즉, '내용-형식논쟁'이나 '대중화논쟁'에서 김기진이 무엇을 주장했고 어떤 입장이었는가도 중요하지만 그런 논쟁의 틀을 벗어나, 아니 그런 논쟁의 틀을 참고하면서 김기진 비평이 어떤 점에서 이 시기에, 혹은 이전 시기와는 다르게 문학이론의 진전을 이루어냈는가, 그리고 그 실체는 무엇이고 어떤 의미가 있

11　문학비평이라는 것이 어느 영역을 포괄하여야 하는가에 대해서는 일찍이 임화가 정리한 바가 있다. 장르로서 제도적 접근 방법을 제외하고는 임화가 생각하는 비평의 영역도 크게 다르지 않다. 임화는 1937년 10월 8일부터 14일까지 『동아일보』에 발표한 「사실주의의 재인식」이라는 평론에서 비평의 역할을 "지도적 비평, 문학사, 문예학의 건설"로 정리한 바가 있다.

는가를 검토하는 것이 주된 관심사인 것이다. 이는 매우 상식적이고 원론적인 차원의 접근이라는 점도 부인할 수 없다. 그러나 그동안의 비평사 연구는 이런 상식과 원론에 대한 검토가 부족했었다고 본다. 연구자의 한 사람으로서 이 글은 최근의 연구 풍토를 반성적으로 살펴보면서 비평사 연구가 어떠해야 할 것인가에 대한 탐색의 과정으로 수행된 것임을 밝혀두고자 한다.

3. 팔봉 김기진의 평론과 리얼리즘의 발견과정

김기진이 카프 결성이후 비평가로서의 존재감을 드러내기 시작하는 것은 박영희와 벌인 '내용-형식논쟁'부터이다. 박영희의 「지옥순례」와 「철야」를 평하면서 김기진이 소설을 건축물에 비유해 비판한 것이 논쟁의 발단이 되었다. 논쟁 과정을 여기에서 다시 정리할 필요는 없을 것이다.[12] 논쟁의 핵심은 소설이 작가가 목적하는 바를 달성하려면 어떤 문제가 핵심이어야 하고 무엇을 우선순위로 두어야 할 것이냐에 있었다는 점만 확인하자. 아주 도식적으로 정리하자면 논쟁의 초점은 소설에서 내용이 우선이어야 하는가, 형식이 우선이어야 하는가로 보이기도 한다. 김기진이 소설의 형식적 요건을 강조했다면 박영희는 투쟁기에 있는 소설이 목적하는 바를 이루는 데에 그런 형식적 요건은

---

12 논쟁 과정에 대해서는 김영민, 『한국근대문학비평사』(소명출판, 1999)를 참조할 것.

핵심 관건이 아니라는 주장으로 정리될 수 있다.

김기진은 그 이전에도 문예시평 형식으로, 그때그때 발표되는 소설이나 시에 대해 분석적인 글을 써왔으며 박영희 소설에 대한 평도 그런 과정의 일환이었다. 김기진의 글에 박영희가 격하게 반발하며 논쟁이 벌어진 것이었다. 요컨대 이 논쟁은 어떤 의도를 갖고 계획된 것이 아닌, 말 그대로 우연하게 벌어진 사건이었다. 그렇지만 이 논쟁을 통해 김기진 개인에게는 자신의 이론적 문제의식을 보다 명확히 하는 계기가 되었다. 김기진은 이 논쟁으로부터 문학 혹은 소설이 어떠해야 할 것인가를 보다 더 구체적으로 사고하게 된다. 그런데 중요한 것은 김기진의 문제의식이 개인적 차원이 아니라 한국의 근대문학비평사에서 갖는 의의가 만만치 않다는 점이다.

결론부터 말한다면 '내용-형식 논쟁'이 중요한 것은 그 논쟁을 통해 문학의 특수성과 문학의 사회적 역할에 대한 인식이 한국근대문학비평사에서 본격적으로 등장했다는 데에 있다. 김기진과 박영희 사이의 논쟁에서 누가 어떤 입장을 내세웠고 누가 옳았는가의 문제는 오히려 부차적이다. 소설이 소설로서 존재하려면, 즉 다른 언술 행위들과 구별되는 소설로서의 특성은 무엇이어야 하는가에 대한 질문이 '내용-형식논쟁'을 통해 비로소 제기되었다는 점이 여기에서는 본질적이다. 김기진은, 그것이 내용을 포함하는 동시에 내용과 밀접한 연관을 갖고 있는 형식의 문제에 있다고 본 것이다. 그는 과연 문학이 문학으로서 자기 정체성을 갖고 존재하도록 만드는 것은 무엇인가 하는 문제제기를 문단에 던진 셈인데, 이것은 문예미학의 기본적인 질문이라는 점에서 의미심장하다.

문학은 언어의 발달과 이에 의한 표현이 없고서는 구성되지 못한다. 그리고 문학이 문학인 소이는 얼마큼 그것이 예컨대 보통 상인들의 상용편지와는 다른 문체와 수사로써 된 표현에 있음은 물론이나 그러나, 미문여구만의 나열이 문학이 아닌 것은 음(音)이 정서 기분의 대언자(代言者)가 아니고서는 음악은 되지 못한다는 이법(理法)과 동일한 이법에 준하여서 그것은 문학이라 말할 수 없다. (…중략…) 그러므로 어떻게 표현되었느냐 하는 것보다도 먼저 성립할 것은 무엇을 어떻게 표현하겠다는 정신적 활동과 그 '무엇'이라는 것의 두 가지다.[13]

김기진은 이 글을 「무산문예작품과 무산문예비평」을 발표한 지 2개월이 지난 시점에서 발표했다.[14] 여전히 그는 문학이 존재하려면 문학으로서의 형식적 요건을 갖추어야 함을 강조하고 있음을 확인할 수 있다. 소설은 붉은 지붕만 없으면 된다는 박영희의 주장에 대해 더 이상 논쟁의 방식을 취하지 않으면서도 소설이 소설로서 존재하기 위한 요건, 즉 소설의 미학적 측면이 무엇인가에 대해 탐구를 지속하고 있는 것이다. 그런데 여기에서 간과해서는 안 될 것이, 김기진의 주장이 내용과 대립되는 형식주의, 형식 미학 우월주의가 아님을 확인하는 것이다. 김기진은 자신의 평론 곳곳에서 내용과 형식, 혹은 내용과 표현의 문제가 서로 분리되거나 대립되는 것이 아님을 여러 차례 강조하고 있다. 그는 소설 역시 잘 짜놓은 조직 같은 존재로서 작가의 취미와 사상,

---

13　김기진, 「내용과 표현」, 『조선문단』 20호, 1927.4; 『김팔봉 문학 전집』 1, 문학과지성사, 1988, 112~113면(이하 이 책에서의 인용은 별도의 서지 없이 『김팔봉 전집』으로 약칭한다).

14　「무산문예작품과 무산문예비평」은 김기진이 박영희와 논쟁하는 과정에서 자신의 과오를 인정하고 사과하는 글로 알려져 있다. 그러나 김기진은 박영희와의 논쟁에서 표면적으로는 사과를 하였지만 자기의 주장을 완강하게 유지하였다. 이에 대해서는 김영민의 앞의 책에 자세히 논증되어 있다.

감정 등이 표현과 더불어 조직되어야 함을 강조하고 있다. 즉 그는 카프 소속의 비평가로서 제대로 문학운동을 하기 위해서는 그것이 문학으로서도 우수해야 함을 역설하고 정치적 선전만을 내세우는 것에 대해 비판적인 입장에 서고 있을 뿐이지 문학의 형식미학만을 주장한 것은 아니었다.

아울러 비평이 해야 할 일도 소설과 시가 그런 역할을 충실히 하고 있는 것인지를 적절하게 분석하고 비판하는 것에 있음을 강조하고 있다. 즉 그의 말을 빌면 "작가의 정신 내지 사상이 현실 사회와 어떠한 연결 관계에 있으며, 나타난 작품과 작가가 어떠한 소속 계급의 역할을 하였는가 함을 추구하고" 동시에 "전문적 표현 수법의 평가도 필요"하다는 것이다. 작품의 주제가 되는 사상과 더불어 그와 관련된 표현 기법의 문제를 제대로 평가하는 것이 비평이 해야 할 소임임을 강조하고 있는 것이다. 물론 이런 주장은 내용과 형식, 주제와 기법 등을 이원론적으로 나누는 것처럼 보이기도 하지만, 김기진의 기본적인 문제의식은 문학을 구성하는 영역으로서 사상과 내용의 문제와, 그것을 문학적으로 존재하도록 만드는 미적 형식의 문제를 종합적으로 사고하려는 데에 있다고 보는 편이 타당하다. 오늘날에 비하면 표현이 어색하고 개념어들이 정확하지 못한 측면은 있어도 그는 문학이 본연의 사회적 역할에 충실하기 위해서라도 투쟁적인 의식 못지않게 문학적 요건을 충실하게 갖추어야 함을 역설하고 있다.

이런 김기진의 평론은 한국근대문학비평사에서 문학의 존재론에 대한 최초의 탐색이라고 할 수 있다. 이광수의 「문학이란 하(何)오」가 문학의 근대적 개념에 대한 상식적인 차원의 설명이었다면 김기진의 이 시기 비평은 식민지 조선의 상황 아래에서 실제로 존재하는 문학작품을 기반으로 태어난 것이라는 점에서 최초라는 의미부여가 가능하다. 그것도 식민지 자본주의적 상황을 뚜렷하게 인식하면서 그에 대한 대항적 역할로 문학의 성격을 규정함으로써 그런 시대에 문학이 어떠해야 할 것인가를 이론적으로 주장한 것이다. 이로써 한국근대문학비평사는 김기진과 함께 계몽주의적 논설의 시대를 지나 동인지를 기반으로 한 감상문 시대를 접고 이제 문학을 이론적으로 탐색해 들어가는 시기로 접어들게 된 것이다.

그의 문제의식이 조금 더 확산되고 발전되는 것이 대중화론이다. 김기진은 박영희와의 논쟁을 통해 문학의 특수성에 주목하고 그에 대한 미학적 문제의식이 싹트기 시작했는데 다른 한편으로는 문학이 자신의 목적을 달성하기 위해서 독자(讀者)들에게 어떻게 다가가야 할 것인가를 고민하는 방향으로 자연스럽게 문제의식이 이동하게 된다. 박영희와의 논쟁은 한편으로는 문학의 미적 형식의 문제였다면 다른 한편으로는 문학의 대중에 대한 선전 선동을 둘러싼 문제였다. 즉 이 문제는 어떤 소설이 그런 목적을 달성할 수 있는가와 더불어 어떤 독자들이 그런 소설을 읽는가 하는 독자의 문제를 빼놓고서는 해결되기 어려운 문제였다.

김기진은 박영희와 '내용-형식논쟁'을 벌인 그해 12월 『동아일보』에 「감상을 그대로」라는 글을 발표하는데 이 평론은 문학의 대중화론에 대한 문제의식을 보여주는 첫 언급이라는 점에서 중요하다. 이 글에는 '독자(讀者) 문제'와 '문예의 형태'라는 소제목이 각각 달려있다. 김기진의 문제의식의 일단이 어디에 있는가를 엿볼 수 있는 대목이다. 김기진은 이 글에서 독자를 확보하는 문제와 그것을 이뤄내려면 어떤 문학적 과제를 해결해야 하는가를 다루고 있다. 독자 대중을 확보하기 위해 김기진은 조직의 문제를 우선 꺼내든다. 즉 대중을 확보하기 위해서는 우선 조직이 노력해야 함을 역설하고 있는 것이다.

> 조선 전토(全土) 내와 해외에 있는 우리들의 노동, 농민, 청년, 형평, 여성, 사상 등 단체에 문예 코스를 두게 하라. 조선 프롤레타리아예술동맹은 이것을 위하여 십분의 노력을 하지 않으면 안 된다. 다음으로 여상의 단체가 있는 곳이면, 물론이려니와 없는 곳에서 예술동맹은 그 지부를 두도록 노력하지 않으면 안 된다. 이 책동은 여상의 각 단체의 적극적 후원이 없이는 어려운 일이다. 대중을 어떻게 붙잡느냐 하는 것은 이리하여서 그 중요한 열쇠를 얻었다 할 것이며 그리하여 그것은 즉시 투쟁의 발랄한 전개를 보일 것이다.[15]

이 글을 발표한 시기는 카프가 목적의식적 방향전환의 과정을 추진하던 시기였다. 목적의식적 방향전환을 위해 적극적으로 대중을 확보하기 위한 고민이 전개되었고 그를 위해 김기진은 사회단체와의 연대, 적극적인 카프 지부 설립을 통해 문학운동조직으로서 자기소임을 할 수 있을 것이라고 주장하고 있는 것이다. 그런데 김기진의 이런 주장은 단지 조직원을 확보하는 것에 있는 것이 아니라 프롤레타리아 독자 대중을 더 많이 양성해내는 것과도 통하는 일이었다. 카프문학운동이란 결국 독자를 상정하지 않고서는 존재할 수 없다는 점을 글의 서두에서 분명히 밝히고 있는 것이다. 독자 대중을 확보하는 한 방편으로

---

15 「감상을 그대로」, 『동아일보』, 1927.12.10~12.15; 『김팔봉 전집』 1, 304면.

사회단체와 연대하여 문예 강좌를 개설하고 다른 한편으로 많은 지방에 카프 지부를 조직하여 문예운동을 전개할 거점을 만들어내는 일의 중요성을 강조하고 있다. 그런데 이런 고민은 자연스럽게 문학작품 내부의 문제로도 연결된다. 많은 독자들이 읽을 수 있는 작품을 만들어내는 것이 카프의 역할이기 때문이다. 많은 독자들이 읽을 수 있는 문학이란 무엇인가. 김기진은 그것을 '심리적 효과의 자극'으로 연결시키고 그것이 곧 문예의 특수성에 대한 인식이라는 점을 강조한다.

> 우리 문예의 소임을 과중 평가하는 것은 오류인 동시에 과소평가하는 것도 오류이다. 문예의 형식을 즉 역사적 약속이 된 심리적 효과의 축적을 과중시하는 것도 오류인 동시에, 전연히 몰각하여버리는 것도 구할 수 없는 오류가 아니면 안 된다. 왜 그러냐 하면 심리적 효과를 자극함이 없이 문예는 무기가 되지 못하는 까닭이다. 그리하여 우리들의 문예투쟁의 '진출의 형태'는 스스로 종래의 심리적 효과의 축적을 전연 무시하지 아니하는 곳으로부터 새로운 형태로 진출될 것이다.[16]

이 글은 대중화론의 문제의식의 단초들이 모두 담겨있는 글인데, 김기진은 대중을 확보하기 위해서도 조선의 문학적 전통에 관심을 두고 탐색하려는 의지를 드러내기도 한다. 이런 문제의식이 이후 일련의 대중화론으로 구체화되는 것이다. 김기진의 대중화론은 '통속소설론'과 '대중소설론', '단편서사시론'이라는 일련의 평론들로 구체적인 모습을 드러내게 된다.

---

16 위의 글, 『김팔봉 전집』 1, 308면.

임화와 '대중화논쟁'을 불러온 김기진의 대중화론의 핵심은 실체를 따지고 보면, 논쟁에서 초점이 되었던 더 많은 대중을 확보하고 탄압의 정세 속에서 작품행동을 하기 위해 '무기로서의 연장을 수그리라'는 주장에 있다고 보기는 힘들다. 물론 그런 점도 김기진의 고민 속에 없었던 것은 아니었으나 김기진은 조선의 현실 속에서 문학운동을 어떻게 할 수 있을 것인가에 대한 근본적인 고민이 더 컸었다고 봐야 한다. 여기에 '내용-형식논쟁'부터 일관하여 흐르고 있던 그의 문제의식, 즉 문학의 특수성에 대한 인식이 그 저변에 흐르고 있음도 기억하여야 할 것이다. 위에서 보았듯이 김기진에게 문학운동은 작품, 그리고 작품을 읽는 독자를 배제하고서는 생각할 수 없었던 까닭이다.

> 마르크스주의 문예 존재의 필요는 지금 새삼스럽게 말할 필요도 없이 대중을 부르조아 문예 내지 프티부르조아 문예의 감염으로부터 격리하고, 예술의 형식을 통하여 현실의 모든 기만과 불합리를 폭로하고, 그들의 불평과 불만을 추출 응결하여, 진실 프롤레타리아 의식의 전취에 인도하며 나아가서는 조직 ××(투쟁-인용자)에까지 앙양하기 위하여 있는 것이니, 마르크스주의 문예는 무엇보다 첫째 독자 대중을 붙잡지 않으면 아니 된다.[17]

김기진이 통속소설론을 비롯해서 대중소설론과 단편서사시론을 대중화론의 일환으로 제출한 배경에는 이런 문제의식이 깔려있었다. 그는 조선의 현실에서 문학운동의 구체적 방법론으로 대중화론을 제안

---

17 김기진, 「문예시대관 단편—통속소설 소고」, 『조선일보』, 1928.11.9~11.20; 『김팔봉 전집』1, 120면.

한 것이고 그 구체적 작품 행동의 방법으로 통속소설과 대중소설, 단편서사시론을 제기한 것인데, 이런 제안을 한 배경에는 조선의 대중을 어떻게 확보할 것인가에 대한 고민이 구체적으로 작용하고 있었다. 교육 수준이 낮고, 기존의 소설이나 이야기책에 물들어 있는 미각성 노동자, 농민에게 프롤레타리아 의식을 주입하자면 현재 대중적 영향력을 발휘하고 있는 통속소설이나 대중소설의 형식을 취하지 않으면 안 된다는 것이 김기진 문제의식의 요체였다.[18] 이런 제안은 위의 인용문에서도 드러나듯이 대중들의 심리적 효과를 노린 것이었다.

그런데 김기진의 주장은 대중소설이나 통속소설의 형식을 빌어 계급 모순에 따른 착취와 억압의 실상을 대중들의 정서에 맞게 그들의 눈높이에서 전달하자는 취지였다. 더구나 이런 형식을 차용한다면 당시 혹독한 검열과 표현의 자유를 억압하는 통제로부터도 벗어날 수 있는 방편이 되기도 한다는 점을 강조하였다. 이런 주장은 임화로부터 거센 비난을 받기도 하였으나 김기진은 표현의 실수였다고는 인정을 해도 자신의 본뜻을 바꾸지는 않았다.

두루 아는 바와 같이 김기진의 대중화론은 매우 구체적인 방법론을 포함하고 있다. 소설의 제재와 문장, 심지어는 책의 편집 디자인까지 일일이 거론하며 통속소설과 대중소설의 창작방법에 대해 세밀하게 나열하고 있다. 동시대 식민지 조선의 현실에서 유행하던 대중소설과 통속소설의 유형을 차용하면서도 이른바 프롤레타리아로서의 계급의

---

18 김기진은 통속소설과 대중소설을 엄밀히 구분하고 있다. 통속소설은 오늘날 통념적으로 말하는 개념과 유사하나 대중소설은 조금 다르다. 구소설, 통속화된 신소설의 개념에 가까운 것으로 딱지본 소설, 6전 소설 등을 대중소설로 지칭하고 있다. 이 소설들은 근대소설이라기보다 통속화된 구소설의 전통 속에 있었다고 볼 수 있다.

식을 그 안에 어떻게 녹여낼 수 있을 것인지를 고민한 결과였다. 그렇지만 이런 방법론은 그 문제의식의 타당성에 비추어보더라도 지나치게 기능주의적이라는 비판에서 자유롭기는 힘들다. 일종의 작품제작 설명서 같은 이런 부류의 창작방법론은 이후 카프의 프롤레타리아 리얼리즘론이 위력을 떨치면서 보편화되게 되는데, 이는 김기진이 그토록 저어한 문학의 특수성을 궁극적으로는 해치는 일이기도 했다.[19]

어떻게 보면 이 대목에서 김기진이 '내용-형식논쟁' 때부터 생각했던 문학의 형식적 측면 역시 근본적으로는 이런 소지를 안고 있었다는 평가도 가능케 한다. 작가가 담고자 하는 내용이 형식과 불가분의 관계에 있다는 주장을 하기는 해도 결국은 그가 이해한 형식이란 이처럼 도구적이고 기능적인 것을 넘어서지 못한 것이 아닌가 평가할 수 있는 것이다. 그런데 이런 편향은 내용과 형식의 관계에 대한 사고가 미숙했던 당시 문학 환경의 반영이라고도 볼 수 있다. 상식적으로는 내용과 형식이 긴밀한 연관관계를 가지는 것이라고 생각했음에도 불구하고 그것이 실제로 어느 정도의 구체성과 이론적 깊이로 자기 내부에 체화되었던 것인가를 되물어보면 여전히 내용과 형식의 관계는 당위론과 상식론을 넘어서지는 못했을 것이라고 추측할 수 있는 것이다. 문학의 내용과 형식에 대한 미학적 인식은, 따지고 보면 1930년대 중반을 넘어서서 반영론의 합리적 핵심이 평론가들에게 이해되면서 가능해진 것이라고 볼 수 있다.

그런데 김기진은 스스로의 문제의식을 진전시켜 가는 데에 지칠 줄 모르는 열정을 보인다. 그는 대중화론을 제기할 무렵 본격적인 미적

---

19 이 문제에 대해서는 다음 절에서 다시 살펴 볼 예정이다.

방법론으로서 리얼리즘을 주장하는 데로까지 나아가게 되는 것이다. 「변증적 사실주의-양식문제에 대한 초고」가 그 사례이다.[20] 이 글은 한편으로는 예술적 형식의 문제를 점검하면서 다른 한편으로는 형식과 내용의 결합체로서 예술상의 주의(主義) 문제를 다룬다. 이 대목에서 비로소 리얼리즘의 문제가 제기되는데 프롤레타리아가 지향해야 할 점이 바로 리얼리즘임을 강조하고 있는 것이다.

> 몰락하는 계급이 현실 사물에 임하는 태도가 항상 주관적이요 공상적이요 관념적이요 추상적이요 보수적임에 반하여 흥기하는 계급의 태도는 객관적이요 현실적이요 실재적이요 구체적이요 진취적이라 함은 이미 이 위에서 본 바와 같다. 그러면, 프롤레타리아는 어떠한 태도를 취할 것인가? 아니 물을 것도 없이 현재 세계의 프롤레타리아는 후자와 같은 태도로써 현실 사물에 임하고 있는 것이 사실이다. 동시에 문예에 있어서 그들의 태도로 객관적, 현실적, 실재적, 구체적, 진취적이 아닐 수 없다.[21]

김기진은 문학의 내용과 형식의 합일체를 일종의 문예 사상 혹은 작가들의 문학적 태도의 문제로 접근하고 있다. 이를 조금 더 적극적으로 해석하면 작가들이 지향해야 할 세계관으로도 해석할 수 있다. 김기진은 이를 변증적 사실주의, 조금 더 정확히 그의 말을 직접 인용하자면 "프롤레타리아 철학에 입각한 변증적 사실주의"라고 지칭하고 그 세부 항목을 보다 더 구체화시키고 있다. 세부 항목은 위에서 인용한

---

20 이 글은 『동아일보』에 1929년 2월 25일부터 3월 7일까지 연재되었다.
21 김기진, 「변증적 사실주의」, 『김팔봉 전집』 1, 66~67면.

태도, 즉 객관적이고도 현실적이며 동시에 구체적이고 진취적인 태도에서 기본적으로 크게 벗어난 것은 아니다. 그런 태도에 대해 부연 설명 정도를 덧붙이는 정도에서 머무르고 있다. 김기진의 변증적 사실주의는 그가 기능주의적 방법론으로부터 벗어나 문학이론을 사상 및 세계관과 구체적으로 연결시켜 사고하기 시작했다는 점에서 의미를 찾을 수 있다. 아울러 이것은 김기진이 '내용-형식논쟁'으로부터 '대중화론'을 거치면서 싹트기 시작한 문제의식이었다.

김기진의 변증적 사실주의는 이 시기 다른 평론가나 문인에 비해 매우 앞선 문제제기였다. 아직 이 시기는 프롤레타리아 리얼리즘론 등의 창작방법논쟁이 시작되기 전이었으며 더구나 리얼리즘론에 대해서는 본격적인 논의가 이뤄지는 때가 아니었다. 김기진은 '내용-형식논쟁'에서 문학의 특수성과 자율성에 착목하고 문학운동의 구체적 방법론으로 대중문학론을 고민하는 과정에서, 그리고 동시대 여러 문인들과 다양한 논쟁을 거치면서 프롤레타리아 문예의 차별성, 미학적 특성, 소설의 창작 방법론 등을 총괄적으로 해명할 수 있는 이론적 근거로 리얼리즘의 문제에 눈뜨기 시작했던 것이다. 그렇지만 김기진의 리얼리즘론에 대한 인식이 아직 맹아적 단계였던 것도 사실이다. 그는 대중화논쟁에서 자신이 제기한 방법론의 함의와 리얼리즘론의 이론적 연결지점을 찾아내지는 못하고 있는 것이다. 여전히 이 둘을 병렬적으로 사고하는 데로부터 벗어나지 못하고 있다. 그러나 1920년대가 끝나가는 무렵 한국의 근대문학비평은 리얼리즘론에 대한 인식에 다다르고 있었다는 점은 중요한 성과라고 하지 않을 수 없다. 이런 성과를 토대로 1930년대로 넘어가면 창작방법 논쟁을 거쳐 드디어 리얼리즘에 대한 심화된 인식, 미적 반영론을 이론적으로 체계화하는 지점에 도달하게 되는 것이다.

4. 김기진의 대중화론을 비추는 거울, 염상섭의 대중문예론

그런데 여기에서 화제를 잠깐 돌려보도록 한다. 김기진이 대중화론을 제기했던 시기보다 조금 앞서 대중화론의 문제의식과 유사하게 염상섭 역시 문예의 대중화 문제와 관련된 글을 발표하는데, 이것이 실로 의미심장하다. 염상섭은『동아일보』1928년 4월 10일부터 17일까지「조선과 문예, 문예와 민중」을 발표하고 이어서 속편으로 같은 신문에 5월 27일부터 6월 3일까지「소설과 민중」이라는 글을 발표한다. 이 글은 김기진의 문제의식과 유사하면서도 문제를 구성하는 방식이 전혀 다르다. 염상섭의 글은 김기진의 대중화론이 비어있는 곳을 정확하게 짚어내고 있다. 염상섭은 문학이 대중과 관계 맺는 방식을 김기진과는 다른 곳에서 찾는다. 김기진이 도구적이고 기능적인 측면, 조금 더 심하게 말하면 대중을 장악하기 위한 수단으로 대중화 문제를 제기한 것이라면 염상섭은 보다 더 근본적이고 본질적이다. 염상섭은 조선이라는 상황에서 근대적 문예란 대중과 어떤 관계에 있는가를 근본적으로 탐색한다는 점에서 김기진의 대중화론이 놓치고 있는 지점을 짚어내고 있다. 그런 점에서 이 글은 김기진의 대중화론과 더불어

이 시기 한국의 근대 비평이 대중을 사유하고 있는 방식이 다다른 한 정점을 보여주고 있다고 해도 과언이 아니다. 김기진의 비평을 논하는 자리에서 염상섭의 글을 검토하는 이유도 이 때문이다.

염상섭은 글의 서두에서 위대한 작가나 작품이 만들어지는 이유에 대해 다음과 같이 설명한다.

> 개개의 조건과 동기, 즉 유전과 건강과 민족성과 생활 상태와 민중의 교육정도와 사회사정과 시대사조와 그 자신의 지식과 감정과 사상은 역사적 연락(聯絡)과 지리적 연결로써 종합·수집된 억만 인의 노력과 행위와 의사의 총적이다.[22]

위 인용은 염상섭이 문학에 어떤 사고방식으로 접근하려 하는가를 잘 보여주고 있다. 하나의 작가나 작품을 결정하는 다양한 요인이 깊이 고려되어야 함을 밝히고 있는 것이다. 그런 그가 조선의 문예나 그것을 읽는 민중의 문제에 대해서 어떻게 생각할 것인가. 김기진이 매우 직선적으로 부르주아 문예에 물든 대중을 어떻게 프롤레타리아 의식으로 전취할 것인가를 고민하면서 마르크스주의적 내용에 대중이 이해하기 쉬운 형식의 도입을 주장한 것에 비한다면 염상섭의 문제제기는 간단하지 않다. 그는 조선의 전통적 문예의 성과를 검토하기도 하면서 도대체 문예란 어떤 성격을 가진 것인가를 논구한다. 그의 진단에 따르면 조선의 전통적 문예는 거론할 만한 성과가 별로 없다면서

---

22 염상섭, 「조선과 문예, 문예와 민중」, 한기형·이혜령 편, 『염상섭 문장 전집』 Ⅰ, 소명출판, 2013, 687면. 앞으로 염상섭 평론의 인용은 이 책에 근거하기로 하며 별도의 서지사항은 생략함.

조선의 문예 전통에 대해 평가 절하한다. 그는 다소 과격한 언사로 조선의 전통적 문예를 비판하는데 "우리의 성정 속에는 근본적으로 예술적 요소가 결핍"되었거나 결핍하도록 만든 여러 원인이 있을 것이라는 결론에 이른다.

물론 이런 그의 주장은 지금 시각에서 보면 과한 면이 많고 한국의 고전문학의 전통에 대해서도 편벽된 견해를 갖고 있음을 부인하기 어렵다. 지나친 자기 비하나 우리 민족의 예술적 성정을 운운하는 말은 오늘날의 시각에서 보면 비판받을 소지가 많다. 그렇다고 하더라도 당대의 시대적 조건 아래에서 발달된 서구의 문학작품이나 그에 영향받은 일본의 문학작품에 익숙했던 식민지 청년이었음을 고려한다면 전혀 이해 못할 일은 아니다. 문제는 오히려 이런 상황 판단 속에서 그가 자신의 고민을 어떤 방식으로 이끌어나가는가에 주목하는 일이다.

염상섭에 따르면 문예는 전통적으로 민중의 것이 아니라 특권 계급의 것이었다는 전제 아래에 오늘날의 문예 역시 소수 인텔리겐치아를 상대로 한 것이라는 점을 인정한다. 그렇지만 염상섭은 그런 상황을 당연한 것으로 보지는 않는다. 조선 문예의 침체도, 문예가 민중에게 다가가지 못하는 것도 숙명이거나 벗어날 수 없는 절대적인 한계는 아니라는 것이다. 그는 "모든 사물의 발전의 계기가 종국에 정치에 있음과 같이 문운의 융체(隆替)도 정치적 운명과 한가지 함을 고려에 넣지 않으면 아니"된다는 언급을 하고 있다.[23] 요컨대 정치적 문제의 해결이나 정치가 발전함에 따라 문예도 융성할 것이라는 기대를 하고 있는 것이다.

---

23 염상섭, 「소설과 민중」, 위의 책, 709면.

그건 그렇다 하더라도 그렇다면 당장 조선의 문예는 어디에 희망을 걸어야 하는가? 염상섭에 따르면 그 대안은 바로 소설에서 찾을 수 있다고 한다. 희망을 소설에서 찾는 이유는 그것이 더 민주적이고 민중에게 다가가는 장르이기 때문에 그렇다는 것이다. 지금 보면 다소 엉뚱한 주장처럼 보이기도 하는데 염상섭이 문예 사조의 변화를 분석하는 것을 보면 일리가 없는 말은 아니다. 즉 그는 서구나 조선의 전통 소설이 결국 민중 계급의 성장과 일치하고 있음에 주목하면서 소설이 민중의 예술인 동시에 민주주의의 성장, 민중 계급의 성장의 소산임을 설명하고 있는 것이다. 염상섭이 소설의 대중화에 관심을 기울이는 이유는 바로 이런 분석을 전제로 한 것이었다. 김기진이 방법론적으로 프롤레타리아 의식을 대중들에게 널리 확산시키기 위해 소설의 장르적 특성과 통속적 측면에 주목하는 방식과는 접근법이 다름을 알 수 있다. 그렇다면 염상섭은 대중통속소설에 대해서는 어떤 생각을 갖고 있는가? 김기진이 통속소설의 특성을 활용할 대상으로 본 것에 비해 염상섭은 오히려 소설 자체가 갖는 본질적 특성을 우선 검토한다. 염상섭은 소설의 본질을 다음처럼 설명한다.

소설이란 '작자의 경험한 인생의 편편(片片)의 실상을 진실성과 필연성을 잃지 않는 범위에서 가상적으로 종합안배한 일(一) 인격자의 생활상'이라고 할 수 있고, 또 소설과 독자의 관계를 말하면 소설은 독자의 감정과 이지에 호소하여 미감과 교훈을 주는 것, 다시 말하면 예술적 효과와 윤리적 효과를 가진 것이라고 볼 수 있다. (…중략…) 소설은 다른 어떠한 예술보다도 직접 인생의 모든 문제의 핵심에 돌입하려는 인생비판이요, 인생의 존립과 조화의 대본(大本)은 윤리에 있기 때문에 아무리 예술적 효과를 중요시한다 할지라도 그 주체에 종속된 대본을 무시할 수 없는 당연한 일이다.[24]

염상섭은 기본적으로 소설은 이렇게 인생 비판, 윤리적 교훈이 근간임을 분명히 밝히고 있다. 윤리주의, 교양주의적 입장이 강한 주장인 셈이다. 이런 염상섭에게 흥미위주의 대중소설은 어떤 존재였을까? 당연히 그는 대중 통속소설이 작가의 예술적 양심을 팔아버리는 행위이며 "문예가의 타락인 동시에 문예 및 문단의 타락이요, 또한 문운(文運)의 진전을 저해"한다는 비판적인 태도를 드러낸다. 흥미 본위의 대중통속소설은 장기적으로 보면 문학의 발전에 전혀 도움이 되지 않을 뿐만 아니라 문학이 자기 파멸로 가는 길이라고 보았다. 이런 관점에 서게 되면 김기진 류의 대중화론은 설자리가 없게 된다. 대중화는 그런 방식으로 해서 되는 것이 아니고 그것이 문학의 발전에 도움이 되지 못한다는 결론에 이르게 된다. 염상섭은 어렵더라도 정도를 걸어야 한다고 생각했던 것이다. 그리고 그런 정도(正道)를 견지하면서 정치나 경제의 발전과 함께 조선의 문예도 성장할 것이라고 내다보고 있었다. 그렇다고 작가들이 손 놓고 있자는 것은 아니었다. 그는 현재의 처지에서 조선의 문예가들이 할 일을 결론 삼아 다음처럼 밝히고 있다.

아무리 빈곤한 가운데서라도 아무리 불리한 정치사정 하에 있더라도 또 아무리 완전한 교육을 보급시키지는 못할지라도 독서열과 취미성을 고취·향상시킬 수는 있는 것이다. 사회단체나 교육, 종교단체가 가장 평화로운 수단으로 '독

서데이' 같은 것을 혹은 매월, 혹은 매주에 지정하여 포스터 선전이라든지 강화(講話) 등을 이용한다면 얼마든지 가능한 일이다. (…중략…) 또한 우리의 경우가 동일한 점으로 보아 언필칭 인도의 타고르, 타고르 하지만 세소위(世所謂) 로마는 일일에 된 것이 아니라 함과 같이 타고르는 어제 땅에서 솟은 사람이 아니다.[25]

염상섭은 당장 할 수 있는 일로 대중들이 책을 읽을 수 있는 다양한 사회 운동이나 캠페인, 취미를 개선할 수 있는 강좌 등을 생각하고 있는 듯 하다. 결론은 특별할 것이 없는 상식적인 주장이고 계몽적인 내용이기는 해도 그가 길게 논구해온 바를 상기한다면 추상적인 계몽주의이거나 단순한 상식론을 반복하는 것이라고 보기는 어렵다. 염상섭은 조선의 문예가 발전하기 위해 소설이 갖고 있는 참된 가치를 지켜나가면서 대중들이 문학을 좋아할 수 있는 사회적 분위기를 만들어나가는 방향으로 노력하는 것이 문예의 대중화를 위한 바른 길이라고 생각하고 있는 것이다. 이런 주장은 김기진이 주장했던 대중화론과는 대척점에 놓인다. 김기진처럼 아무리 의도가 의미있는 것이라 하더라도 대중들의 통속적 취미에 영합하는 방식의 대중화론에 대해서 염상섭은 동의하지 않았을 것임에 분명하다. 김기진이 주장했던 대중화론은 카프 내부에서는 임화의 거센 공격을 받았으나 시야를 넓히면 이런 견해와도 대비되는 바가 있음이 드러난다.

그런 관점에서, 염상섭이 이렇게 소설과 민중의 관계에 대해 발표했던 평론을 생각해 보면 1920년대 중후반의 비평사 연구에서 카프 조직

---

25 위의 글, 722~723면.

중심의 연구 관행, 혹은 진영론적 구도를 벗어날 필요성을 시사해주는 바가 있다. 지금까지 이 시기 비평사 연구는 카프 중심의 연구가 관행처럼 굳어져왔던 것도 사실이다. 카프 조직 내외에서 벌어졌던 여러 논쟁들을 실증적으로 재구성해내고 카프의 운동론을 정리했던 것이 충분한 성과를 거두었던 것도 사실이지만 비평사의 구도가 지나치게 카프 중심으로만 설정되었던 것은 아닌가 따져보아야 하는 것이다. 카프에 소속되어 있지 않던 비평가라고 하더라도 카프와의 연관성 속에서 의미를 가졌던 것 또한 사실이다. 양주동, 염상섭 등이 국민문학파라는 이름으로 카프와 대척점에 서있는 것으로 연구되었던 것이 그 대표적 사례이다.

그러나 앞에서 살펴보았듯이 염상섭을 국민문학파라는 범주에 넣어서는 그가 이 시기 비평사에서 갖는 위치와 의미는 크게 축소될 수 있다. 김기진의 대중화론과 다른 방향을 제시하는 염상섭의 입론을 국민문학파라는 틀 안에서 해석하면 그것은 진영론의 구도를 벗어나기 힘들게 된다. 염상섭의 입론은 카프 대 국민문학이라는 대립구도로 설명될 문제는 아니다. 따라서 이 시기 비평사의 구도는 전혀 다른 방향에서 구상될 필요가 있다. 여기에서 전혀 다른 방향이라 함은, 그것이 카프 중심의 구도에서 벗어나는 것인 동시에 한국근대문학 이론의 발전사라는 원칙을 조금 더 분명히 함을 가리킨다.

5. 문인에서 평론가로

이제 다시 김기진으로 돌아와 보자. 김기진은 동시대의 다른 문인들과 달리 어떻게 해서 이런 성취를 거둘 수 있었는가? 김기진의 어떤 면이 이를 가능케 했는가? 이런 점에 관심을 두는 이유는 김기진의 내면을 탐색하거나 그의 개인적 이력에 관심이 있어서가 아니다. 그보다는 김기진을 통해서 한국근대문학비평사에서 한 사람의 평론가가 어떻게 태어나는가를 살펴보려는 의도가 크다. 한 시대를 살아간 문인이 과연 어떤 태도와 자세를 가질 때에 문인 일반이 아닌, 평론가로 재탄생하게 될 수 있었던가는 이 시기 비평사를 검토하는 과정에서 중요한 연구 과제가 아닐 수 없다.

김기진은, 그 이전은 어땠을지 몰라도 카프 이후, 특히 '내용-형식논쟁'을 거치면서부터는 문학의 쟁점을 자기 문제의식으로 육화하는 과정에서 남달랐다고 평가할 수 있다. 그것은 다른 한편 '내용-형식논쟁' 때문이기도 했지만 스스로 논쟁을 거치면서 논쟁의 승패와는 관계없이 논쟁을 통해 얻은 문제의식을 치밀하게 탐색해 들어가는 면모를 보여주었기 때문이다. 김기진은 박영희와의 논쟁에서 소설이 갖추어야 할 요건을 놓고 첨예한 대립을 겪었는데 주위의 만류도 있어서 논쟁 자체에 대해서는 박영희에게 고개를 숙여 자신의 입장을 철회하는 듯한 말을 하지만, 실제로는 자신의 문제의식의 끈을 놓지 않았다. 이는 김기진 스스로 문학에 대한 나름의 소신이 있었기에 가능한 일이었다. 아울러 그런 소신과 문제의식을 지속적으로 구체화시키고 발전시켜

나갔다. 단순한 소신과 신념은 고집이지 이론이 될 수는 없는 일인 것이다. 그 같은 지속적인 이론적 탐색은 문학, 특히 소설의 미적 특성에 주목하고 나아가 대중화론으로 구체화되는 원동력이 되었던 것이다. 그가 수필류나 시, 소설을 두루두루 쓰다가 점차 비평에 매진하게 되는 것도 그런 문제의식 때문이었다.

한편, 김기진은 문학과 예술의 자율성, 특수성에 대한 이론적 관심을 지속적으로 이어갔다. 김기진은 자신이 하는 것은 사회운동이나 정치운동이 아니라 문학운동이라는 점을 명확히 하였다. 때로 이런 그의 지향은 지나친 문학주의로 연구자들에게 종종 비판을 받는 대목이기는 하다. 그렇기는 해도 그가 여러 부문운동 가운데에서 문학운동이 갖는 차별성이 무엇인가를 지속적이고 진지하게 탐색했다는 점은 평가할 만하다. 때로 그것이 문학운동의 철저성을 회피하는 요인으로 작용하기는 했어도 그 때문에 오히려 김기진은 상대적으로 문학의 특수성과 자율성의 문제에 집착하였다. 다른 운동과 구별되는 문학운동으로서의 특수성은 자연스럽게 문학의 존재론적 특수성에 대한 관심으로 그를 이끌었다. 아울러 문학이 어떻게 운동이 될 수 있을 것인가를 놓고 탐색하는 과정에서 그는 문학의 대중화 문제와 정면으로 대결하여 스스로 구체적인 방법론을 마련하기에 이르기도 한 것이다. 이는 김기진이 평론가로서 문제의식을 세워가는 과정이라고도 해석할 수 있다.

다음으로, 김기진이 조선의 문학적 현실과 조선이 처한 문학적 환경으로부터 문제를 이끌어 내었다는 점이 중요하게 지적되어야 한다. 김기진의 이런 고민은 대중화론에서 매우 뚜렷하게 나타난다. 그는 문학운동이 전개되는 현실이 다른 어느 곳이 아닌 식민지 조선임을 누구보다 뚜렷하게 자각하고 있었다. 김기진은 조선의 문학적 환경이 처한 현실 속에서 구체적인 운동의 방법론을 고민하였고 그런 고민을 해결하는 과정에서 평론을 지속적으로 써나갈 수밖에 없었다. 식민지 시대 많은 일본 유학생들이 서구의 이론에 들려 식민지 현실에 대해 의도적으로 눈을 감거나 혹은 식민지 현실을 주관적으로 왜곡하려 했던 상황과 달리, 그는 식민지 조선의 대중이 처한 문학적 환경을 인정하고 거기에서 문제를 풀어가려 노력했다. 조선 현실에 토대를 두고 문제를 풀어가려는 방법론의 탐색이 그를 비평가로서의 정체성을 강하게 형성시킨 요인이 되었을 것이다. 이점은 그가 양주동과 벌인 논쟁에서도 명확하게 드러난다. 조선심(朝鮮心)에 근거한 민족주의를 부르짖던 양주동에 대해 김기진은 그런 주장이 관념적이고 추상적인 민족개념과 다르지 않다고 비판하고 오히려 조선의 객관적 현실에 눈을 돌리라고 일갈한다. 양주동의 글을 비판하면서 결론 삼아 말하는 김기진의 다음과 같은 언급에서 그가 무엇을 중요시하는가가 단적으로 드러난다.

"무산문예하면 필자 역시 가담은 할지언정 하등 반대할 만한 이유를 가지지 않는다"(양주동의 주장—인용자)고 말하는 의견이거든 구주 문학사상의 실례를 이식하는 것으로 민족 ××문학의 근거를 짓지 말고 **조선의 현실로 문제를 가지고 와서 현 계단의 운동을 규정하고, 그리고서 그 토대 위에 문학이론을 세우라!** 그러한 연후에 무산문예에 가담하든지 아니하든지 태도를 선명히 하는 것이 옳다.[26]

---

[26] 김기진, 「문예적 평론의 평론」, 『중외일보』, 1928.10; 『김팔봉 전집』 1, 158면.

김기진은 이렇듯 문제의식의 출발을 항상 조선 현실에 두고 있었다. 당시 국민문학을 주장하는 논자들에게도 정작 그들이 조선심이니 민요니를 강조하면서도 그것이 관념적이고 추상적인 민족관념을 벗어나지 못한 점에 초점을 두고 비판한다. 그의 평론이 항상 조선의 현실을 기반으로 문제의식을 출발시키고 그런 문제의식 속에서 대안을 모색하고 있다는 점은 그가 비평가로서 자신의 정체성을 세워나가는 과정과 무관하지 않을 것이다.[27]

마지막으로 김기진은 방법론을 탐색해나가는 방향으로 평론을 썼다. 요컨대 문제를 해결하기 위한 대안을 이론적으로 모색하는 과정이 곧 그의 글쓰기였던 것이다. 김기진이 방법론을 탐색함으로써 그의 글이 추상적인 주장에 머물지 않고 구체성을 갖는 문학론으로 진전될 가능성이 열릴 수 있었다. 체화되지 않아 막연하고 불분명한 이론에 기대기보다는, 이해할 수 있는 틀 안에서 자신의 이론과 문제의식을 충실히 주체화시키고자 노력했고 그런 바탕에서 자신의 방법론을 조선 현실에 구체화시키기 위해 노력하였다. 구체화된 방법론의 한 극단을 그의 대중화론에서 만나볼 수 있는데, 그것의 문제점은 문제로서 인정한다고 하더라도 같은 시기에 그는 다른 문인들과 달리 쟁점을 구체화시켜 문학론으로 정립시켜 나갔다. 그것이 설령 문제점을 노정하더라도 그런 구체적 문제에 대한 탐색은 다음 단계로 이론을 진전시키는 데에 의미있는 역할을 할 수 있었다.

---

27 물론 이런 평가는 사후적이다. 당시 김기진이 비평가라는 존재를 미리 염두에 두고, 비평가가 되겠다는 의도에서 이런 글을 썼던 것이라고 볼 수는 없다. 다만 그 시대에 비평가가 어떻게 자기 정체성을 형성해나갔는가라는 관점에서 보면 그렇다는 것이다.

동시대의 다른 글들과 비교해 보았을 때 김기진의 평론이 문장 면에서도 훨씬 자연스럽다. 생경한 번역어투, 심각한 비문들이 난무했던 것이 당시 평론들이었는데, 김기진의 비평은 그렇지 않은 것이다. 자신이 생각하는 바를 한글 문장으로 차분히 글로 풀어가고 있다는 점을 읽는 사람들이 느낄 수 있다. 이 또한 지금까지 살펴본 평론가로서 김기진의 특성과도 무관하지 않을 것이다. 결론적으로 김기진은 1920년대 중후반을 거치면서 한 사람의 평론가로서 자기 정체성을 형성해갔던 것이며 그것은 한국근대문학비평사의 발전과정과 궤를 같이하는 것이기도 했다.

6. 1920년대 비평사 연구를 위하여

카프의 결성은 그 이념과 방향에 대한 동조 여부를 떠나 한국근대문학비평의 확립에 획기적인 전진을 이뤄낸 사건이었다. 분석적 감상문 수준에만 머물던 1920년대 초반 동인지 시절로부터 시작해서 문학과 사회의 연관성을 막연하게 인식하던 신경향파 시절의 비평을 지나 카프 결성 이후 비평의 시대가 막을 열게 되었다. 그 본격적인 계기가 카프 시기에 끊이지 않고 전개되었던 비평 논쟁들이었다. 문학을 둘러싼 여러 문제에 대한 논쟁들은, 논쟁이라는 성격 때문에 형상의 언어가 아닌 개념과 논리의 언어가 지배적일 수밖에 없었다. 자연스럽게 비평이 문학을 이끌어가는 계기가 그 덕에 만들어질 수 있었으며 비평에 전념하는 문인들이 생겨나기 시작했다.

김기진은 다양한 논쟁 과정에서 자기의 문제의식을 구체화해가며 평론가로서의 정체성을 형성하기 시작한다. 1920년대 중후반을 넘기면서 평론가라는 존재가 뚜렷하게 부각될 수 있었던 것은 김기진의 비평적 성과와도 관련이 있다. 김기진은 한국근대문학비평사에서 문학의 특수성에 대한 인식을 시작으로 문학 독자(讀者)에 대한 문제의식을 본격적으로 제기한 문인이었다. 그것은 당시 조선 사회에서 문학이 어떤 역할을 할 수 있을까를 구체적으로 고민하는 과정으로부터 비롯되었다. 카프는 주지하는 바와 같이 뚜렷한 목적의식과 이념적 방향을 선명히 한 문학운동단체였다. 카프 소속 문인으로서 김기진은 문학운동의 가능성을 이론적으로 탐색하고 정리함으로써 이 시기를 대표하는 평론가로 재탄생할 수 있었다. 그는 한편으로는 다른 부문운동과 구별되는 문학운동의 고유성을 고민함으로써 문학의 자율성과 특수성에 대한 인식에서 과거와 다른 성취를 거두었으며 운동으로서의 문학을 고민하면서 문학의 대중화론을 제기하였다. 김기진의 대중화론은 문학을 도구적이고 기능적으로 접근했다는 비판에서 자유롭지 못하게 만들었으나 한국적 상황에서 문학이 어떤 역할을 할 수 있을 것인가에 대한 구체적인 방법의 탐색을 보여주었다는 점에서 의미가 있다. 김기진은 이와 더불어 문학 이론 자체에 대한 고민도 멈추지 않았는데 미적 태도와 미학적 세계관으로서 리얼리즘의 가능성을 발견한 것이 그 성과이다.

그러나 김기진의 비평, 특히 대중화론과 관련해서 염상섭은 김기진과 의미있는 대척점을 이루고 있었다. 염상섭은 도구적이고 기능적인 대중화론이 아니라 소설이 갖고 있는 민중적 성격에 주목하고 소설이야 말로 새로운 문학 발전의 가능성을 갖고 있는 장르라는 점에 주목하였다. 그러려면 오히려 대중통속적 소설이 아니라 소설의 정도를 걸어야 함을 역설하였다. 이런 염상섭의 논리는 문학의 대중화와 관련하여 김기진과 비견되는 동시에 이 시기 비평사를 어떻게 재구성할 것인가에 대한 시사점을 준다는 점에서 의미를 갖는다.

결론적으로 이 시기의 비평사 연구는 카프 조직 중심의 연구, 논쟁 중심적 연구로부터 벗어나 한국 근대문학 이론의 발전사라는 관점에서 재구성이 필요해 보인다. 기존의 비평사 연구방식만으로는 이런 한국문학비평사의 진면목이 드러나지 않는다. 비평사 연구가 궁극적으로 한국근대문학비평사의 체계적 서술을 향해가는 것이라면 이 시기 김기진의 역할이나 염상섭의 존재는 재조명되기에 충분한 의미가 있다.

그렇지만 본 연구는 한계가 많다. 김기진에 초점을 맞추고 연구를 수행하다 보니 상대적으로 그의 비평적 성과는 부각된 반면, 김기진의 비평이 이 무렵 비평 전반에서 어떤 연계성을 갖고 앞, 뒤의 시기, 그리고 동시대 다른 평론가들과 유기적으로 연결될 수 있을 것인지까지 충실하게 살피지 못하였다. 김기진이 비평가로서 자기 정체성을 형성하는 과정 역시 해석적 추론만 했을 뿐 세밀하게 논구하지는 못했다. 앞으로의 과제로 남긴다.

제4장

바깥에서 본 신경향파 문학

염상섭의 내재적 비판을 중심으로

김재용

신경향파 문학을 파악할 때 이 흐름을 주도하였던 이들의 관점에 서서 이해하고 비판하는 방법이 있다. 다른 하나는 이 문학적 흐름을 비판하였던 외부의 문학인들의 눈으로 보는 것이다. 신경향파 문학을 연구하는 논의들은 주로 전자의 길을 따른다. 당시 신경향파 문학을 이끌었던 논자들이나 작품을 세세하게 천착하는 이러한 방법은 앞으로도 더욱 나와야 할 정도로 여전이 우리의 해석을 기다리고 있다. 이 글에서 필자는 전자보다는 후자의 길을 따르고자 한다. 신경향파 문학은 한 시기에 국한된 논의로 끝났으며 이후 이를 이끌었던 이들 중 상당수는 초심을 잃고 스스로 자신의 과거를 부정하거나 혹은 프로문학을 지양하여 민족문학론으로 이동하였기 때문이다.

흔히들 1920년대 중반 전개된 프로문학계와 비프로문학계 사이의 프로문학 논쟁을 사회주의와 민족주의의 대립으로 이해하려는 경향이 있는데, 이는 당시의 현실과 동떨어진 것이다. 물론 당시 논쟁의 일부에 사회주의와 민족주의의 이념적 대립이 강하게 영향을 미친 것은 사실이지만, 그렇다고 해서 당시 논쟁의 구도를 이것으로 환원시킬 경우 이 논쟁이 우리 문학사에서 갖는 의미를 편협하게 만들 뿐만 아니라 그 진정한 의미를 파악할 수 없게 만드는 것이다. 그렇기 때문에 이 논쟁을 조명할 때는 사회주의와 민족주의의 대립보다는 식민지 조선의 현실을 어떻게 이해했는가의 차원에서 접근해야 한다.

프로문학 논쟁이 처음 시작된 것은 카프 조직이 아직 결성되지 못한 상태에서 프로문학을 주장하는 논의가 서서히 나오기 시작하던 무렵인 1925년 초이다. 『개벽』 잡지사에서 여러 문인들에게 계급문학에 대해 어떻게 생각하느냐는 설문을 보냈는데, 여기에 대해 프로문학을 주장하던 김기진, 박영희 이외에 이광수, 염상섭 등이 답변을 했고 그 과정에서 프로문학과 비프로문학은 대립적 견해를 보였다. 그리하여 이 설문은 본격적 차원의 논쟁을 예고하는 성격을 갖게 되었는데, 흥미로운 것은 이때부터 논쟁이 단순히 민족주의와 사회주의의 대립이란 구도로 진행된 것이 아니라는 점이다. 프로문학을 강력하게 지지하던 김기진과 박영희가 비록 관념적인 것으로 채색된 것이기는 하지만 사회주의의 입장을 가지고 있었고, 프로문학을 반대하던 이광수가 비록 타협적 성격의 것이기는 하지만 민족주의의 입장을 가지고 있었지만, 프로문학을 반대하지도 그렇다고 당시 이루어지는 프로문학 논의에 동조하지도 않았던 염상섭의 경우 당시의 이데올로기적 지형의 차원에서는 사회주의와 민족주의 그 어디에도 속하지 않았다. 염상섭은 현실의 역사적 필연성에 기초하여 나온 프로문학이라면 그것은 정당하고 옹호되어야 한다고 말하고 있는데, 이는 당시 프로문학을 조선적 현실에 기초하지 못한 것으로 본다는 것을 의미한다. 그런 점에서 그는 민족주의나 사회주의 어디에도 속하지 않는다고 볼 수 있다. 이런 점에서 볼 때 프로문학과 비프로문학 사이의 논쟁은 민족주의와 사회주의 사이의 대립이란 단순구도가 아닌 훨씬 복합적인 이념적 지평 속에서 진행되고 있었음을 알 수 있고, 그 핵심은 조선적 특수성의 이해임을 알 수 있다.

이 설문을 계기로 프로문학과 비프로문학 사이의 논쟁은 한층 격화된 양상을 보이기 시작하였는데, 크게 세 갈래로 나누어진다. 첫째는 프로문학계로서 김기진, 박영희 등의 경우처럼 식민지 지배 국가의 억압 민족과 피식민지 국가의 피억압 민족의 차이를 인식하지 못하고 프롤레타리아 국제주의의 미명하에 모든 민족적인 것을 부르주아적인 것으로 규정해버리는 이들이다. 둘째는 비프로문학계로서 이광수, 최남선, 김억 등의 경우처럼 '조선혼'을 이야기하면서 민족을 현실 면에서 관찰하고 이해하기보다는 초역사적이고 추상적인 관념의 차원에서 보려는 이들이다. 당시에는 이를 국민문학론이라고 불렀다. 셋째는 비프로문학계로서 염상섭, 양주동 등의 경우처럼 조선적 특수성을 인식하려 하면서 앞선 두 경향에 대해 비판적으로 접근하는 이들이다. 이 세 경향은 서로 비판의 칼날을 예리하게 들이대면서 논쟁을 한층 확대시켜나갔다.

그런데 논쟁이 시작될 무렵에는 이 세 경향이 서로 치열하게 주장하지만, 시간이 흐르면서 비프로문학계 중 첫 번째의 경향 즉 이광수, 최남선, 김억 등 국민문학계는 사라지고 나머지 두 경향만이 논쟁을 계속 해나가게 된다. 이광수는 「중용과 철저」(『동아일보』 1926.1.1~3)에서, 최남선은 「조선국민문학으로서의 시조」(『조선문단』 1926년 5월호)에서, 김억은 「예술의 독립적 가치」(『동아일보』 1926.1.1~3)에서 자기주장을 내세우고 있지만, 이후 지속적으로 펼쳐나가지는 못했다. 이렇게 된 것은 우선, 이들의 논의가 당시 삶의 구체적 현실과 무관하게 이루어지고 있고, 그 이론적 기반이 허약하여 다른 논자들과 실질적인 논쟁을 할 수 없었던 데 그 원인이 있었다. 이들에 대해 다른 논자들이 부분적으로만 반응을 보였지, 그 이상이 아니었던 것 역시 이와 떼어놓고 생각하기 어렵다. 둘째로는 1927년에 신간회가 결성되면서 이들 타협적 민족주의자의 영향력이 급속하게 떨어지면서 적극성을 상실했기 때문이다.

이렇게 되면서 논쟁의 구도는 프로문학계와 비프로문학계 중에서 국민문학계를 제외한 논자들과의 대립으로 발전해갔다. 3파전이었던 데서 이제 양자 간의 논전으로 바뀐 것이다. 이 양자 간의 논쟁은 1926년초 염상섭의 프로문학계에 대한 비판에서 시작되었다. 염상섭은 「계급문학을 논하여 소위 신경향파에 여함」(『조선일보』 1926.1.22~2.2)에서 박영희의 「신경향파의 문학과 그 문단적 지위」(『개벽』 1925년 12월호)를 비판했다. 이 글은 얼핏 보면 프로문학을 비판하는 것처럼 보이지만, 실제로는 박영희 식의 프로문학을 비판한 것이지 프로문학 그 자체를 비판한 것은 아니다. 프로문학이 어떻게 되어야 한다는 생각을 나름대로 가지고 있었던 염상섭으로서는 박영희 식의 프로문학관 즉 현실의 구체성에 입각하지 못했을 뿐만 아니라 문학을 도구적으로 생각하는 경향이이 미성숙하다고 판단되어 비판했던 것이다. 특히 계급의식을 고취한다며 살인, 방화, 파괴 등을 작품에 그려내는 신경향파문학에 대해 비판의 강도를 더하여, 이러한 것은 결코 신경향의 문학이 아닐 뿐더러 진정한 프로문학이 아니라고 비판했다. 염상섭의 이러한 비판에 대해 박영희는 「신흥예술의 이론적 근거를 논하여 염상섭군의 무지를 박함」(『조선일보』 1926.2.3~19)을 통해 반박했고, 염상섭이다시 이를 반박했다.

염상섭이 박영희와 논쟁을 주고받을 무렵 당시 사회운동 상에서 중요한 변화가 일어났다. 신간회가 창립되면서 민족 문제에 일정한 관심을 가지고 있던 사회주의자와 비타협적 민족주의자 사이에 협동전선이 구축된 것이다. 이는 그동안 민족 문제만 나오면 무조건 부르주아적이라고 일소에 붙이던 사람들과 계급 문제의 심각성을 도외시하던 민족주의자들에 의해 극도로 대립되던 민족운동 전선에 심각한 변화를 가져다주었다. 그리하여 프로문학과 비프로문학 사이의 대립은 또다른 국면을 맞게 되었다. 그런데 프로문학계 내부에서는 여전히 민족문제에 둔감했기 때문에 이 새로운 변화의 의미를 제대로 읽어내는 것이 쉽지 않았다. 오히려 임화와 김두용 등 카프 도쿄지부로부터 신간회 해소 논의가 나올 정도였으니 당시 카프 내부 프로문학론자들의 지향을 짐작할 수 있다. 이러한 민족운동의 새로운 국면은 염상섭, 양주동 같은 논자들에게 새로운 지평을 열어주었고, 그리하여 이들은 이시기에 오면 이전과는 다른 자신감으로 논지를 펼쳐나간다. 그 중 가장 지속적으로 자기 이야기를 한 사람으로는 염상섭을 들 수 있다.

염상섭은 「민족사회운동의 유심적 고찰」(『조선일보』 1927.1.1~15)과

「조선문단의 현재와 장래」(『신민』 1927년 1월호)에서 민족운동과 사회운동이 나뉘어 있는 것이 결코 타당치 않다고 주장하면서, 문학계도 이제 프로문학과 비프로문학의 분열을 넘어 새로운 차원으로 지향할 것을 주장했다. 프로문학은 민족문제에 대해 무지했던 것을 스스로 비판해야 하고 계급문제에 소홀했던 국민문학론은 편협함을 넘어서야 한다고 말했다. 그가 이렇게 주장할 수 있었던 것은, 이전부터 그는 민족을 초역사화시키는 민족주의에 대해서도 비판적이었고, 동시에 민족문제를 단순히 정신상의 문제로만 보고 물질적 현실과는 무관한 것으로 보면서 이를 무시하고 무조건 부르주아적인 것으로 간주하던 당시의 관념적 사회주의에 대해 비판적이었기 때문이었다. 바로 이 지점에서 염상섭은 민족문학론을 생각했던 것으로 보인다. 물론 이러한 염상섭의 논지는 사회주의자인 홍기문과 프로문학가인 김기진으로부터 비판받았지만 8 · 15 직후 민족문학론으로 수렴되는 것을 고려할 때 대단히 중요한 이론적 논의를 펼친 셈이다.

여기서 염상섭과 더불어 논의해야 할 이가 양주동이다. 양주동은 1926년에 이광수 비판을 통해 국민문학론의 관념성을 이야기한 바 있었다. 이후 프로문학에 대해서도 간헐적으로 비판하면서 새로운 길을 모색하였는데, 이 시기에 이르러서 절충론을 내놓는다. 「정묘평론단총관」(『동아일보』 1928.1.1~18)에서 "민족주의와 사회주의가 현금 그 정당한 의미에서 일치 협력할 수 있음과 같이 우리의 전적 목표를 위하여는 이 양파의 문학이 병행와조할 수 있으리라 믿는 점에서 염씨의 설을 지지한다"고 말하는 것으로 보건대 양주동 역시 프로문학과 국민문학의 협동을 요구하고 있음을 알 수 있다.

　그러나 여기서 놓쳐서는 안 될 문제는 염상섭의 논지와 양주동의 그것이 얼핏 보면 서로 비슷한 것 같지만 매우 다르다는 점이다. 양주동은 프로문학과 국민문학의 병행을 주장하는 것이지 결코 이 둘 모두를 지양한 새로운 문학이념을 추구하는 것은 아니다. 그럴 수밖에 없는 것이, 그는 민족주의와 사회주의는 나름대로 자기 타당성을 갖는다고 믿고, 국민문학론과 프로문학론을 이 두 이념의 문학적 표현으로 보는 까닭에 둘 사이의 병행과 협조를 생각할 수는 있지만 이 둘을 함께 넘어서는 그러한 문학의 이념을 생각할 수 있는 데로까지는 나아가지 못했다. 그런 점에서 양주동은 철저하게 절충론자였다고 할 수 있다. 염상섭의 경우 이와 전혀 달랐다. 그는 국민문학론은 민족주의에 기초를 두고 있는 만큼 민족주의의 문제점이 그 속에 고스란히 들어있다고 보았다. 민족주의는 민족을 초역사적으로 보려고 할 뿐 아니라 자민족중심주의에 노출되어있기 때문에 제국주의와 별반 다르지 않고, 또한 프로문학은 민족문제를 몰각하는 관념적 사회주의자들의 지향에 기초해 있는 만큼 그 역시 현실의 필연성에 입각해있는 것은 아니라는 것이다. 따라서 그에게는 이 둘의 단순 절충이나 병행이 아니라 둘을 지양한 새로운 문학이념의 도출이 중요했다. 또한 양주동에게서는 민족주의와 민족의식의 구분이 불명확하지만, 염상섭에게서는 민족주의와 민족의식은 아주 다르다. 양주동은 가끔 자기 이론의 추상성을 벗어나면서 염상섭의 글이 갖는 의미를 발견하기도 하여 그를 지지하는 경우가 있지만, 염상섭이 양주동의 의견을 받아들이는 경우가 없는 것은 바로 이러한 맥락 때문이다.

　이 시기에 염상섭의 논지와 아주 비슷한 견해를 표명한 이는 정노풍이다. 그는 대표적인 글의 하나인 「조선문학 건설의 이론적 기초」(『조선일보』1929.10.23∼11.10)에서 '민족의식'이 어떤 과정을 통해 나오게 되는가를 다면적으로 탐구하여 프로문학과 국민문학의 대립을 넘어설 수 있는 지반을 마련하려 했다. 그가 내세운 것은 결국 '계급적 민족의식'인데, 이는 민족의식이 식민지 조선에서는 계급의식의 형태로 드러날 수밖에 없음을 말하는 것이다. 이로써 그는 "외래 사회사상에 황홀된 문인 중에 민족의식을 거부하여 왈 환상이라고" 하는 것에 대해, "민족의식에 기울어진 문인 중에는 혹은 계급의식을 인식하지 못하거나 오해하여 청고한 문인의 가히 회고할 배 아니라"하는 것에 대해, "민족의식과 계급의식을 대립한 양개로 이해하여 합력 악수할 것이다"라고 하는 것, 이 모두를 비판하였다. 첫째 비판이 국민문학에 관한 것이라면, 둘째 비판은 프로문학에 관한 것이고, 셋째 비판은 양주동식의 절충론에 대한 것이다. 이처럼 정노풍은 나름대로 민족과 민족의식을 역사적으로 탐구하고, 이를 토대로 기존의 대립과 이를 절충적으로 해결하려 하는 경향 모두에 대해 대단히 날카로운 비판을 가하고 있어 이채를 띤다. 정노풍의 이러한 견해는 앞서 보았던 염상섭의 그것과 대단히 유사함을 알 수 있는데, 실제로 염상섭은 「문단 10년」(『별건곤』 1930년 1월호)에서 정노풍의 논지가 자신의 것과 같을 뿐만 아니라, 자신이 미처 다루지 못했던 것을 해명하고 있다고 하면서 공감을 보낸 바 있다.

신간회 결성을 전후한 염상섭의 이러한 문학론에 대해 프로문학으로부터 비판이 있었는데, 그 대표적인 것으로 김기진이 염상섭의 「조선문단의 현재와 장래」(『신민』1927년 1월호)를 두고 쓴 「문예시평─문단상 조선주의」(『조선지광』 1927년 2월호)를 들 수 있다. 김기진은 염상섭뿐만 아니라 양주동, 김억 등을 '조선주의'라고 비판하고 있지만, 이는 염상섭과 그 외 논자들 사이의 미세한 차이를 무시하고 뭉뚱그려 비판한 것이기 때문에 제대로 과녁을 향했다고 볼 수 없다. 염상섭과 조선주의자라고 비판받은 다른 논자들 사이에 존재하는 일정한 차이를 보지 못한 것은 당시 프로문학가로서 김기진의 안목이 얼마나 편협하였는지를 잘 보여준다. 이에 대해 염상섭은 「작금의 무산문학」(『동아일보』 1927.5.6~8)에서 반박했고, 이후 다시 김기진과 리얼리즘의 문제를 둘러싸고 논쟁을 주고받게 되었지만 근본적으로 틀이 바뀐 것은 아니고 단지 그 다루는 대상의 소재가 바뀐 것뿐이었다.

　신간회 결성 이후 이처럼 염상섭의 문학론이 한층 그 강도를 더하고 현실성을 더해가는 반면, 프로문학 쪽에서는 오히려 비판의 강도가 약해져갔다. 당시 프로문학 내부에서는 그나마 일각에 존재했던 민족문제에 대한 인식이나 혹은 조선적 특수성에 대한 인식이 1928년 12월 테제의 영향으로 말미암아 자취를 감추고 말았다. 그리고 더 나아가 신간회 해소를 주도하는 상황에까지 이르게 되어 이러한 문제의식이 싹틀 수 있는 최소한의 지반도 상실되어갔다. 그렇기 때문에 생산적 대화가 이루어지기 힘들었고, 이후 논쟁의 형태로나마 아예 이루어지지 않는 상황이 벌어졌다. 신간회 해소 이후 염상섭은 강한 실망감에 젖어들었다. 일제 파시즘이 강화될 뿐 아니라 그토록 기대를 가졌던 협동전선의 전망이 사라지자, 이후 급속하게 자신의 지향을 지탱하기 어려워졌다. 또한 카프와의 대화도 더 이상 이루어질 수 없는 상황이 생기자 그는 이와 관련한 글을 발표하지 않게 된다. 이후 염상섭이 자신의 생각을 구체화하면서 다시 글을 재개한 것은 8·15 직후였다. 이 무렵 그는 이전 논의의 연장선에서 민족문학론을 내세우는데, 이는 과거 프로문학론자들의 자기 반성과 맞물려 힘을 얻게 되었다.

일제하 프로문학가들은 1930년대에 이르러 다양한 자기반성을 시작했는데, 가장 의미 있는 것은 바로 민족문제와 조선적 특수성에 대한 그동안의 무지에 대한 것이었다. 이 중에서 안함광은 매우 특이한 존재로서, 당시 카프 내에서 한창 분분하던 '사회주의 리얼리즘' 논쟁 시기에 조선적 특수성의 문제를 내걸면서 이를 반대할 정도로 카프 내에서 상대적으로 민족문제나 조선적 특수성의 문제에 관심을 두었었다. 이로 인하여 같은 카프 비평가였던 임화로부터 조선주의를 옹호하는 멘셰비키로 비판받았지만 그는 이에 굴하지 않고 조선적 특수성을 고찰했다. 8·15 이후 그가 프로문학론 대신에 민족문학론의 이론적 기초를 마련하는 것 역시 일제하 이러한 지향과 무관한 것이 아니었다. 임화는 중일전쟁 이전까지도 관념적 국제주의에 매몰되어있었기에 '민족'에 대해 대단히 부정적으로 바라보았다. 그는 1938년 이후 이식문학론을 내세우게 되는데, 이로부터 조선적 특수성을 새롭게 인식하기 시작했다. 물론 그의 이식문학론은 과거의 관념적 프롤레타리아 국제주의에서 벗어나 조선적 특수성을 읽게 되는 과정에서 도출된 것이지만, 그 이론적 기반은 '아시아적 생산양식론'이라는 점에서 또 다른 관념성을 노정하는 아쉬움을 남긴다(그러나 과거에 비해서는 일층 나아간 것이라 할 수 있다). 임화 역시 8·15 직후에 민족문학론을 세우는데 이역시 조선적 특수성을 인식해나가려 했던 일제하의 이론적 도정과 떼어놓고 생각할 수 없다.

제2부
신경향파 소설의 해석

제1장

최서해 초기 소설에 형상된
'공포'와 '파국의 상상력'

김재영

1. 머리말

최서해는 임화에 의해 "신경향파가 가진 최대의 작가, 또 그것이 달성한 예술적 수준의 최고점이라고 보아도 그리 과장이 아닐 것이다"[1]라는 찬사를 받았다. 또 "자연주의의 여하한 작가도 신경향파 = 서해에 있어서와 같이 인간생활의 광대한 영역으로 자기의 사실적 세계를

---

[1] 임화, 「조선신문학사론 서설―이인직(李人稙)으로부터 최서해(崔曙海)까지」, 『조선중앙일보』, 1935.10.9~11.13. 여기서는 임화문학예술전집 편찬위원회 편, 『임화문학예술전집 2 ―문학사』, 소명출판, 2009, 435면에서 인용.

전개한 일이 없고 또 그 객관성에 있어서도 서해에 있어서와 같이 자기추구, 모든 가면의 박탈에 있어 철저치 못했으며 개인으로 사회적 전체성의 견지에서 파악하지는 못했었다"[2]고 김동인, 현진건, 염상섭 등 이른바 자연주의 작가 모두를 뛰어넘은 위치에 서해를 놓고 있기도 하다.

하지만 이러한 평가는 그 신경향파 문학이 "낡은 문학으로부터 프로 문학에 이르는 한 개 과도적 문학"[3]인 것을 전제로 한 것이었다. 이 '신경향파'라는 말은 박영희가 1925년 『개벽』에 발표한 「신경향파의 문학과 그 문단적 지위」라는 글에서 처음 사용한 것으로 알려져 있다. 이 글에서 박영희는 기존의 부르주아 문학의 전통과 전형에서 벗어나서 새로운 경향을 보여준 작품들이 등장했음을 반기며, "各各 作品에 나타난 色彩를 綜合的으로 代表한 말이며 所謂 말하는 消極的 黨派가 안인 것"[4]을 전제하고 '신경향파'라는 말을 사용하고 있다. 당연히 이 말은 낡은 문학으로부터의 벗어남 자체를 가리키는 데 방점이 놓여 있는 것이었다. 곧이어 염상섭이 이 글을 비판하는 「계급문학을 논하여 소위 신경향파에 여(與)함」(『조선일보』, 1926.1.22~2.2)을 쓰고 다시 박영희가 「신흥예술의 이론적 근거를 논하야 염상섭군의 무지를 박(駁)함」(『조선일보』, 1926.2.3~2.19)으로 논전을 주고받는 과정에서 다시 이 말을 씀으로서 문단에서 통용되었다고 할 수 있지만, 염상섭이 '소위'라는 말을

---

2   위의 책, 436면.

3   위의 책, 436면.

4   박영희, 「신경향파의 문학과 그 문단적 지위－금년은 문단에서 잇서서 새로운 첫거름을 시작하엿다」, 『개벽』, 1925.12. 여기서는 이동희・노상래 편, 『박영희 전집』 III, 영남대 출판부, 1997, 122면에서 인용함.

붙이고 있음에서 알 수 있듯이 바로 시민권을 획득한 말이라고는 할 수 없다. 이후 박영희는 1927년 2월 『조선지광』에 「'신경향파' 문학과 '무산파'의 문학」이란 글을 쓰면서 "新傾向派 文學은 엇더한 完全한 體系를 具有한 獨立된 文學이 안이다. 將次 엇더한 目的을 意識的으로 體系를 세우기 爲하야서만 必要한 그 過程에 잇서서의 한 必然한 現象的 文學이기 째문이다. 그럼으로서 新傾向派는 그의 目的하는 境地에 나가게 되면 곳 그 自體가 解體되며 崩壞되고 말 것이다"[5]라고 하여 그 과정성(과도성)을 주장하는데, 이는 곧 이어 쓰여지는 「문예운동의 방향전환」(『조선지광』, 1927.4)에서 명확해지듯이, 새로운 '목적의식적 문학'에 대비하여 신경향파 문학을 '경제투쟁의 문학 = 자연생장적 문학'으로 정초하는 것이었다고 할 수 있다. 이러한 인식을 문학사적으로 조금 더 정돈한 것이 김기진의 「10년간 조선 문예 변천 과정」(『조선일보』, 1929.1.1~2.2)이었다. 그는 이 글에서 "진정한 무산 계급의 의식으로써 조직된 운동"[6]이 되지 못했던 신경향파 문학의 문제를 정리하고, 이에 대한 극복을 이른바 '문예운동의 방향전환론'에서 보고 있다. 하지만 이 글에서 김기진 또한 이 '신경향파'라는 말 앞에 '소위'라는 말을 여러 번 붙이고 있는 데서 드러나듯이, '신경향파'는 여전히 문학사적 실체로 정초되었다고 할 수는 없다. 일군의 프로문학자들 사이에 통용되던 이러한 인식을 한국근대문학사의 한 단계로서 뚜렷하게 정립한 것은 역시 앞서 언급되었던 임화의 글이라고 할 수 있고, 이후 프로문학으

---

5   박영희, 「'신경향파' 문학과 '무산파'의 문학」, 이동희·노상래 편, 위의 책, 202면.
6   김기진, 「10년간 조선 문예 변천 과정」, 홍정선 편, 『김팔봉문학전집』 II, 문학과지성사, 1988, 43면.

로 나아가는 과도기의 문학으로서의 '신경향파 문학'이라는 규정은 현재까지도 꽤 영향력 있는 문학사의 관점으로 존재하고 있다.

하지만 그 임화가 한설야의 「과도기」를 "현실에서 분열된 관념과 관념에서 떨어진 묘사의 세계를 단일한 메카니즘 가운데 형성하려고 한 최초의 작품이다. 그것을 가능케 한 것은 신경향파 시대와 근본에서는 같으나 그러나 그것보다는 일층 명백한 경향적인 정신이다"[7]라고 평가했을 때, 노동자의 형성을 담담하게 그려내는 이 소설의 '명백한 경향성' 자체는, 그 노동자의 형성에서 이미 그가 만들어낼 새로운 세계를 상상할 수 있었던 그(아니면 그로 대표되는 일군의 사회주의자들)에 의해서만 읽혀지는 것이었다고 할 수 있다. 임화가 묘사에 단일한 메카니즘으로 엮여 있다고 한 그 관념은 그다지 명백한 것이라고는 할 수 없는 것이다. 이는 이 작품에 노동자와 자본가의 대립이나 갈등 또는 투쟁이 드러나 있지 않음을 지적하고자 하는 것이 아니다. 익히 알려져 있듯이 우리 프로문학 작품은 바로 그러한 세계로 나아간다. 여기서 문제 삼는 것은 그들 작품에서 그려내고자 했던 그 계급갈등 또는 투쟁이 다다를 목적지에 대한 상상 자체(경향성이라고 할 수 있을 터인데)이다.

'목적의식론' 이후 카프를 중심으로 한 프로문학의 변혁(또는 혁명)에 대한 상상이 '레닌이즘'에 바탕하고 있었음은 주지의 사실이다. 1940년에 행해지는 임화의 「과도기」 평가 또한 그에 기반하고 있었다고 할 수 있다. 창작방법을 둘러싼 논쟁, 리얼리즘에 대한 새로운 인식 등 프로문학에 대한 논의는 상당한 변화 또는 진전을 이루어내지만, 그럼에

7　임화, 「소설문학의 20년」, 『동아일보』, 1940.4.12~4.20. 여기서는 임화문학예술전집 편찬위원회 편, 『임화문학예술전집 2─문학사』, 앞의 책, 457면에서 인용.

도 불구하고 프로문학자들의 변혁에 대한 역사적 전망은 '레닌이즘'의 그것에서 벗어난 적이 없는 것으로 보인다.[8] 「과도기」 평가와 거의 같은 시기에 이루어지는 '과도기로서의 신경향파'라는 규정 또한 그러한 역사적 전망에서 이루어지는 것이다. 그리고 그 규정은 소설사적으로는 레닌이즘에 입각한 프로문학자들의 최서해 전유의 한 방식이라고 할 수 있다. 프로문학이 최서해를 수용하는 한 방식이었던 신경향파의 과도성은 목적(또는 결과)에서부터 재정의되는 방식으로만 가능한 것이었다는 점에서 당대 프로문학자들에 의해 공유되고 있던 역사적 전망을 받아들이지 않는다면 별로 설 자리가 없는 것으로 보인다.

최서해를 이해할 때 이 '신경향파의 과도성' 명제는 특히 문제적이라고 할 수 있는데, 이기영, 송영 등 이른바 본격적인 프로문학 작가로서 활동한 이들에게, 몇몇 초기작이 이후의 본격적인 프로문학 작품을 준비하는 과도기적인 것이었다는 것은 아주 자연스럽게 받아들여질 수 있는 것이다. 또 임화에 의해 최서해의 경향과 대비되는 또 하나의 경

---

8 여기서 사용된 '레닌이즘'이란 말은 당대에 주로 '마르크스-레닌주의', '볼셰비즘'으로 지칭되었고, 러시아 혁명을 가능하게 했고, 다시 러시아혁명에 의해 뒷받침되었다고 생각되는 사회주의적 사유의 한 경향을 나타내는 말 정도로 쓴다. '레닌이즘'이 무엇인가, 그것은 '마르크스주의' 또는 '스탈린주의'와는 구분되는가. 당대 조선 프로문학자들의 역사적 전망이 통일되어 있었던가, 개개인들의 차이는 없는가 등등 무수히 많은 문제들이 있다. 그러한 문제들은 이 글이 담당할 수 있는 범위를 넘어선다. 다만 이러한 인식은 주로 다음과 같은 점에 바탕하고 있다. 첫째, 1927년의 이른바 '방향전환론' 이후의 논의에서 대부분의 프로문학자들이 '볼셰비즘' 또는 '마르크스-레닌주의'라는 말로 그 정통성을 주장하고 있다. 둘째, '카프'는 조선의 공식적인 '마르크스주의 당'이 존재하지 않는 상태로 존속되었는데, '방향전환론'에서부터 '인민전선'에까지 이르는 대부분의 논의는 '코민테른(제3인터네셔널)'의 방침을 충실히 따르는 방식으로 이루어진다. 1919년 레닌에 의해 창설된 코민테른은 '레닌주의'를 내세우며 조직되어 1943년 해체 시까지 활동한 국제 공산당 조직이었다. 셋째, 프로문학자들 자신이 '볼셰비즘'에 근본적인 문제를 제기하면서 다른 '사회주의'를 주장한 경우는 거의 없다.

향을 보여준 것으로 거론된 박영희의 경우는 이후 거의 소설 창작을 하지 않으며, 이 시기에 발표된 몇몇 작품이 소설사적으로 큰 의미를 갖고 있다고 하기 어렵다. 결국 이러한 인식 안에서는 최서해가 소설가로서는 거의 홀로 '신경향파'라는 개념 자체를 떠받치고 있는 형국인 것이다.

최서해 소설에 대해서는 꽤 많은 연구가 있어 왔다. 곽근에 의해 이루어진 전집 발간과 기초 서지 정리, 김기현의 전기적 사실 정리 등이 가장 기초적이면서도 중요한 것이었다고 한다면, 이에 바탕하여 신경향파라는 측면에서 다루어지던 몇몇 초기 작품에 대한 연구에서 벗어나 서해 소설 전체를 대상으로 여러 경향들을 분류하여 해명하는 작업들도 이루어졌다. 작품론의 형식으로 개별 작품에 대한 심화된 이해가 이루어지기도 했고, 심리주의 등 특정한 방법론을 통한 서해 작품에 대한 이해도 진전되었다.[9] 하지만 한국 근대소설사에서 최서해 소설이 갖는 의미가 무엇인가라는 문제에 있어서는 여전히 '본격적인 프로문학'을 준비하고 있는 '신경향파 문학의 대표자'라는 큰 틀에서 그다지 벗어난 것으로 보이지는 않는다. 이와 관련하여 최서해가 갖고 있는 역사적 전망 자체를 재설정해보고자 하는 논의는 주목할 만하다. 아나키즘적 지향을 보려는 논문도 있었고,[10] 민족해방에 대한 지향을 강조하는 논문도 있었으며,[11] 계급모순과 민족모순의 동시적 공존에

9　이른 시기의 최서해 작품의 연구사는 곽근, 「최서해 연구사의 고찰」(『반교어문연구』 22집, 2007)에 비교적 잘 정리되어 있다.

10　한점돌, 「한국 아나키즘 문학 연구—최서해 소설의 아나키즘적 특성」, 『현대소설연구』 31집, 2006.

11　표언복, 「1920년대 만주독립운동의 서사적 인식—최서해를 중심으로」, 『어문학』 115집, 2012.3.

주목한 논의[12]도 있었다. '계급혁명'을 포함하여 이렇듯 다양한 방향에서 최서해의 지향이 논의되는 것은, 작품 안에서 부분적으로 그러한 성격을 찾아낼 수 있기에 가능한 것이었지만, 역으로 그것은 어느 쪽으로도 그의 지향이 구체화되지 않았기 때문이기도 하다고 생각한다.

이 글은 최서해 초기소설의 특성과 그에 드러나는 세계인식 등에 다가가기 위해 우선 그의 첫 발표작인 「토혈」의 개작과정에 주목한다. 「토혈」을 「기아와 살륙」으로 변화시키는 과정에 초기 최서해 소설의 지향이 응축되어 있는 것으로 판단되기 때문이다.

2. 「토혈」과 「기아와 살륙」의 거리

그의 손에는 식칼이 쥐어졌다. 그는 으악— 소리를 치면서 칼을 들어서 내리찍었다. 아내, 학실이, 어머니, 할것없이 내리찍었다. 칼에 찍힌 세 생령은 부르르 떨며, 방안에는 피비린내가 탁해졌다.

(…중략…)

경수의 눈앞에는 아무 거리낄 것, 아무 주저할 것이 없었다. 그는 허둥지둥 올라가면서 닥치는 대로 부순다. 상점이 보이면 상점을 짓모으고 사람이 보이면 사람을 찔렀다.

12　하정일, 「민족과 계급의 변증법─최서해 소설의 탈식민지적 성취와 한계」, 『한국근대문학연구』 6집, 2005.4.

(…중략…)

경수는 어느새 웃장거리 중국 경찰서 앞까지 이르렀다. 그는 경찰서 앞에서 파수보는 순사를 콱 찔러 누이고 안으로 뛰어들어갔다. 창문을 부순다. 보이는 사람대로 찌른다.

"꽝…… 꽝…… 꽝꽝"

경찰서 앞에서는 총소리가 연방 났다. 벽력같이 울리는 총소리는 쌀쌀한 바람과 함께 거리를 처량히 울렸다. 모든 누리는 공포의 침묵에 잠겼다.

— 「기아와 살륙」, 39

잘 알려진 「기아와 살륙」(『조선문단』, 1925.6)[13]의 마지막 부분이다. 이러한 광란의 폭력에 결정적인 역할을 하는 것은 어머니가 중국인 지주의 개에 물려 거의 죽어가고 있다는 상황이다. 하지만 이 마지막 상황은 임계점을 향해가고 있던 그의 상황에 최종적으로 덧붙여진 하나의 변수일 뿐이다. 어머니, 아내, 아이 할 것 없이 모두가 굶주리는 상황에서 아내가 앓고 있다. 아내의 병 때문에 다섯 번이나 사정하여 겨우 의사는 불러왔으나, 그는 인삼이 없다는 핑계로 약은 지어주지 않는다. 약국에 가서 사정하나 돈이 없는 그는 약을 받아오지 못한다. 그렇기에 약 한 첩 써보지 못한 채 죽어가는 아내를 그대로 두고 볼 수밖에 없는 상황에서, 아내에게 뭐라도 먹여보려고 자신의 머리카락을 팔러나갔던 어머니가 그 꼴이 되어 돌아온 것이다.[14]

---

13 본고에서 최서해 작품의 인용은 별도의 표시가 없는 한 모두 곽근 편, 『최서해 전집』上·下(문학과지성사, 1987)을 이용한다. 작품 제목이 처음 등장할 때 괄호 안에 첫 발표서지를 밝히며, 인용문 뒤에 (「작품명」, 전집의 면수)의 형식으로 명기한다.

14 게다가 그 개는 지난 해에도 사람을 물어죽였음에도 중국인 지주가 아끼기 때문에, 그 개조

막다른 곳으로 몰린 경수의 상황을 고려하면 이 마지막 장면은 나름
대로 설득력을 갖고 있다고 할 수 있다. 하지만 식칼로 내리찍히는 아
내, 딸, 어머니를 피비린내 속에서 그려내주는 이 처참한 장면은 여전
히 경악할 만한 것이기도 하다. 그런데 이 작품의 잔혹한 묘사는 이에
서 그치는 것이 아니다. 어떤 점에서는 이 마지막 장면의 개연성을 증
대시킨다고도 할 수 있는 경수가 겪는 두 번의 환각장면은 훨씬 생생
하고 잔혹한 것이다.

> 그의 눈에는 새로 보이는 괴물이 있다. 그 괴물들은 탐욕의 붉은 빛이 어리어
> 리한 눈을 날카롭게 번쩍거리면서 철관으로 경수 아내의 심장을 꾹 질러놓고는
> 검붉은 피를 쭉쭉 빨아먹는다. 병인은 낯이 새까맣게 질려서 버둥거리며 신음
> 한다. 그렇게 괴로워할 때마다 두 남녀는 피에 물든 혀를 내두르면서 "하하하"
> 웃고 손뼉을 친다.
>
> 경수는 주먹을 부르쥐면서 소름을 쳤다. 그는 뼈가 짜릿짜릿하고 염통이 쏙
> 쏙 찔렸다. 그는 자기 옆에도 무엇이 있는 것을 보았다. 눈깔이 벌건 자들이 검
> 붉은 손으로 자기의 팔다리를 꼭 잡고 철관으로 자기의 염통 피를 빨면서 홍소
> 를 친다. 수염이 많이 나고 낯이 시뻘건 자는 학실이를 집어서 바작바작 깨물어
> 먹는다. 경수는 악 소리를 내면서 벌떡 일어났다. 그것은 한 환상이었다.

—「기아와 살륙」, 36

환각[15]이긴 하나 철관을 꼽아 피를 빨고, 아이를 바작바작 깨물어

____

차 어떻게 해볼 수 없다. 개만큼도 대접받지 못하는 인간의 상황인 것이다.

15 작가가 쓰고 있는 말은 '환상'이지만, '환상'은 주로 헛된 생각이나 공상, 상상 등을 가리키는

먹는 괴물에 대한 이 생생한 묘사는 당대에 유례없이 잔혹하고 선정적
이고 생생하다. 가족의 살해로 시작되는 경수의 광란 또한 다음과 같
은 환각에 의해 뒷받침되고 있다.

갑자기 하늘은 시커멓게 흐리고 땅은 쿵쿵 꺼져 들어간다. 어둑한 구석구석
으로부터는 몸서리치도록 무서운 악마들이 뛰어나와서 세상을 깡그리 태워 버
리려는 듯이 뻘건 불길을 내뿜는다. 그 불은 집을 불사르고 어머니를, 아내를,
학실이를, 자기까지 태워 버리려고 확확 몰켜왔다. 뻘건 불 속에서는 시퍼런 칼
을 든 악마들이 불끈불끈 나타나서 온 식구들을 쿡쿡 찌른다. 피를 흘리면서 혀
를 물고 쓰려져 가는 식구들의 괴로운 신음 소리는 차차 들을 수 없이 뼈까지 저
민다. 그 괴로와하는 삶을 어서 면케 하고 싶었다. 이런 환상이 그의 눈앞에 활
동사진같이 나타날 때,

"아아, 부숴라! 모두 부숴라!"

소리를 지르면서 그는 벌떡 일어섰다.

―「기아와 살륙」, 39

말이다. 이들 장면은 있지 않은 것을 감각하고 있다는 점에서 '환각'이 보다 적절한 말이라고
생각된다. 최근의 뇌과학에 따르면 환각은 기억이나 상상과는 다른 기제로 이루어진다. 기
억과 상상은 실제 감각시스템을 작동시키지 않지만, 환각이 일어날 때는 실제 감각할 때와
동일한 뇌의 부위가 작동한다. 그런 점에서 환각은 지각과 마찬가지로 보이는 대로 보는 현
상이다. 단지 존재하지 않는 것을 보는 것이다. 그러므로 환각의 생생함은 지각의 생생함과
마찬가지이다. 올리버 색스, 김한영 역, 『환각』, 알마, 2013; 최낙언, 『감각·착각·환각』,
예문당, 2014 참조.
추측이지만, 서해 소설에서 환각이 중요한 방법으로 사용되는 것은 서해가 이러한 환각을
실제로 경험했을 가능성이 크다는 점과도 관련되어 있을 것으로 생각된다. 그는 한 수필에
서, 간도생활 중 병고를 아편으로 견뎠던 경험을 이야기하고 있다. 「신음성―병상일기에
서」, 『동아일보』, 1926.7.10~17 참조.

그런데 알려져 있듯이 이 작품은 서해의 첫 소설 발표작인 「토혈」
(『동아일보』, 1924.1.28, 2.4)의 개작이다. 이미 발표된 작품에 대한 작가 나름의 불만을 드러내고 있다는 점에서 이 두 작품 사이의 거리는 이 시기 서해의 지향을 밝히는 데 가장 중요한 단서를 제공한다고 생각한다. 위에 인용된 이 세 장면은 이 작품의 원작이라고 할 수 있는 「토혈」에는 존재하지 않는 것들이다.[16]

「토혈」의 환각 장면의 단순성에 비하여, 「기아와 살륙」의 환각 장면은 단순히 횟수만 늘어난 것이 아니라, 그 형상화의 구체성에서 큰 차이를 드러내고 있다. 잔혹성과 처참함이 훨씬 강화된 것이다. 그리고 잔혹하고 처참한 장면을 생생하게 표현하는 데 가장 중요한 역할을 하는 것은 '피'에 대한 묘사인 것으로 보인다. 그들은 단순히 타죽는 것이 아니라, '검붉은 피를 쪽쪽 빨리거나', 뻘건 불 속에서 '피를 흘리면서 혀를 물고 쓰러져 가는' 것이다.

이 마지막 인용문에 광기의 폭력이라고 할 수 있는 이 작품의 결말 장면이 바로 이어진다. 그리고 이러한 결말 또한 다음과 같이 마무리되는 첫 작품 「토혈」에서는 볼 수 없는 것이었다.

나는 눈물도 흐르지 않았다. 울음도 나오지 않았다. 가슴이 답답하고 울화가

---

[16] 「토혈」에는 다음과 같은 환각 장면이 있다. "악독한 마귀가 염염한 화염을 우리 집으로 향하여 뽑는다. 집은 탄다. 잘 탄다. 우리 식구도 그 속에서 타 죽는다. 나는 몸살을 치며 눈을 번쩍 떴다. 그것은 한 환상이었다."(「토혈」, 113) 이 「토혈」의 환각장면은 작품의 초반부에 나온다. 아내는 아프고 가족들은 굶고 있고, 자신조차 복통으로 시달리고 있는 상황에서 화자인 '나'가 떠올리는 환각이다. 이 환각은 "모두 죽었으면 시원하겠다"는 생각으로 이어지지만, 곧 바로 그네들의 생명의 권리에 대한 깨달음 속에서 반성이 이루어진다. 이 장면이 「기아와 살륙」에서는 마지막 부분으로 이동되었고, 위에서 확인되듯이 그 잔혹성과 생생함이 훨씬 강화된 것이다.

일어났다. 닥치는 대로 쳐부수고 막 미쳐 뛰고 싶다. 나는 정신이 갑자기 어찔
하면서 숨이 꽉 막힌다. 목구멍으로 나오는 비린 냄새가 코를 찌른다. 호흡이
가쁘다. 가슴이 무너지는 것 같다. 나는 윽윽 하면서 가슴을 주먹으로 두드렸
다. 누구인지 등을 쳐 준다. 나는 욱 하고 토하였다. 그것은 한덩이 붉은 피였다.
아, 괴로와…… 처의 울음 소리, 몽주의 울음 소리…… 귓전에 어렴풋이……
(「토혈」, 118)

「토혈」의 '나'는 단지 "닥치는 대로 쳐부수고 막 미쳐 뛰고 싶다"는
원망만을 갖고 있다. 그가 실제로 하는 일은 피를 토하며 괴로워하는
것뿐이라는 점에서, 무기력과 체념의 정서를 짙게 풍기고 있다. 이에
비하면 「기아와 살륙」의 마지막은 적극적인 반항 행동이며 대단히 역
동적이다. 이 작품은 「토혈」의 '나'의 원망, 그 폭발을 현실화하고 있
다. 극도에 달한 압박이 만들어내는 폭발 상황을 최대한도의 처참함과
연관시켜 그려내고 있는 것이다. 그리고 그 잔혹함과 처참함의 구체
화, 생생한 장면화에 작가는 특별한 공을 들이고 있다.

그런데 이 경수의 광란적 폭력은 특별한 대상을 향하고 있지 않다.
그는 세상 모두를 부수고자 한다. 때문에 가장 가까이 있던 아내, 딸,
어머니 등의 가족이 첫 희생자이며, 거리에서는 "상점이 보이면 상점
을 짓모으고 사람이 보이면 사람을 찔"르는 것이다. 최종적으로 다다
르는 곳이 중국 경찰서이고, 그 곳에서 난 총소리가 그의 죽음을 암시
하지만, 그가 중국경찰서를 목표로 나아간 것이라고는 하기 힘들다.
그런 점에서 개작된 이 마지막 장면이 작품에서 드러난 문제적 상황에
어떤 방향성을 제시한다든가 또는 상황의 문제성 자체를 보다 명료히

하고 있다고는 할 수 없다. 당연히 어떤 전망과 연관하여 해석할 만한 것으로도 보이지 않는다.

이러한 점은 이 작품의 마지막 문장 '모든 누리는 공포의 침묵에 잠겼다'에서 표현되는 '공포'의 특성을 이해하는 데 있어 중요하다. 이 공포는 작중의 특정 인물들의 것이 아닐 뿐만 아니라, 독자에 의해 환기되는 어떤 정서도 아니다. 앞서 나온 잔혹한 장면들이 이 공포의 설득력과 관계되어 있음은 분명하다. 하지만 이 공포는 그 잔혹한 참상 자체가 환기했을 독자들의 감정과는 다른 어떤 것으로, 이 공포는 화자의 시선에 의해 포착되는 세계(누리)에 대한 인식에 가깝다. 이 공포는 방향을 알 수 없는 폭력의 폭발에 대한 예감과 관련되어 있다. 그 폭력이 어디를 향할지 모른다는 점이야말로 이 공포의 핵심이다.

이제 이 개작 과정의 특성은 다음과 같이 정리할 수 있다.

첫째, 잔혹성, 처참함에 대한 묘사가 극도로 강화되어 있다.

둘째, 단지 원망에 지나지 않았던 주인공의 분노를 폭발시키고 있다.

셋째, 공을 들여 이루어지는 잔혹성이나 처참함에 대한 묘사는 '공포의 침묵에 잠긴 세계'라는 결론적 인식과 밀접하게 연관된 것이다.

다른 작품들에서도 조우하게 되는 이 최서해적 공포의 특성을 밝혀내는 것은, 이 폭력적 상황을 일종의 전복에 대한 상상, 누적되어온 억압에 대한 피억압자의 폭발적인 저항과 연관시킬 수 있는가, 만일 그렇다면 서해가 상상하는 전복은 어디를 향하고 있는가 등등 서해 초기 소설의 지향을 해명하는 데도 중요한 의미가 있을 것으로 생각된다.

3. 잔혹과 공포

1)

서해 소설의 처참미[17] 자체에 주목할 때 우선적으로 눈에 띄는 것은
'카니발리즘(cannibalism : 식인육)'의 형상이다. 관을 꼽아 피를 빨고, 아
이를 바작바작 씹어먹는 「기아와 살륙」의 장면은 환각 속에서 '괴물들'
이 저지르는 일로 형상되지만, 다음과 같은 「박돌의 죽음」(『조선문단』,
1925.5)의 마지막 장면은 그런 괴물이 되어 버린 현실 속의 인간을 형상
화하고 있다.

> 박돌 어미는 김 초시의 상투를 휘어잡으며 그의 낯에 입을 대었다.
>
> "에구! 사람이 죽소!"
>
> 방바닥에 덜컥 자빠지면서 부르짖는 김 초시의 소리는 처량히 울렸다.
>
> 사내 몇 사람은 방으로 뛰어들어간다.
>
> "이놈아! 내 박돌이를 불에 넣었으니 네 고기를 내가 씹겠다."
>
> 박돌 어미는 김초시의 가슴을 타고 앉아서 그의 낯을 물어뜯는다. 코, 입,
> 귀…… 검붉은 피는 두 사람의 온몸에 발이었다.
>
> ─「박돌의 죽음」, 66

17　이 말은 "체험 같은 것은 둘째 처놓고, 통틀어 말하면 처참미가 있다고 생각합니다"라고 「박
　　돌의 죽음」을 평하면서 현진건이 사용했던 것인데, 이후 그러한 관점에서 서해 소설에 대한
　　천착이 이루어지지는 않은 것으로 보인다. 「조선문단합평회 제4회 : 5월 창작소설 총평」,
　　『조선문단』, 1925.6 참조.

한의인 김초시는 상한 고등어를 먹고 죽어가는 박돌을 돈이 없다는 이유로 외면했다. 박돌을 불에 넣었다는 박돌 어미의 말은 그의 환각에서 나온 것일 뿐이다. 낯을 물어뜯어 인육을 씹고 피투성이가 되는 이 참혹한 상황은 박돌 어미가 환각 상태에 있기에 일어나는 것이라고 할 수 있다. "그까짓 놈(김초시), 죽어도 싸지! 못할 짓도 하더니"(「박돌의 죽음」, 66)라고 뇌이는 동네 사람의 말에 의해 작품 안에서 이러한 상황의 마땅함이 뒷받침되기는 하지만, 단지 돈 없는 환자를 외면했다는 이유로 맞이하게 되는 김초시의 이러한 처참한 상황은 그다지 상식적이라고는 할 수 없다. 피범벅이 되는 참혹한 세계를 그려내고자 하는 작가의 지향이 강하게 작용하는 데서 이루어진 장면이라고 할 수 있다.

처참함이라는 점에서는 이에 뒤지지 않을 작품으로 「그믐밤」(『신민』, 1926.5)과 「이역원혼」(『동광』, 1926.11)을 들 수 있다.

그림자는 꺼먼 베 고의적삼을 입었다. 다리는 불신 걷었다. 푸른 힘줄이 툭툭 삐진 다리! 솥뚜껑 같은 손! 터부룩한 머리는 산산이 흩어졌다. 꺼멓고 쪽 빠진 낯은 피칠 되었다. 목으로는 검붉은 선지피가 홍건히 흘러서 꺼먼 고의적삼을 물들였다. 전신이 피였다. 사람이었다. 두 눈은 독살이 잔뜩 오르고 이는 꼭 악물었다. 그것은 김 좌수 앞에 다가섰다. 악문 이빨과 목으로 푸우 뿜는 피는 김 좌수에게 튀어왔다. 모든 것은 너무도 선명하게 김 좌수에게 보였다.

"앗! 삼돌이눔."

김 좌수는 한 마디 소리를 쳤다. 그는 알 수 없는 굳센 힘에 지배되어 머리맡 환도를 집어들었다.

(…중략…)

환도가 내리친 곳에는 그가 사랑하던 아들(만득)의 몸이 모가지로부터 가슴으로 어슥하게 두 조각이 났다. 흐르는 피는 요바닥을 흠씬 적셨다. 흐릿한 방 안에는 비린내가 흘렀다.

— 「그믐밤」, 249~250

소설 「그믐밤」(『신민』, 1926.5)에서 김좌수가 자신의 아들의 몸을 두 조각 내는 참극의 장면이다. 이 참극에서도 결정적인 역할을 하는 것이 아들 만득을 삼돌로 오인하게 하는 환각이다. 삼돌은 김좌수의 머슴이기에 연주창에 걸린 주인집 아들 만득을 구하기 위해 뱀을 잡으려다가 다리를 물리기도 하며, 결국 사람 고기를 먹이려던 김좌수에 의해 죽음에까지 이른다. 그 삼돌이 검붉은 선지피를 흘리는 형상으로 그의 앞에 나타난 것이다. 이 삼돌의 죽음은 머슴 신세라는 사회적 조건과 관련되어 있겠지만, 죽은 삼돌의 환각에 시달리다 오인하여 자신의 아들을 칼로 베어버리는 이 결말이 그러한 사회적 억압에 대한 저항이라는 의미 속에서 읽히기는 쉽지 않다. 오히려 서해는 처참하고 참혹한 상황 자체를 그려보여주는 것을 의도하고 있는 것으로 보인다.

그는 들어가지 않으려고 땅에 펄썩 주저앉아서 흙마루를 발로 버티면서 악을 썼다. 유가는 그가 땅에 쓰러져서 몸부림하는 것을 보더니 벙긋하면서 그의 위에 몸을 실었다. 그에게 몸을 싣고 신고하던 유가는,

"아야…… 아……"

하고 뼈가 저리도록 고함을 치면서 뛰어나갔다.

"응…… 이놈 오랑캐야…… 코 떨어진 게 그리 아푸냐? 아직도 멀었다! 너늠

의 원수를 갚자면!"

　그는 물어뗀 유가의 코를 질근질근 씹었다. 코를 떼인 유가는 두 손으로 코를 움켜 쥐고 고민하더니 휙 돌아서서 집안으로 들어갔다. 다시 나오는 그의 손에는 영감의 머리를 쪼개던 도끼가 들렸다. 유가의 손을 따라 내려지는 도끼는 그의 허리를 백였다.

— 「이역원혼」, 289

　작품 속의 '그'는 만주에서 살아가는 여성이다. 평소에도 치근대던 중국인 지주인 유가는 그의 남편이 병사한 이후 훨씬 더 적극적이 된다. 이 상황은 그 유가가 어느 날 밤 그의 집으로 짓쳐들어온 상황이다. 놀라운 것은, 위협을 느낀 '그'의 부탁으로 저녁마다 집에 와있는 동향 영감을 유가가 집으로 들어오면서 그냥 도끼로 죽여버린다는 점이다. 단지 여자를 취하기 위해 방해가 되는 영감을 죽일 작정으로 애초에 도끼를 들고 들어오는 것이다. 위 인용문은 그 영감의 죽음 직후의 상황이다. 이러한 상황이기에 코를 물어 뜯는 것으로 저항한다는 것이 개연성이 없지는 않으나, 그는 단순히 무는 것이 아니라 그 코를 질근질근 씹는다.

　이들 작품들에 그려지는 '피범벅'의 처참한 상황은 원천적으로는 가난 때문에 겪게되는 것이라는 점에서, '가진 자'의 억압과 연관되어 있다. 하지만 이 처참한 상황 자체가 모두 억압에 대한 저항의 폭발에 의해 초래되는 것은 아니다. 「기아와 살륙」, 「박돌의 죽음」이 그러한 반면, 자신의 자식을 칼로 베어버리는 「그믐밤」의 방을 피로 물들이는 것은 김좌수 자신이며, 「이역원혼」에서도 우선적으로 지주 유가가 도끼로 영감의 머리를 두 조각 내며 집으로 들어오는 것이다.

2)

서해가 보여준 이런 피범벅의 형상은 이 시기 다른 소설들에서는 거의 찾아볼 수 없는 것이다. 그런데 카니발리즘적 상상 자체는, 이재선이 밝혀주었듯이 근대전환기의 이른바 '신소설'에서는 낯설지 않은 것이었다. 신소설에는 '생으로 회를 쳐서 먹어도'(귀의성), '배를 가르고 더운 간을 내어 씹었으면'(치악산), '살을 점점이 저며 간을 내어 씹고 싶다 마는'(화의혈)[18] 등등 카니발리즘적 표현이 넘쳐난다. 그러나 "'간을 씹고'나 '살을 먹고' 및 '피를 먹고' 싶다는 것으로 일관하고 있으며 또 현실적으로 이루어지는 것이 아니라, 모두가 심리적인 원망의 형태로서 나타나고 있다"[19]고 이재선이 정리하고 있듯이, 신소설의 카니발리즘은 인물들이 내뱉는 원망의 말 안에만 존재하고 있을 뿐 구체적으로 형상화되지 않는다. 유일한 예외가 『귀의성』에 등장하는 길순의 꿈 장면이다.

큰마누라가 와락 달려 드러셔, 어린 아희의 두 억기롤 담삭 웅켜쥐고, 분짝 드더니, 어린 아희, 디궁이셔부터 몬창몬창 깨미러 먹으니 너가 놀납고, 깜쯕하야 어린 ㅇ희롤 쩨스려ㅎ얏더니, 큰ㅁ누ㄹ가, 분도막짐 남은 ㅇ희를 집어 더지고, 피가 발갓케 무든 조동이롤, 짝 브리고, 앙상헌 입바리롤, 흔들며, 왈칵 둘려드 는 셔슬에, 질긔를 ㅎ야 소리롤 시르며, 잠이 깨엿스니[20]

---

18 이재선, 『한국현대소설사』, 홍성사, 1979, 1981(4판), 157면. 이 책에서는 157면에서 159면에 걸쳐 신소설에 등장하는 카니발리즘 표현을 나열하고 있다. 이 인용은 모두 이의 재인용이다.
19 위의 책, 159면.
20 이인직, 『귀의성』 상, 김상만칙스, 1907, 13면. 표기는 그대로이고 독해의 편의를 위해 띄어

신소설에서 '카니발리즘'을 구체적으로 형상화하는 유일한 장면이 꿈을 빌려 이루어진다는 것은, 서해 소설에서 '환각'이 애용되는 것과 같은 현상이라고 생각된다. 이들 소설에서 꿈이나 환각은 윤리나 도덕관념의 억압을 우회하면서 처참하고 잔혹한 형상을 그려내는 중요한 방법이다. 물론 이러한 카니발리즘은 신소설에 드러난 잔혹성의 한 측면일 뿐이다. 『귀의성』만 해도 길순 즉 춘천집과 그 아들 거북이는 결국 살해되는데, 그 장면의 묘사 또한 그 참혹함이 만만치 않다.

> 칼끗은 츈쳔집의 목에 꼿치고 칼자루는 구례늑룻 눈 놈의 손에 잇는디 그놈이 그 칼을 도로 쎄여 들더니 잠드러 자는 어얏 아히를 니려놋코 머리 우에셔붓터 니리치니 살도 연ᄒ고 쎠도 연한 셰살 먹은 어린아히라 결조흔 장작 쏘개지드시 머리에셔붓터 허릿가지 칼이 내려갓더라[21]

이재선은 신소설에 남발되는 "증오와 저주·살의 등의 적대감 내지 비정상적인 고압적인 정서"[22]는 "사회의 부도덕성에서 오는 심리적인 감염 및 그에 대한 통제의 도덕적인 흥분이 함께 교호하는 것"[23]으로 보고 있으며, 신소설에 나타나는 카니발리즘의 현상을 "우리 한국 사람들의 증오의 양식의 반영은 물론 당대 사람들의 행동 원리가 사회적인 혼란에 의해서, 상호간의 일체감을 잃고 정서적으로 불안정한 데서 연유하게 된 가학적 충동 때문일 것이"[24]라고 추측하고 있다. 그리고

쓰기만 인용자가 함.
21 이인직, 『귀의성』 하, 중앙서관, 1908, 24면.
22 이재선, 앞의 책, 154면.
23 위의 글, 155면.

"당대의 수사 자체가 범죄물이나 잔혹물에 대한 대중적인 취향의 만족 감을 충족시켜 주기 위해서, 얼마나 많이 심리적인 폭력의 문제를 극화하고 있는가를 보여 주기도 하는 것"[25]이라고 평가한다.

그는 이 현상을 한편으로는 도덕이나 윤리의 파괴에서 연유된 가학적 충동과 다른 한편으로는 잔혹물에 대한 대중적인 취향에 대한 영합으로 설명하고 있다고 할 수 있다. 이인직의 소설 쓰기에 강한 영향을 미치고 있는 일본 신문소설이 '독부 이야기'[26]로 대표되는 연재물과의 밀접한 연관 속에서 형성되고 있었고, 이 연재물이나 신문소설이 우선적으로 추구했던 것이 대중적 흥미였다는 점을 고려한다면, 범죄물이나 잔혹물에 대한 대중적인 취향과 신소설의 이러한 현상을 연관시키는 것은 꽤 설득력 있는 논의로 보인다. 하지만 이미 스스로를 그러한 대중적 취미로부터 분리시켜, 동인지 등을 통해 자신들만의 '근대소설'을 추구하는 데서 동질성을 느껴 폐쇄적인 문단을 형성해가고 있었던 20년대의 상황 속에 최서해 소설이 존재기반을 마련하고 있었음을 생각한다면, 서해 소설의 잔혹성까지 적절하게 설명할 수 있는 틀로는 생각되지 않는다.

"황폐화한 윤리의 세계"[27]의 문제라면 딱히 신소설이 발표되는 시기

---

24 위의 글, 159면.

25 위의 글, 159면.

26 가장 대표적인 작품인 『다카아시오덴 야사모노카타리』의 "대부분은 살인·절도·도박·사기 등을 소재로 하고 있으며" "작품 안 삽화에는 어린 아이 생간 도려내기, 참수한 시체, 오덴 사체 해부 등의 장면이 빈번히 등장한다"고 한다. 최범순, 「일본근대소설의 발생에 대한 일고찰−소신문 지면구성과 독부물 『다카하시오덴 야사모노카타리』를 중심으로」, 『일본학보』 65집 2권, 2005.11, 592면 참조.

27 "인간관계의 난폭성"으로 드러나는 이인직의 작품 배후에 놓여있는 세계를 김우창은 이렇게 표현했다. 『궁핍한 시대의 시인』, 민음사, 1977, 85면 참조.

에만 해당될 것도 아니고, 또 폭력성이나 잔혹성의 묘사 자체를 직접적으로 해명할 수는 없을 것이다. 세계 자체의 성격보다도 주목해야 할 것은 작가가 자신의 세계를 어떻게 받아들이고, 무엇을 표현하려고 하느냐이다. 때문에 이는 작가별 또는 작품별로 세심하게 따져져야 할 문제일 것이다. 일단 최서해 소설과 대비하여 신소설에는 범죄와 폭력이 인물들의 삶의 일상적 조건처럼 놓여 있으며, 잔혹성 또한 그러하다는 점은 지적해둘 만하다. 이 만연된 범죄와 폭력에 근거하여 이 '소설사'에서는 "범죄와 폭력의 현실관"이라는 큰 제목 밑에서 신소설에 대한 모든 논의를 하고 있는 것이다.

4. 공포와 파국의 상상력

서해에게 있어서도 그가 그려내는 세계가 이미 '윤리'라고 할 것이 남아 있지 않은 황폐한 세계였다는 점은 분명하다. 앞의 작품들에서 살펴봤듯이, 그 안의 인간들은 단지 처참한 상황에서 죽어가는 사람들에 대한 도움을 거절하는 정도에 그치지 않는다. 남의 여자를 취하기 위해 거리낌 없이 살인을 자행하거나, 자기 자식을 살리기 위해 종의 살점을 칼로 떼어내는 그러한 인간이다. 지주가 아끼는 개를 때려죽였다가는 총에 맞아 죽임을 당하는, 그래서 개에 물리고도 그 개조차 어떻게 할 수 없는 그런 극한의 비인간의 세계이기도 하다.

「고국」(『조선문단』, 1924.10)이란 작품에서 그가 살던 간도는 다음과
같이 그려진다.

> 거개가 생활 곤란으로 와 있고 혹은 남의 돈 지고 도망한 자, 남의 계집 빼가
> 지고 온 자, 순사 다니다가 횡령한 자, 노름질하다가 쫓긴 자, 살인한 자, 의병
> 다니던 자, 별별 흉한 것들이 모여서 군데군데 부락을 이루고 사냥도 하며 목축
> 을 하며 농사도 하며 불한당질도 한다. 그런 까닭에 윤리도 도덕도 교육도 없다.
> 힘센 자가 으뜸이요 장수며 패왕이다. 중국 관청이 있으나 소위 경찰부장이 아
> 편을 먹으면서 아편 장수를 잡아다 때린다.
>
> —「고국」, 100

그럼에도 불구하고 최서해 소설에서 참혹함 또는 처참함은 이 세계
자체의 모습이라기보다는 그 세계의 끝의 모습으로 드러난다. 앞에 들
었던 작품들의 처참한 상황 자체에 이르는 역사적 또는 사회적 상황의
다름에도 불구하고, 공통된 것은 이들 장면이 등장인물들 모두의 파국
의 장면이라는 점이다. 그리고 작가가 폭력에 의해 초래되는 잔혹한
상황을 종종 확산되는 공포와 연관시키고 있다는 점에 주의할 필요가
있다. 「기아와 살륙」의 마지막 장면에서 "모든 누리는 공포의 침묵에
잠"기며, 「박돌의 죽음」의 마지막 장면에서 "모든 사람은 일종 엷은 공
포에" 떤다. 「폭군」(『개벽』, 1926.1)이라는 작품에서는 술이 취해 발광하
는 춘삼이 던진 방치돌에 짓눌려 죽음에 이르는 그의 처 이야기가 펼
쳐진다. 그런데 이 작품의 춘삼의 타락은 거의 온전히 개인적인 자질
의 문제라고 할 수 있다. 춘삼이는 아버지가 돌아가신 날부터 전방 문

을 닫아버리고, "술, 계집, 골패, 투전, 싸움"(「폭군」, 139)에 빠져버리는 것이다. 그러므로 이 작품에서 드러나는 처의 처참한 죽음은 사회나 역사의 문제와 거의 연관되지 않는다. 그런데 이 작품에서도 "알 수 없는 두려움에 싸인 군중"(「폭군」, 146)이 눈물을 씻는다. 서해는 이들 작품에서 '공포'에 다다를 때, 그 처참한 상황이 얼마나 사회적 또는 역사적 개연성을 통해 이루어지는가에는 그다지 크게 신경쓰지 않는 것으로 보인다.

그런데 서해 작품에 만연한 이 공포가 단지 그 상황의 처참함에서 오는 것만을 가리키는 것이 아님은 다음 소설들에서 확인된다.

"세상이 망하나 내가 망하나? 누가 망하나? 나는 보고야 말겠읍니다."
하고 일어서는 그의 낯에는 엄연한 빛이 돌았다. 우리는 서로 보고 묵묵히 앉아 있었다.

달은 서천에 기울고 먼촌에서는 닭이 첫 홰를 울었다.

*　*　*

그 뒤에는 벌써 사 년이 되도록 그 거지 박서방을 못 보았다. 그러나 나는 어디서든지 거지를 보면 박서방 생각이 나서 유심히 보게 되고 동시에 알 수 없는 공포를 느낀다.

—「누가 망하나」(『신민』, 1926.7)

배고픈 사람이 눈앞에 있는 남의 음식을 남모르게가 아니라 대놓고 먹는 것은 도둑질도 잘못도 아니라고 강변하는 거지를 보며, 이 작품의 화자가 느끼는 알 수 없는 공포는 그다지 설득력이 있는 것은 아니다. 그러기에 작품의 마지막에 굳이 그러한 서술을 남기고자 하는 작가의 의식이 오히려 주목된다.

> "시방두 충청도 계룡산에는 피난가는 사람이 많다는데……. 정도령이가 언제 나오나?"
> 김 도감은 한 손으로 어린애를 안고 한 손으로 모깃불에 담뱃불을 붙인다.
> 그네들은 그네의 힘으로 저항치 못하는 자연의 위력을 생각할 때마다 알 수 없는 공포를 느끼고, 그 공포를 느낄 때마다 분요하고 괴로운 세상을 한탄한다.
> ―「저류」(『신민』, 1926.10), 30

세상의 망함, 세상의 뒤집힘, 즉 '파국' 또는 '전복'에 대한 상상과 최서해의 공포는 연관되어 있다. 이미 그 전복의 방향을 알고 있는 자로서 그 상황들을 임박한 전복의 증좌로 읽으려 할 때 이른바 '과도기로서의 신경향파' 명제는 성립한다. 하지만 서해의 소설들은 그 '전복'이 어디로 향하고 있는지 알지 못한다. 최서해 소설에 나타나는 모든 공포는 작품의 끝에 존재한다. 그것은 작품을 통해 수습될 수 있는 형식의 공포가 아니다. 이 작품들에서 상상되는 '전복'이 '더 나은 세상'에 대한 어떤 비전과도 연결되지 않는다. 그것은 단지 파국일 뿐이다. 앞의 작품들의 그 처참한 상황 자체는 그런 점에서 임박한 전복에 대한 증좌라기보다는 그 파국의 예시에 가깝다. 그렇게 본다면 서해가 상상했던 '전복'은 프로문학자들이 갖고 있었던 역사적 낙관에서는 꽤 먼 거리에 있는 것이었다. 오히려 프로문학자들이 자연주의라고 이름 붙였던 그 어떤 작품들보다도 이 작품들에서 서해는 '절망'에 가까웠던 것으로 보인다. 서해가 상상하는 그 전복의 실제 상황은 작품들에서 드러나듯 거의 지옥을 통과하는 것과 같은 것이었다. 때문에 그것은 그에게 항상 공포인 것이다. 다만 삶에 대한 혐오와 개인적 환멸을 주로 표현하고자 했던 작가들과는 전혀 다른 길을 걸었는데, 그들이 지식인의 지리한 일상의 그 강고한 지속성에 함몰되어 있었음에 반해, 그는 사회 밑바닥에서 끓고 있는 분노와 직면하고 있었기 때문이다. 하지만 서해에게 그 분노는 보다 많이 공포의 근원이었지 낙관적인 역사적 힘이 아니었다.

5. 맺음말

잔혹과 공포를 결합시키고 있는 몇몇 ― 하지만 초기 최서해 소설의 핵심적인 성과인 ― 작품을 통해 서해가 이들 작품에서 드러내고 있는 것이 '더 나은 세상'에 대한 비전이나 낙관이라기보다는 '처참한 파국'의 공포에 대한 상상임을 보여주었다. 하지만 이 시기 서해의 소설 안에는 분명히 이들과는 다른 지향을 보여주는 것들도 존재하고 있다. 대표적인 것들이 지식인의 자기 결단을 주요 모티프로 하고 있는 「탈출기」 계열의 작품들로, 「해돋이」, 「전아사」, 「의사」 등등의 작품이 그러하다.

특히 「탈출기」(『조선문단』, 1925.3)는 그가 처음으로 당대 문인들의 주목을 받게 한 작품이다. 어머니와 아내를 데리고 간도로 새 삶을 찾아 떠난 화자 '나'는 그 곳에서도 궁핍에서 벗어나지 못하고, 길바닥의 귤 껍질을 주워 먹는 아내를 목격하기까지 한다. 화자는 결국 그러한 상황을 타개할 수 있는 길로, 집을 탈출하여 XX단에 가입하는 것을 선택하게 된다. 이 작품은 화자가 그런 선택에 이르게 되는 과정에 대한 진솔한 고백이라고 할 수 있고, 이 작품에서 그려지는 극도의 궁핍 상황의 생생함이 체험에서만 가능한 것이었다는 점이 최서해 소설에 대한 당대 문인들의 최초의 주목이었다.[28] 이 작품의 주인공은 분명히 강한 현실 변혁에의 의지를 갖고 있고, 그에 따라 집단적 변혁 활동에 가담하는 실천을 보여주고 있다. 아마도 이 작품이 남긴 깊은 인상이 여타의 작품에서 그려지는 광기의 폭력을 '더 나은 세상'에 대한 지향과 연관시키는데 일조했을 것이다.

하지만 '나'의 결단의 지향은 '생의 충동이며 확충'이라는 추상적인 표현을 얻고 있을 뿐 구체화되지는 않는다. 그리고 이 결단하는 지식인들의 지향은 「해돋이」 등의 다른 소설들에서도 그다지 진전된 형상을 얻는 것으로는 보이지 않는다. 앞서 얘기했듯이 그런 점이 최서해 소설에서 아나키즘 등등 다양한 지향을 발견해내는 이유일 것이다.

그럼에도 불구하고 박영희, 김기진 등의 프로문학자들에 의해 최서해가 '신경향파'라는 이름으로 자연스럽게 프로문학의 전단계에 놓일 수 있었던 이유 중의 하나는 그가 카프에 가담했었기 때문이라고 할 수 있다. 하지만 서해 자신은 어느 곳에서도 자신의 카프 활동에 대해 이야기하고 있지 않다. 게다가 김기진은 69년 쓰는 「문단교류기—나

---

28 「조선문단 합평회 제2회 : 3월 창작소설 총평」,『조선문단』, 1925.4.

와 '카프' 문학 시대」[29]라는 글에서 서해의 카프 가입을 적극 권유했지만, 끝내 조직에는 가입하지 않은 것으로 기억하고 있기도 하다. 이는 김기진의 착오라고 할 수 있지만, 최서해가 카프의 조직원으로서 거의 활동하지 않았음은 짐작할 수 있다. 박영희 또한 자신이 그를 기어이 카프에 끌어 넣었지만, "君은 勿論 「카프」의 여러가지 政策에 대하여는 그다지 贊意를 表하지 않았었다"[30]고 하고 있다. 그러므로 카프 가입 사실만으로 프로문학자들의 세계관을 공유하고 있었다고 할 수는 없다. 하지만 그의 카프 가입이 그가 카프에 일정 부분 공명하고 있었음을 보여주는 것은 분명하다. 그리고 그것은 작품에도 영향을 미쳤던 것으로 보이는데, 그것을 잘 보여주는 작품으로 「홍염」을 들 수 있다.

「홍염」(『조선문단』, 1927.1)은 빚 대신에 딸을 뺏어간 중국인 지주의 집에 불을 놓고, 그 지주를 도끼로 살해하는 귀결을 보여준다는 점에서 앞서 언급했던 폭력적 파국을 형상하는 작품들과 비슷한 결말을 보여주고 있다. 하지만 몇 가지 점에서 이 작품은 앞선 작품들과는 다른 점을 갖고 있는데, 첫째 이 작품의 문서방은 아주 명료한 정신으로 잘 준비된 계획에 따라 중국인 지주를 살해한다. 복수를 실행하는 것이다. 둘째로 이 작품에서도 도끼에 의한 살인이 일어나지만 '피범벅'의 참혹한 장면 자체의 묘사는 절제된다. 당연히 이 작품의 폭력적 상황은 '공포'와 연관되지 않는다. 이 작품의 마지막은 다음과 같다.

---

29 김기진, 「문단교류기—나와 '카프' 문학 시대」, 『대한일보』, 1969.6.12~7.3. 여기서는 홍정선 편, 『김팔봉문학전집』 II, 앞의 책, 533면 참조.
30 박영희, 「초창기의 문단측면사」, 『현대문학』 56호 ~65호, 여기서는 이동희·노상래 편, 『박영희전집』 II, 영남대 출판부, 1997, 374면에서 인용함.

그 때는 벌써 문 서방의 손에 쥐었던 도끼가 장정 인가의 머리에 박혔다. 도끼
를 놓은 문서방의 품에는 어린 여자의 그림자가 안겼다. 용례가……

(…중략…)

그 기쁨! 그 기쁨은 딸을 안은 기쁨만이 아니었다. 적다고 믿었던 자기의 힘이
철통 같은 성벽을 무너뜨리고 자기의 요구를 채울 때 사람은 무한한 기쁨과 충
동을 받는다.

불길은― 그 붉은 불길은 의연히 모든 것을 태워 버릴 것처럼 하늘하늘 올랐다.

―「홍염」, 26

이 작품은 자신의 주체적 힘을 깨달은 사람의 기쁨으로 종결되는 것
이다. 그런 점에서 이 작품은 앞에서 밝혀진 '파국적 상상력'에서는 꽤
멀어지고 있다. 김기진은 이 작품을 두고 "이 一篇은 示唆的이요, 暗示
的이요, 在來의 同一의 作品보다도 一層 쮜어난다"[31]고 평가했는데, 당
대 프로문학의 요구에 근접해가려는 작가의 의지가 작용했다고 생각
된다. 하지만 딸을 뺏긴 데서 일어나는 이 작품의 갈등은 계급적 갈등
의 본질에 다가가지 못하고 있으며, 특히나 그 갈등에 대처하는 문서
방의 방식은 혼자서 집에 불을 놓고 살해하는 지극히 개인적인 것이
다. 그런 점에서 이 작품은 프로문학이 되려 하였으나 되지 못한 '과도
기'의 작품, 임화가 '개인적 복수의 문학'[32]이라고 한계지웠던 이른바
'최서해적 경향'에 딱 들어맞는 작품이 되어 있다.

하지만 앞서 살펴보았듯이, 처참한 파국에 대한 상상을 강렬한 언어

---

[31] 김기진, 「문예시평」, 『조선지광』, 1927.2, 97면

[32] 임화, 「조선신문학사론 서설―이인직(李人稙)으로부터 최서해(崔曙海)까지」, 앞의 글, 435면.

로 표현하였던 '최서해적인 것'에서 이 작품은 오히려 벗어나 있다. 프로문학을 향한 그 어설픈 다가감을 진전이었다고 해도 좋을까? 이 시기 서해는 적어도 문학에 있어서는 프로문학과는 다른 독자의 자기 세계, 처참함을 통해서 이 비윤리적 세계의 끝을 보는, '파국의 상상력'에 바탕한 세계를 구축하고 있었다.

제2장

'분노'의 공(公)과 사(私)

최서해 소설의 '분노'의 기원과 공사(公私)인식을 중심으로

한수영

1. 서해 소설에 대한 문학사적 평가와 재독(再讀)의 필요성

이 글은 최서해의 소설을 기존의 독해 방식과는 조금 다른 각도에서 읽어보고자 하는 한 작은 시도로 쓴다. 이 글이 최서해 소설을 재독하기 위해 제안하는 열쇳말은 '분노'라는 정서 혹은 감정이다.[1] 사실, '분

---

[1] '분노'는 논자에 따라 때로는 정서(emotion)로, 때로는 감정(feeling)이나 기분(mood), 정동(affect)으로 분류된다. 이 글은 '분노'의 범주구분이나 분류가 목적이 아니므로, '분노'가 이들 중에 어디에 속하는 것인가에 대해서는 상론하지 않는다. 다만, 이후의 논의에서 확인되듯이, '분노'가 단순히 사태에 대한 즉자적이고 일시적인 심리적 반응에 머무는 것이 아니라, 그 자체가 이미 일정한 인식론적 인과 관계의 맥락에 따른 반응이라는 점을 강조하는 것으로 대신한다. '분노'의 개념적 정의에 앞서, 그것이 감정이나 정서와 관련된 하위범주임을 먼저 밝힌 이유는, '분노'의 개념을 고정된 의미(meaning)로 확정하기 어려울뿐더러, 그리 유용하지도 않기 때문이다. 오히려, 그것은 동서양의 철학이나 문학, 혹은 사상사에서 '맥락

노'라는 단어는 최서해의 소설을 떠올릴 때면 거의 동시에 연상될 정도로 그의 문학을 이해하는 익숙한 키워드의 하나라고 할 수 있다. 이미 서해가 활발하게 활동하던 1920~30년대에도 그의 소설에 나타나는 '분노'의 양상에 관심을 보인 경우가 적지 않았다. 그 글들은 대체로 서해 소설의 주인공들이 보이는 격정의 분출을 '광분'이나 '울분' 등으로 범주화하면서, 그 정서와 감정의 주체가 '무산자'나 '빈민'이라는 점, 그리고 그 주체들을 둘러싼 극도의 궁핍과 비참함에 논의의 초점을 두고, 서해 소설에서 '분노'가 지니는 의미와 기능을 설명하고 있다.

특히, 그의 소설들 중에서도 「탈출기」를 비롯한 「토혈」, 「고국」, 「박돌의 죽음」, 「기아와 살육」, 「큰물 진 뒤」, 「홍염」 등 수 편의 텍스트들은, 가장 신경향파다운 소설이자 최서해다운 소설로 받아들여지고 있다. 그러나, 이 소설들을 포함하여, 많지 않은 그의 작품들에 거듭 반복적으로 등장하는 '분노'라는 '정서'는 이런 소설들을 그것만의 '개성'으로 만드는 중요한 '요소'로 간주되면서도, 다른 한편에서는 항상 극복과 지양의 대상이었으며, 불완전하고 불충분한 '주관적 감정'의 잉여로 취급되어 왔다.[2] 동시에, '분노'는 늘 '가난'과 '억압'의 후경(後景)이 됨

---

context'을 통해 규정되는 측면이 더 유용하다. 예컨대 '분노란 무엇인가?'라는 질문보다도, '그 분노는 정당한가 아닌가?' 혹은 '그 분노는 개인적인가 공적인가?'라는 질문을 통해 '분노'의 의미가 규정되는 것이 사전적 정의보다도 더 유용하다는 것이다. 서해의 소설과 관련하여, 한 가지 미리 밝혀둘 것은, 이 글에서 말하는 '분노'는 대상을 향한 비이성적이고 비합리적인 폭력 행위나 그것을 촉발하는 감정(상태) 자체만을 한정적으로 가리키는 것이 아니라, 억압·수모·침해·부정·불의 등에 대한 정서적 반작용을 폭넓게 의미한다는 점이다. 이런 전제가 필요한 이유는, 흔히 서해 소설의 '분노'를 몇몇 특징적인 소설의 결구(結構)에 등장하는 '광분(狂奔)'이나 '폭력'으로 한정해서 이해하는 경우가 많기 때문이고, 그렇게 제한적으로 읽었을 때는 '분노'가 그의 소설에서 차지하는 기능과 의미가 충분히 드러나지 않는다고 판단하기 때문이다.

2 최서해의 소설들 중에는 이른바 '신경향파적 특징'을 잘 드러내주는 작품만 존재하는 것이

으로써, 가난함에 관한 묘사의 핍진성, 혹은 억압받는 자의 '고통'에 대한 '공감'의 매개로써만 다루어지고, 그 기원을 둘러싼 좀 더 풍요로운 해석에 이르지는 못했다. 더러, '분노'를 조밀하게 분석하고자 애쓴 논문들의 경우도 대개는 소설의 결구(結構)에 등장하는 '폭력'이나 '광기'의 전조(前兆)로서만 그것을 다루고 있을 뿐이어서, 여전히 '분노'는 충분히 이해되거나 분석되어 왔다고 보기 어렵다.[3]

손유경은 '분노'를 극단적인 궁핍의 정서적 부산물이나, 비이성적 폭력의 전조로서만 한정하지 않고, 그것의 사회적 맥락과 연원에 주목해서 최서해 소설의 재해석을 시도하고 있어 주목할 만한 선행 연구라고 할 수 있다.[4] 그는 "분노한 인간이 드러내는 폭력성이 반드시 분노와 폭력의 비합리성이나 동물성을 입증하는 것은 아니다"[5]라고 전제함으로써, '분노'를 합리적 이성과 연결지어 이해하려는 이 글과 문제의식을 공유하고 있다. 또한, "(최서해의 작품은) 고통의 공유만이 진정한

아니라, 다양한 성향의 작품들이 꽤 많다. 이에 대해서는 필자의 글, 「돈의 철학, 혹은 화폐의 물신성을 넘어서기―최서해의 장편소설 "호외시대"론」, 『현대문학의 연구』 3, 한국문학연구학회, 1993를 참조. 나는 서해 소설의 발전도정을 네 단계로 나누고, ① 부르주아 계몽주의에 영향을 받아 『학지광』 등에 투고하던 10대 후반의 습작기, ② 만주체험을 바탕으로 『조선문단』을 통해 등단해 왕성하게 활동했던 '신경향파' 시기, ③ 살인과 방화와 같은 극단적 결말 대신 합리적 현실변혁을 모색하는 시기, ④ 반성적 소시민의 시각을 반영한 말년의 작품들로 구분했다. 대체로 '신경향파 문학'과 겹치는 것은 위의 네 단계 중 ②의 단계에 해당하는 작품들이고, '분노'가 작품에 직접 드러나는 것도 ②단계의 텍스트들에 집중되어 있다고 보는 것이 일반적인 관점이다. 이 글에서는, 물론 텍스트의 표면에 직접 노출되는 정도와 그에 대한 묘사의 비중 등에서는 차이가 나타나기는 하지만, '분노'의 문제가 ①~④와 두루 관련이 있음을 강조하고자 한다. 이에 대해서는 다시 논의하게 될 것이다.

3　서해의 소설에 나타난 폭력과 광기를 중심으로 그것을 심리적 기제와 연결지어 해석한 유태영, 「최서해 소설에 나타난 폭력의 성격연구」(『한국언어문화』 23, 한국언어문화학회, 2003), 박신헌, 「최서해 소설에 나타난 tremendismo」(『어문학』 54, 한국어문학회, 1993) 등을 들 수 있다.

4　손유경, 『고통과 동정』, 역사비평사, 2008 참조.

5　위의 책, 178면.

연대의 조건이 된다는 사회주의 지식인들의 믿음이 맹목적 신념으로 바뀔 때 초래될 위험을 경고하고 있다"[6]는 진단은, 그의 소설에 나타난 리얼리티가 리얼리즘 미학의 일반적 기율과 얼마나 다른 궤적을 그리고 있는가를 새롭게 조명해 보려는 이 글의 논점과도 연결되는 부분이 있다. 그러나, 손유경은 이러한 재인식의 필요와 전제를 최서해 소설의 특질로서보다는 신경향파 소설, 나아가서는 1920년대 소설 전반에 걸쳐 나타나는 공통의 감정요소나 행동요인으로 설정하고 있을 뿐만 아니라, 소설들에 나타나는 '정서 / 감정'의 미적 기능을 '고통의 공유'로서의 계급문학이 지닌 맹목성에 대한 비판적 반성으로서만 주목하고 있어서, '분노'가 서해 소설에서 차지하는 서사적 기능과 의미에 대해 세밀한 논의를 전개하는 데까지는 이르지 못했다.

이 글은, '분노'를 둘러싼 기존의 해석과 평가가 지닌 타당성과 의의는 그것대로 인정하되, '분노'가 단지 가난이나 억압, 혹은 극도의 궁핍으로부터 비롯된 주정적(主情的) 광기의 전조로 읽어왔던 기왕의 해석 지평을 좀 더 확장하여, 그의 소설에 나타나는 분노의 또 다른 기원을 찾고, 그것이 서사구조와 어떤 인과관계를 구성하는가를 새롭게 분석해 보고자 한다. '분노'를 '가난과 억압의 경험'에서 비롯되는 정서적 반응양태로만 한정짓지 않고 좀 더 근원적인 맥락에서 접근했을 때, 우리가 발견할 수 있는 것은, '분노'가 공사(公私)영역에 관한 서해의 논리구조의 특성으로부터 비롯된 딜레마의 한 현상형식이라는 점이다. 서해 소설들에는 '사적 영역(=가족)'과 '공적 실천(=혁명 혹은 운동)'이라는 이분법적 '공 / 사'의 범주 구분이 전제되어 있고, 소설 구조 안에서 이

<hr>

6 위의 책, 203면.

둘은 상호교섭하고나 변증법적인 통일연관을 확보하지 못한 채, 철저하게 상호배타적인 관계로 설정되어 있다. 이것은 작가 최서해의 개인의 한계라고도 볼 수 있지만, 좀 더 확장하자면, 전통적·유가적(儒家的) 공사(公私) 인식이 급격히 해체되어 가는 한편, 새롭게 유입되는 서구의 근대적 공사(公私)인식이 아직 제대로 자리 잡지 못했던 당시의 과도기적 특성의 반영이라고 볼 수 있다. 서해 소설에는 전통적 공사의 인식과 서구의 근대적 공사 인식이 서로 착종되어 있었고, 이를 통합적으로 해결할 수 없는 모순과 딜레마로 인해, 주인공들은 절망적 '분노'에 빠지게 된다. 극도의 궁핍과 비인간적 억압으로 인한 고통이 '분노'의 직접적이고도 표면적인 '이유'에 해당한다면, 이러한 공사(公私)영역의 경계구분에서 비롯된 혼란과 착종은 표면에 바로 드러나지는 않지만 '분노'의 기원(起源)에 해당한다고 볼 수 있다. 다른 한편으로 이러한 딜레마는 서해 소설의 독특한 크로노토프를 형성하게 되는데, 그것은 '인식'과 '실천' 사이에 놓여 있는 '변화의 계기'를 시공간적으로 '지연(遲延)'시키는 형태로 드러난다. 다시 말하자면, 인간이 자신과 세계에 대해 커다란 '인식의 전환'을 경험하게 되었을 때, 그 '인식'의 전환은 곧바로 '실천'으로 전환되는 것이 아니라, 그 '전화(轉化)'의 과정에 무수한 실존적 어려움이 있음을 묘사한다는 것이다. 경향문학을 해석하는 미학적 전통에 의하면, 인물들의 이러한 '주저(躊躇)'와 '머뭇거림'은 흔히 소시민 계급 특유의 이중성 때문이라고 해석된다. 그리고, 이러한 소시민 계급의 이중성은, 더 고양된 혁명의식과 계급투쟁의 경험에 의해 극복될 수 있거나, 혹은 극복되어야 하는 당위로 해소된다. 서해는 '존재전이'의 그러한 '결단'을 끊임없이 '지연'시킴으로써, 경향문학 일반의 정형화된 서사구조에 저항한다. 따라서, 서해의 소설은 '신경향파 문학'의 한 전형(典型)으로서의 가능성과 한계로만 측정될 것이 아니라, 경향문학의 소설사적 위계를 구성하는 미학적 구도 바깥에, 그의 소설이 지닌 형식적 의미와 기능을 따로 자리매김할 필요가 있다.

2. '분노'의 배제와 그 인식론적 근거

서해가 활동하던 당대든 최근이든, 그의 소설에 나타나는 '분노'는, 사태에 좀 더 어울리게 말하자면, 단순한 해석에 머무르기만 한 것이 아니라, 사실은 문학사에서 타개와 배척의 대상이었다고 할 수 있다. 그것은 최서해가 『조선문단』을 통해 등단하던 초기부터 최근의 연구까지 일관된 논리적 구조와 맥락을 유지하고 있다. 발표 당시의 반응을 잠깐 살펴보기로 하자.

최서해의 「탈출기」(1925.3)와 「박돌의 죽음」(1925.5), 「기아와 살육」(1925.6)은 각각 2, 3개월의 차이를 두고 『조선문단』에 잇달아 발표되었다.[7] 그런데, 이 작품들에 대한 문단의 반응은 큰 차이를 보인다. 당시 『조선문

---

7 이 무렵의 최서해는 습작들을 여러 편 지니고 있다가 일정한 시차를 두고 발표했던 까닭에, 발표 순서는 큰 의미가 없다. 또한 습작을 이미 발표했다가 다시 개작하여 발표하는 경우도 종종 있었다(「토혈」과 「기아와 살육」의 경우). 혹은 내용상 이어지는 작품을 떼서 발표한 듯 짐작되는 경우도 있었다(「탈출기」와 「고국」). 다만, 여기서 논하고자 하는 것은 작품의 일정한 경향의 차이에 대한 당시 문단의 반응의 비교이다.

단』은 다달이 '합평회'를 열고, 이를 지상에 옮겨 실었는데, 「탈출기」가
발표되자, 극찬에 가까운 논평들이 이어졌다. 예컨대, 합평회 참석자
였던 양백화는 "근래에 내가 본 중으로는 이렇게 인상 깊은 작(作)은 처
음"이라거나, 염상섭은 "3월 창작소설 중으로는 제일"이라고 평가한
다. 다른 참석자들인 현진건, 나도향, 박종화를 포함, 거의 모든 합평회
참석자들이 「탈출기」의 '체험'의 구체성에 대해 논평한다. 다만, 나도
향은 '체험'의 구체성에 동의하면서도, '체험'만으로 소설이라고 할 수
있는지에 대해 의문을 표하거나, 주인공의 '탈출'의 이유가 설득력이
떨어진다는 비판적 의견을 개진하나, 이내 다른 참석자들의 찬사에 묻
히고 만다. 나도향도 말미에는 "근래에 이런 작(作)이 없다"고 상찬한
다.[8] 두 달 후에 발표된 「박돌의 죽음」에 대해, 나도향이 「탈출기」의
체험의 구체성에 비해 '작위적'이라고 비판의 선편을 던지자, 현진건,
양백화, 염상섭 등은 묘사와 주제의식 등에서 여전히 인상 깊었다고
옹호한다.

그러나 한 달 뒤 발표된 「기아와 살육」에 대해서는, 이전과 판이하
게 혹평 일색으로 바뀐다. 참석자들 중에서 주로 나도향과 염상섭이
발언하는데, 내용을 간단히 요약하면 다음과 같다.

도향 : 표현방법에 있어서 치밀하지도 않고 적중하지도 않아서 부자연스럽다.

상섭 : 실감을 주지 못한다. 전작(前作)에 비해 작자의 인생관이 배치된다. 전

---

8 「조선문단 합평회 제2회」,『조선문단』, 1925.4, 81~82면. 인용의 경우, 특별한 예를 제외하
고 한자는 필요한 경우에 괄호 병기하고, 맞춤법과 띄어쓰기는 현재의 어문규범을 따른다.
이하 인용문 모두 이렇게 처리한다.

작은 굳세게 살자는 점이 투철했는데, 이번에는 생활에 패배 당하고 자
　　기를 멸살(滅殺)시켰다.

　도향 : 서해의 문장은 난해하다. 문필가로서 문장 수련에 노력이 필요하다.

　상섭 : 작자의 사상상(思想上) 동요가 보인다. 주인공이 살인을 하거나 미치
　　지 말라는 것은 아니지만 종래의 태도를 엿보게 하여주기를 바란다. [9]

　합평회에서의 발언이 워낙 짧고 압축·요약되어 있기 때문에, 이것
만으로 평자들의 논리를 충분히 짐작하기는 어렵지만, 발언의 대강을
유추해 보건대, 최서해 소설은 '체험의 구체성'에서 높은 점수를 받은
반면, 「박돌의 죽음」이나 「기아와 살육」에서 드러나는 주인공의 살인
이나 엽기적 복수 같은 것은 별반 평자들을 설득하지 못했음을 알 수
있다. 특히 염상섭에게 서해 소설의 그와 같은 결말 처리 방식은, 사회
에 대한 '생산적인 사상'이라고 받아들여지지 않았던 것 같다. 합평회
의 평가는 대체로 당대의 반응과 크게 다르지 않았다.

　'살인'과 '방화' 혹은 억압에 대한 개인의 주정적(主情的) 복수 등이 나
타나는 것은 비단 최서해 소설에서만 그러했던 것은 아니다. 일반적으
로 이런 화소(話素)의 빈출(頻出)은 이른바 '신경향파소설'의 주요 특징
중의 하나였다. 잘 알다시피, '신경향파소설'의 이러한 특징은 이른바
'내용 / 형식 논쟁' 이후에 제기된 '목적의식기의 창작방법'에 의해 첫
번째로 문학사에서 배제의 대상이 된다. 이 논의를 가장 주도적으로
이끌었던 박영희의 평가는 다음과 같다.

9　「조선문단 합평회 제5회」,『조선문단』, 1925.7, 149~150면.

신경향파 문예에 나타난 주인공인 농부, 노동자, 무산자의 생활은 사회적 원인에 서서 즉 계급적 ××과 사회적 불안에서 출현되는 주인공의 생활은 문학상에 주관강조적으로 전개되니 그 주인공은 울분과 고민 끝에 ××, ××, 폭행, 호규(號叫)로서 결구를 짓고 말았다. 그러면 이러한 작품과정에 있어서 사회적 원인과 주인공의 행동이 사회현상적, 혹 사회사상적으로 어떠한 평가를 가질 수 있을까? **신경향파의 문예의 주인공의 행동의 발단은 사회적으로 원인하였다고 볼 수 있다. 그러나 그 주인공의 행동의 종결은 비사회적이라고 볼 수 있다.**[10]
(강조─인용자)

박영희의 결론은 이런 것이다. '신경향파 문학'은 "부르주아 계급, 독자에게 무산계급에 대한 정의감과 의분을 일으키는 기능 이상의 것은 할 수 없었다"는 것, "이 현상은 노동자가 자본가와 경제적 투쟁을 조직적으로 하기 전에 있었던 한 행동에 불과하다는 것"[11] 이후에 전개되는 프로소설의 양상은 주인공의 개인적 복수나 살인, 방화 같은 결말구조가 사라지고, 농민조합이나 노동조합을 매개로 한 조직적 대응과 지식인 주인공 등의 '혁명전위'와 '노동자 / 농민 대중'으로 나누어지는 계몽주체와 계몽대상의 이분법적 구조가 한동안 판박이처럼 반복된다.

프로문학운동의 정당성과 리얼리즘 미학의 변증적 발전과정에 관한 임화의 문학사 구도(構圖)는 지금까지도 거의 고전적 권위를 지니고 있다고 할 수 있는데, 그의 경우도, 최서해를 비롯한 신경향파 문학에

---

10 박영희, 「'신경향파' 문학과 '무산파'의 문학」, 『조선지광』, 1927.2, 58면.
11 위의 글, 같은 면.

대한 평가에 있어서 박영희의 관점을 크게 벗어나지 않는다. 신경향파 문학에 대한 임화의 평가는 "낡은 문학으로부터 프로문학에 이르는 한 개 과도적 문학이었다"는 것으로 압축할 수 있는데, 그것은 "조선의 신흥계급이 계급 그 자신으로부터 그 자신을 위한 계급으로 성장할 자각적인 과도기의 예술적 반영이었다"[12]는 것으로 귀결된다. 요컨대, 신경향파 문학에 대해 상대적으로 가장 유연하고 균형 잡힌 평가를 내리기 위해 애쓰고 있음에도 불구하고, 여전히 '신경향파 문학'은 프로문학의 발전 도정이나 리얼리즘 문학의 발전 과정에서 하나의 '과도기적'인 문학에 지나지 않는 것이었다.[13]

지금까지의 과정을 요약하자면, 서해는 『조선문단』으로 대표되는 민족주의 진영에서도 환영받는 동시에, 프로문학 진영에서도 그 존재가치를 인정받는 특별한 위치의 작가이기도 하면서, 그의 소설에 반복적으로 등장하는 주관적 감정(=분노)의 과잉과 폭력적 결말로 인해, 양

---

12 임화, 「조선신문학사론서설―이인직에서 최서해까지」, 『조선중앙일보』, 1935, 10.9~11.13. 여기서는 임화문화예술전집 편찬위원회 편, 『임화문학예술전집 2―문학사』, 소명출판, 2009, 436~437면에 실린 것을 인용함.

13 박상준은 박영희와 임화로부터 비롯되는 최서해문학에 관한 소설사론의 구도, 즉 '신경향파소설로서의 전형적인 성과이자, 다음 단계인 본격 프로문학으로서의 결여 형태라는 과도기적 특성'에 이의를 제기하고, 서해 소설의 상당수는 이른바 '신경향파적 특징'에 수렴되지 않는 다른 개성과 구조를 보여준다고 주장한다. 박상준, 『한국소설 텍스트의 시학』, 소명출판, 2009, 161~189면, 참조. 그리 길지 않은 활동 기간에도 불구하고 서해 소설의 소재와 양상이 오로지 '신경향파적 특징'에 수렴되지 않고 다양한 특징들을 보여준다는 그의 지적은 타당하다. 다만, '분노'의 기원과 그 서사적 인과관계를 임화의 해석과는 다른 맥락과 지평에서 읽어내고자 하는 이 글의 비판적 지향과는 일정한 거리가 있음을 확인해 두고자 한다. 이 글은, 서해 소설의 '분노'가 단지 '신경향파적 특징'을 드러내는 작품들에만 한정되지 않으며, 더욱이 그 소설의 결말이 살인이나 방화로 끝나는 폭력적 상황의 전조로서만 의미를 가지는 것이 아니라는 전제에서 출발하고 있다. 다시 요약하자면, 이 글은 임화로부터 비롯되는 기존의 문학사적 중평(衆評)의 허점을, 서해소설이 지닌 소재 및 형태의 다양성을 읽지 못했다는 데서 찾는 것이 아니라, 서해 소설에 내려진 '신경향파적 특징'이라는 논리구조 자체의 문제점을 지적하고 있다는 점이다.

쪽 진영으로부터 동시에 그 한계를 비판받았던 것이라고 할 수 있다. 두 진영의 비판 논리에는 공통적으로 '분노'를 합리성이나 이성 혹은 사회질서나 제도적 규범과는 무관하다고 보는 논리가 작용하고 있다. 다시 말하면, '분노'는 분노하는 주체의 비참한 상황을 알 수 있는 표징 으로서는 인정할 수 있지만, 그것은 제도와 사회질서, 혹은 법체계 내 부로 들어와 해소되어야 할 '감정'일 뿐, 그 이상의 의미를 두어서는 곤 란하다는 태도라고 할 수 있다.

여기서, '분노'를 배제하는 인식론적 기원에 대해 잠시 검토해 볼 필 요가 있다. '분노'는 정서나 감정의 하위범주인데, '분노'와 같은 주정적 대응이 극복과 지양의 대상이 되는 이유의 근저에는 기본적으로 감정 이나 정서에 대한 부정적 인식이 작동하고 있다. 감정과 정서에 대한 부정적 인식은, 그것이 이성을 위협하는 것으로 이해되었기 때문이다. 서양철학사에서 '감정'은 오래 전부터 중요한 관심 대상이었기는 하지 만, 그것은 이성과 대비되면서 종종 '주인(이성)'과 '노예(감정)'의 관계로 비유되었고, 이성의 지혜로 감정의 위험스러운 충동을 조절해야 한다 는 인식이 강한 전통을 형성해 왔다고 할 수 있다.[14] 아울러, 서양철학 사에서의 인간의 자기 이해가 이성이나 합리성을 통해 접근되어왔으 며, 이것은 인간의 감정이 인간의 '자기 정체성(ego identity)'이나 '인간됨 (being humans)'의 규명을 위한 방법론으로서 적극적으로 인정되지 않았 음을 의미한다.[15] 감정과 정서에 대한 이런 부정적 인식의 전통은 동 양에서도 비슷한 양상을 보인다. 조선 유학사에서 가장 유명한 철학논

---

14 최현석,『인간의 모든 감정』, 서해문집, 2011, 12면.
15 손병석,『고대 희랍로마의 분노론』, 바다출판사, 2013, 12면.

쟁이었던 '사단칠정논쟁'에서의 칠정(七情, 곧 喜, 怒, 愛, 懼, 哀, 惡, 欲)이 이 글에서 말하는 감정이나 정서와 대응하는 것일 터인데, '사단'과는 달리 '칠정'은 스스로 '선(善)'이 아니고, '중용'을 유지하지 못하므로, '선'하도록 다스려야 한다는 주문이 개입된다는 점에서, 그 바탕에는 서양 철학에서의 '감정'에 관한 태도와 동일한 전제가 자리 잡고 있다고 할 수 있다.[16] 이 글의 논의 대상인 '분노'로 범위를 좁혀 보면, 불교에서는 삼독(三毒)이라 하여, 탐(貪, 탐냄), 진(瞋, 성냄), 치(痴, 어리석음)를 이르고, '분노'를 아예 번뇌의 원인이자 선(善)을 해치는 악(惡)의 뿌리로 설정해 두고, 이것으로부터의 놓여남이 번뇌로부터 벗어나 해탈의 길로 가는 것임을 강조한다.

요컨대, 감정이나 정서에 공통으로 들어가는 한자 '정'(情), 혹은 emotion 이나 feeling, affect와 같은 것은, 늘 '성'(性)이나 'reason'의 대립자로 이해 되어 왔으며, '성'이나 'reason'에 의해 다스려지거나 극복되어야 할 '대상' 이었던 셈이다.

신경향파 소설에서 '분노'가 독특한 개성적 요소임에도 불구하고, 논자들이 등장인물들의 '분노' 자체에 대해서는 그다지 호의적이지 않았던 것, '분노'보다는 그것을 유발시킨 '가난'이나 '억압'이라는 '원인' 과 '배경'에 더 많은 비중을 두고 읽었던 점, 그리고 동시에 '분노'라는 정서나 감정이 주인공의 행위에서 차지하는 비중이나 기능보다는, 그 결과로서 드러나는 '살인'이나 '방화'와 같은 '폭력'의 '개연성'을 '분노' 의 개연성보다 더 우위에 두었던 점, 마침내 그러한 폭력적 대응방식

---

16 유영희, 「사단칠정─도덕적 감정과 일반적 감정」, 한국사상연구회 편, 『조선의 유학개념 들』, 예문서원, 2002, 238~258면 참조.

이 다른 형태의 보다 '합리적인 것'에 의해 지양되어야 하는 것으로 본 것 등등이 모두 이러한 인식론적 태도와 무관하지 않다고 볼 수 있다.

'분노'는 과연 비이성적이고 비합리적인 즉자적 심리반응에 불과한 것인가. 그것은 반드시 더 이성적이고 합리적인 단계의 반응양식이나 행위로 옮겨가거나 지양되어야 하는가. 거꾸로 말하면, 좀 더 이성적이고 합리적인 단계라고 인정되는 반응양식이 가능해지면 '분노'는 저절로 소멸되는 것인가.

'분노'에 관한 기존의 이해 방식은, 최서해가 그토록 반복적으로 '분노'를 자기 텍스트에 배치한 이유를 충분히 이해하지 못한 것이라고 생각한다. 최서해의 '분노'는, 개인사와도 연관되는 자기체험의 '보여주기'와 연관된다기보다는, 한 인간의 변모와 관련된 실존적 결단의 '자기설득'과 더 깊은 관련을 가지는 것이었다. 이것은 '공적(公的) 분노'가 개인의 결단과 정치적 행위로 이어진다는 인과적 자동성과는 다른 지점에 놓이는 인식이다. 다시 말하자면, 공동체의 가치나 공공의 이념이 훼손된 것을 깨닫는 순간, 곧바로 그 가치나 이념의 회복을 위해 인간이 행동으로 나아가지는 않는다는 것을, 서해는 이해하고 있었다. 예컨대, 민족해방이나 계급혁명운동에 개인이 뛰어들지 않는 이유가 각 개인이 그 필요성과 정당성을 몰라서만은 아니라는 것이다. 서해는 이 결단적 행위의 앞과 뒤에는 공적(公的) 당위와는 구분되는 사적(私的) 영역의 어떤 계기들이 매개되어야 한다고 생각했다. 그 사적 영역의 몫으로 서해가 소설에 배치한 것이 바로 '가족'이었다. 그리고 '분노'는 개인의 결단이 사적 영역으로부터 공적 맥락으로 전이되는 '정서적 계기'로 설정되어 있다.

3. 분노하는 '주체'와 이성 / 비이성의 문제

우선, 서해 소설에서의 '분노'가 오로지 인물들이 처해있는 극도의 가난과 억압적 상황에서만 비롯되는 것인가에 대해 살펴보기로 하자. 최서해 소설의 '분노'의 이유나 성격을 살피기 위해서는 무엇보다도 그의 문필활동의 초입을 다시 들여다 볼 필요가 있다. 신경향파 소설의 대표 작가로서만 널리 알려진 까닭에 서해의 습작 시절은 그리 관심의 대상이 된 적이 없다. 흥미로운 것은, 습작기[17] 서해의 소품들이 보여주는 지향은, 1920년대 중반 이후와는 사뭇 다르다는 사실이다.

청년 청년아…… 대양보다도 넓으니라 너의 사상이여, 지구보다도 무거우니라 너의 책임이여……. 태산을 끼고 북해를 띌 용기도 너에게 있으며 역발산기개세(力拔山氣蓋世)하던 항우의 기운도 너에게 있나니라. (…중략…)

월백풍청커든 양서를 읽어 신지식 배움도 가하며 동서양사를 평론하여 往古今來에 영웅을 명상함도 亦可也요, 망망한 대해에 일엽편주를 勇壯히 저어 컬럼보쓰의 장쾌한 사상을 養함도 장부의 행사요, 인적이 미급한 처를 답파하여 모짜트의 모험적 사상과 인내력을 양함도 또한 가하며, 고산준령에 등립하여 한니발의 용장한 알프스越과 저—코르시카 풍운아 나폴레옹의 고상한 기상을 양함도 가하니라. (…중략…)

아아! 기묘하고도 용장한 청년들아! 너희는 인내, 향상, 분투, 자활의 사상을

---

17 여기서의 '습작기'란, 서해가 간도에서 돌아온 후 『조선문단』을 통해 등단하면서 본격적으로 작가생활을 시작하기 이전의 일정 기간을 가리킨다.

양하라. 然而 三夏의 호시절을 헛되이 송하여 금풍상하에 白髮嘆을 발치 말고 6대 주를 무대로 삼아 대대적 위인이 되어 혁혁한 위공을 세울지어다. 청년 청년아![18]

습작기의 서해는 이광수를 사숙하고 있었고 『학지광』이나 『청춘』에 수필과 산문시 등을 발표했다.[19] 인용문을 통해 확인되듯이, 습작기의 서해는 이른바 부르주아 계몽주의의 강한 사상적 영향 아래 놓여 있었음을 짐작할 수 있다. 등단 이후의 서해 소설에는, 가난에서 오는 고통보다도 더 근원적으로, 한 때 심취했던 이러한 부르주아 계몽주의, 혹은 인륜지덕(人倫之德)으로부터 배반당했다는 자각이 '분노'의 근본 이유가 된다.

어떻게 하면 살 수 있을까?…… 이러한 생각은 이때 내 머리를 몹시 때렸다. 이때 나에게 부지런한 자에게 복이 온다 하는 말이 거짓말로 생각되었다. 그 말을 지상의 격언으로 굳게 믿어 온 나는 그 말에 도리어 일종의 의심을 품게 되었고 나중은 부인까지 하게 되었다. 부지런하다면 이때 우리처럼 부지런함이 어

---

18 최서해, 「반도청년에게」, 『학지광』, 1918.3. 여기서는 곽근 편, 『최서해전집』 하, 문학과지성사, 1987, 189~190면에서 인용함. 이하 최서해의 텍스트는 특별한 경우를 제외하고는 전집에서 인용하여, 따로 각주를 달지 않고 (『전집』 하, 189면)의 형태로 표시함.

19 이는 서해 자신의 회고뿐 아니라, 이광수의 회고에서도 확인된다. 다만, 『학지광』에서와는 달리 『청춘』에는 서해의 글이 실제로 게재되었던 것은 아니고, 수필 현상공모에 입선했다는 사고(社告)의 형태로 두 번 등장한다. 서해는 「학지광」에 글을 싣게 된 것도 이광수의 추천이었다고 회고한다. 두 사람은 다년 간 서신을 교환하면서 문연(文緣)을 쌓았다. 서해와의 교분에 대한 이광수의 회고는 「前 조선문단' 회고담」(『조선문단』, 1935, 8)에 자세히 나와 있다. 한 가지 흥미로운 것은, 『조선문단』을 통해 작가로 입신하게 되는 것도, 춘해 방인근과 함께 『조선문단』을 주재하던 이광수를 통해서였는데, 이광수와의 개인적 문연(文緣)과는 달리, 「탈출기」 이후의 대부분의 작품들이 사숙하던 이광수의 사상적 영향을 급진적으로 부정하는 내용이라는 점이다. 이후에도, 서해는 이광수와의 개인적 친분과 카프 조직원으로서의 처신 사이에 상당한 갈등을 겪는다.

디 있으며 정직하다면 이때 우리 식구같이 정직함이 어디 있으랴? 그러나 빈곤
은 날로 심하였다. (…중략…) 나는 여태까지 세상에 대하여 충실하였다. 어디
까지든지 충실하려고 하였다. 내 어머니, 내 아내까지도 뼈가 부서지고 고기가
찢기더라도 충실한 노력으로써 살려고 하였다. 그러나 세상은 우리를 속였다.
우리의 충실을 받지 않았다. 도리어 충실한 우리를 모욕하고 멸시하고 학대하
였다. 우리는 여태까지 속아 살았다.

―「탈출기」,『전집』상, 19~22면

「탈출기」의 주인공은 부르주아 계몽주의가 설파하는 '근면'과 '독학
(篤學)', '성실'과 '정직'은 민중의 피를 짜는 '마주(魔酒)'에 불과한 것이라
는 자각에 이른다. 그는 "허위와 요사와 표독과 게으른 자를 옹호하고
용납하는 이 제도는 그저 둘 수 없"으며, "애잡짤한 감정과 분함을 금
할 수 없다"고 토로한다.

「기아와 살육」의 주인공인 '경수'의 분노도 같은 맥락에서 야기된다.
'경수'는 어려운 집안 살림에도 무리해 가면서 중학을 마친, 당시로서
는 고학력자다. 그는 학업을 강행한 자신을 자책하고 후회한다. 그러
나, 곧 그 자책과 후회는 분노로 옮겨 간다.

(내가 그른가? 공부도 있는 놈만 해야 하나? 식구가 빌어먹게 집까지 팔면서
공부하게 한 죄가 뉘게 있나? 내게 있을까? 과연 내게 있을까? 아아, 세상은 그
렇게 알 터이지. 흥, 공부를 하고도 먹을 수 없어서 더 궁항에 들게 되니, 이것도
내 허물인가? 일을 하잖는다구? 일? 무슨 일? 농촌으로 돌아든대야 내게 밭이
있나, 도회로 나간대야 내게 자본이 있나? 교사 노릇이나 사무원 노릇을 한 대

야 좀 뾰루퉁한 말을 하면 단박 집어세이고…… 그러면 나는 죽어야 옳은가? 왜
죽어? 왜 거저 죽어? (…중략…) 있는 놈은 너무 있어서 걱정하는데 한편에서는
없어서 죽으니 이놈의 세상을 거저 두나?)경수는 이렇게 도쳐 생각할 때면 전신
의 피가 끓어 올라서 소리를 지르고 뛰어나가면서 지구 덩어리까지라도 부숴
놓고 싶었다.

— 「기아와 살육」, 『전집』 상, 32~33면

그의 소설에 나타나는 '분노'하는 주인공들은, 많은 경우 부르주아
계몽주의에 대한 배신감과 환멸을 경험한다. 그들은 단지 가난하고 못
배운 '무산자'나 '인민'이 아니라, 한 때 열렬한 계몽주의의 신도였으며,
그를 위해 학업에 정진하거나 근면한 노동을 위해 투신한 사람들이다.
'가난'은 현상적으로 드러난 '결과'이기는 하지만, 그것 자체가 '분노'를
야기시킨 것이 아니라, 이념과 제도가 주체의 신뢰와 괴리되거나 안정
된 삶을 보장해 주지 못하기 때문이다. '분노'의 주체는 가난한 현실이
주는 비참함에 즉자적으로 대응하는 주체가 아니라, 그 원인을 상당히
이성적이고 지적으로 재구해 내는 주체이다. 따라서 최서해 소설의
'분노'는 '광분'과 '살인' 혹은 '방화'로 귀결되는, '신경향파소설'의 파괴
적 결말의 '원인'으로 치부되기 전에, 먼저 주체가 현실에 대한 경험의
지적 재구성과 판단, 그리고 객관적 인식을 통해 형성된 것임을 이해
할 필요가 있다.

최서해 소설에서 등장인물들이 '분노'하는 또 다른 이유로는, 타인
의 무관심과 배려 없음, 즉 타자로부터의 '소외'를 들 수 있다. 「탈출기」
의 주인공 내외는, 먹고 살기 위해 여러 일을 전전하다가 마침내 집에

서 두부를 쑤어 내다 판다. 그러나 이웃들의 비웃음을 산다. 이웃들은 "신수가 멀쩡한 연놈들이 그 꼴이야. 어디 가 일자리도 구하지 않고 그 눈이 누래서 두부 장사 하는 꼬락서니는 참 더러워서 못 보겠네"(『전집』 상, 22면)라고 비아냥거린다. 「기아와 살육」에서 경수의 분노가 폭발하게 되는 지점은 중국인의 개에게 물려 처참한 모습으로 집에 실려온 어머니의 몸뚱아리를 보는 순간이 아니라, 그 비참한 정황에서의 동네 사람들의 태도를 보고서였다.

> 모였던 사람은 하나 둘씩 흩어진다. 누가 따뜻한 물 한술 갖다 주는 이가 없다. 경수는 머리가 띵하였다.
>
> ─「기아와 살육」, 『전집』 상, 38면

그 이후의 경수의 행동은, 우리가 익히 아는 바와 같이, 거리로 달려나가 마구잡이 폭력을 휘두르는 것이다(그는 그 이전에 먼저 가족들을 모두 살해한다). 구체적인 응징과 복수의 대상도 없는 무차별 폭력뿐 아니라, 이미 자신의 가족을 먼저 살해했다는 점에서, 경수의 행동은 이성이나 합리의 이름으로 설명하기에는 무리가 있다. 그러나, 경수의 '분노'는 공동체에 대한 그 나름의 가치와 지향에 근거해서 형성된 것이라는 점은 헤아릴 필요가 있다. 그 공동체적 가치나 지향은, 딱히 한 두 마디로 규정하기는 어려우나, 포괄적으로 뭉뚱그리자면, 인의(仁義)에 바탕을 둔 '타자에의 배려'라고 할 수 있다.

「박돌의 죽음」의 마지막 장면은, 식중독으로 아들을 잃은 박돌 어미가 돈이 없다고 약을 지어주지 않은 김초시를 찾아가 그의 얼굴을 사정없이 물어뜯으며 난동을 피우는 것으로 묘사된다. 이 대목에서 박돌 어미가 보여주는 잔인한 복수와 광기는 종종 인육(人肉)을 입으로 뜯어 내는 카니발리즘으로 해석되곤 하지만, 작가가 애써 배치해 놓은 최후 의 몇 문장은 종종 간과되고 만다.

> "어찌 저럼메?"
>
> "모르겠소."
>
> 밖에 선 사람들은 서로 의아해서 묻는다. 모든 사람은 일종 엷은 공포에 떨었다.
>
> ─「박돌의 죽음」, 『전집』 상, 66면

마을 사람들의 이 무관심과 무지는, 광란이 벌어지고 있는 김초시네 마당 풍경과 극단적인 콘트라스트를 이룬다. 동시에, 박돌 어미가 아 들을 살리기 위해 백방으로 뛰어다니다가 지쳐서 내뱉는, "에구, 한심 한 세상도 있는 게! 의원만 그런 줄 알았더니 모두 그렇구나!"와 서로 대응관계를 이룬다. 박돌 어미의 절망은 "온 세상의 불행은 혼자 알고 옴짝달싹할 수 없이 밑도끝도 없는 어둑한 함정으로 점점 밀려 들어가 는 듯"(『전집』 상, 61면)한 느낌에서 온다. 그 절망은 '가난하다'는 현상보 다도 더 근본적이고 공포스러운 것이다.

가난한 이웃에 대해 배려와 동정이 없는 이유가, 다른 이웃들 역시 가난에 시달리기 때문이라고도 볼 수 있다. 그런 논리라면, 가난에서 벗어날 경우 동정과 배려는 저절로 회복되어야 할 것이다. 최서해 소 설의 등장인물들은 대체로 '절대적 빈곤' 상태에서 허덕이는 것은 사실 이지만, 서해는 인물들의 고통이 '절대적 빈곤' 자체에서 오는 것이 아니라, 빈곤에 처하게 된 원인과 과정, 그리고 가난한 사람들 사이에 존재하는 비정함 때문이라는 점을 놓치지 않는다. 그러므로, 가난한 사람들의 궁핍을 실감나게 묘사한 데에 서해 소설의 개성과 특질이 있다고 보는 것은, 그의 소설의 제한된 단면을 보는 것이다. 주인공을 비롯한 '가난한 사람'들을 절망의 나락에 떨어트리고, 마침내 '분노'하게 만드는 것은 '동정'없는 세상의 비정함이고, 신사상으로서의 '계몽주의'가 제시했던 권학(勸學)과 근면의 허구에 대한 자각 때문이었다. 요컨대, 서해 소설을 관통하는 '분노'는 인물들의 극빈(極貧)과 고통을 드러내는 감정의 표상으로서만 의미를 가지는 것이 아니라, 그 이면에 복잡한 지적 내력과 사상적 재구(再構)의 과정을 거친 합리와 이성이 작용하고 있음을 확인할 필요가 있다.

4. 서해 소설에서의 공(公)과 사(私)의 구조

앞서 살펴본 것처럼, '분노'를 단지 극도의 빈곤과 고통에서 야기된 감정적 표상이 아니라, 지적 내력과 사상적 재구의 과정을 거친 것임을 전제할 때, 우리가 확인할 수 있는 것은 그의 소설에 나타나는 '분노'의 또 다른 기원이라고 할 수 있는 '공 / 사'에 관한 그의 독특한 인식이라고 할 수 있다. 이 문제와 관련해서 이 글이 제시하고자 하는 추론은 다음과 같다. 최서해의 '분노'는, 작가의 삶을 구성하는 사적(私的) 영역과 공적(公的) 영역에 관한 합리적이고 자기설득적인 통합적 매개 논리를 확보하지 못하고, 개미 쳇바퀴 돌 듯 무한 반복하는 딜레마로부터 비롯되고 있다. 여기에는 작가 개인의 인식론적 한계와 착종도 작용하고 있지만, 더 확장해서 생각해 보면, 전통적, 혹은 유가적(儒家的) 공사(公私) 영역의 붕괴나 해체를 대신하는 근대적 공사(公私)개념 또는 공사(公私)영역의 구분 및 상호교섭에 관한 인식의 대체가 제대로 이루어질 수 없었던 환경적 요인도 중요하게 작용하고 있다.[20]

최서해 소설의 주인공들은 대체로 불공평한 현실을 타개하기 위한 사회운동(=공적 행위 혹은 영역)에 뛰어들고자 소망하고, 또 실제로 그것을 실천으로 옮기는 인물들이 다수 등장한다. 그러나, 소설의 서술시점(현재시점)은 거의 대부분, 그러한 공적 영역에서의 실천이 실패로 돌아간 상태에서, 그 상태에 이르기까지의 과거를 회상하는 방식으로 서사구조를 조형(造型)한다. 공적 영역으로 자신을 던져 넣는 '실천'이 실패로 돌아가는 다양한 원인 중에서 가장 지배적인 것은, 공적 실천을

---

20 안용희는 최서해에 관한 기존 해석에 이의를 제기하면서, '가난'에 관한 최서해의 문제의식이 '연대'를 강조하기 위함이었다는 새로운 주장을 내놓았다. "사랑과 광기가 사회라는 힘을 인식하고 가족과 사회를 떠나는 순간 더 이상 최서해의 소설은 '근대문학'의 논리에 포섭되지 못한다. 기본적으로 문학이 사회와 국가의 시스템 안에서 유지된다고 할 때 적절한 분류와 배치를 통해 수치화되지 못한다면 그 지점은 배제되거나 순치되어야 한다. 그런데도 최서해의 소설은 끊임없이 가족과 제도를 넘어 보편적 연대를 꾀하는 지점들을 생산해낸다." 안용희 「'그늘에 피는 꽃', 최서희 문학의 아포리아」, 『민족문학사연구소』 57, 2015.4, 27면. 안용희의 이러한 설명은, 최서해 소설이 카프에서도 민족주의진영에서도 최종적으로 일정한 '한계'로 받아들여질 수밖에 없었던 '이유'와 맥락에 관한 이 글의 논리와 연결되는 지점이 있다. 그러나, '가난'의 문제에 대한 서해의 태도를 곧바로 '공동체에 기반한 유대와 연대의 지향'으로 연결 짓는 해석은 좀 더 논리적 매개가 필요하다고 본다. 나는, 서해가 그 딜레마를 극복하기 위한 힘겨운 고투에도 불구하고, 여전히 '공 / 사'간의 적절한 매개를 자기논리 안에서 확보하지 못한 채, 개인과 사회, 혹은 공적 범주와 사적 영역의 경계 사이에서 혼란을 겪고 있는 것이 그의 소설의 갈등과 혼란, 그리고 종국에는 '분노'를 야기시키는 중요한 이유라고 생각한다.

위해 버리고 떠나온 '가족'에 대한 의무불이행의 무거운 죄책감이다. 최서해 소설에서 '가족'은 철저히 '사적 영역'에 배치되어 있다. 그러므로, 다소 도식적이지만, 서해 소설에서의 공사(公私)의 구도는 'A = 가족 = 사적 영역 / B = 혁명 또는 사회운동 = 공적 영역'이라고 압축해서 구조화할 수 있다. 서해 소설에서 A와 B의 영역은 서로 교섭하거나 상호침투하지 않는다. 주인공이 A의 영역에 속해 있는 한, B의 세계와는 전혀 상관하지 못하며, 반대로 B에 속해 있는 동안에 A는 철저히 배제되는 관계다. 그리고, 대부분의 작품은 B에 속하고자 하는, 혹은 현재 B에 속해 있는 화자(또는 주인공)가, B를 위해 배제했던 A의 세계(에 속한 인물들 = 가족)에 대한 무한한 연민과 동정, 그리고 자책감을 토로하는 방식으로 구성되어 있다. 이 철저한 상호배타적 구조화로 인해, 서해 소설의 주인공(혹은 화자)의 대부분은 딜레마에 빠지게 된다. 속화(俗化)해서 표현하자면, '혁명을 따르자니 가족이 울고, 가족을 따르자니 혁명을 할 수 없는' 형국이다. 게다가, 서해 소설의 주인공들은, 개인의 출세욕이나 명예욕을 종종 공적 영역에의 '실천'으로 위장하거나 오해하기도 한다. 따라서, '분노'는 단지 가난과 억압의 경험으로부터 비롯되는 것이 아니라, 이 딜레마로부터 벗어날 '출구'를 확보하지 못한 데서 비롯되는 측면이 크다고 생각한다.[21]

---

[21] 김재영은 최서해에 관한 최근의 연구에서 이와 관련된 흥미로운 문제제기를 하고 있어 주목된다. 그는 최서해 소설에서 '분노'보다는 '공포'를 좀 더 지배적인 심리적 기제로 읽어낸 후, 이 '공포'가 '파국' 또는 '전복'의 상상력과 연결되어 있다고 진단하고, 가장 문제적인 것은 "그 '전복'이 프로문학자들이 갖고 있었던 '역사적 낙관'과는 거리가 먼, 그 방향을 알 수 없는 파국으로서의 전복"이라고 해석했다. 「최서해 초기소설에 형상된 '공포'와 '파국의 상상력'」(『현대문학의 연구』 55집, 2015) 참조. 이 글에서 검토하고자 하는 '분노'와 김재영이 추출한 '공포'는 다른 범주에 속하는 것이지만, 프로문학의 발전 과정의 어느 지점, 특히 미발전단계의 어느 지점에 배치한 후, 경향소설의 '미완'의 형태로 읽고자 하는 기존의 해석지평과는 다

우선, 서해의 공사(公私)인식과 그의 소설의 내적 구조가 맺고 있는 상관 관계를 검토해 보기로 하자. 서해 소설에서 공적인 삶(혁명 혹은 사회운동)을 가로 막는 최대의 방해요소이자 장애가 바로 '가족'이라는 사적 영역의 문제인데, 특히 그의 소설에서는 '어머니'가 그 중심을 차지한다. 서해 소설에 드러난 '공 / 사'인식의 논리적 구조를 요약하면, 그것은 유가의 '修身齊家治國平天下'[22]에 연결된다. 『대학』의 본문에는 이 구절이 들어간 긴 문장 사이사이에 계속하여 '시종(始終)'이라든가

르 맥락에서 서해 소설의 특징과 개성을 읽고자 하는 점에서는 상통하는 부분이 있다. 다만, 김재영은 서해 소설의 근원적 상상력이 '세계의 파국'과 연결되어 있다고 해석하는 데 비해, 나는 전면적인 비극적 세계관으로 직접 연결짓기보다는, 그가 무언가 합리적인 출구 혹은 대안을 모색하려고 애쓰지만, 그의 사유 세계 내부에서 그것을 발견하지 못하는 무력감이 '분노'로 이어진다고 보는 점에서 일정한 차이가 있다고 생각한다.

22 이 구절은 『대학』에 나온다. 원문은 다음과 같다. "物有本末 事有終始 知所先後 則近道矣 古之欲明明德於天下者 善治其國 欲治其國者 先齊其家 欲齊其家者 先修其身 欲修其身者 先正其心 欲正其心者 先誠其意 欲誠其意者 先致其知 致知在格物 格物而后 知至 知至而后 意誠 意誠而后 心正 心正而后 身修 身修而后 家齊 家齊而后 國治 國治而后 平天下" 조선시대의 '공 / 사'론을 이해하는 데는 성호 이익이 하나의 준거점이 된다. 성호 이익이 그런 역할을 한다고 보는 이유는, 조선시대 대표적인 유가철학의 논쟁이었던 '사단칠정론'을 성호 이익이 '공 / 사'론의 범주로 접근함으로써 논의의 맥락을 바꾸어 놓았기 때문이다. 성호는 '사단 = 공 / 칠정 = 사' 라는 이분법에 의거해서 '사단칠정론'을 '이 / 기론'으로부터 '공 / 사론'으로 범주전환시켰다. 성호가 설명한 한 예는 사단과 칠정에 같이 들어있는 '오(惡)'의 설명방식인데, '사단'의 '惡'는 '不善'을 미워하는 것이므로 '공'이지만, '칠정'의 '惡'는 개인적인 이해관계로 대상을 미워하는 것이어서 '사'에 해당한다는 해석이다. 조선유학 연구자들은 성호 이익의 이러한 '공 / 사'론이, 조선후기 '공공성'의 철학적 성찰을 보여주는 한 사례이자, 고전유교(공맹시대의 유교)의 '공 / 사'론을 재해석한 신유학(주자학)의 '공 / 사론'의 영향을 받은 것이라고 해석한다. 신현승, 「성호 이익의 공공성 이념과 정치철학 고찰」, 『인문과학연구』 44, 2015.3, 501 ~503면. 한편, 배병삼은 공맹시대의 원시유교의 '공 / 사'인식이야말로, 서구의 근대적 '공 / 사'인식이 가져온 폐해와 한계를 극복할 진정한 철학적 대안이라고 주장하면서, 본디 원시 유교에서는 '공 / 사'가 대립적 개념이 아니었다는 해석을 제기한다. 그에 의하면, 대학의 '수신제가치국평천하'에서 '수신제가'는 '사'의 영역이고, '치국평천하'가 '공'의 영역이리라는 짐작은 전형적인 서구의 근대적 공사론에 입각한 것일 뿐, 실제로 유교에서는 '공 / 사' 개념이 '영역' 개념이 아니라 '가치개념'이었음을 강조한다. 즉, 가정 안에서 '공 / 사'가 있고 국가나 사회 차원에서의 '공 / 사'가 있는 것이지, 개인이나 가정이 '사'이고, 국가나 사회와 같은 '공적 영역'이 곧 '공'을 가리키는 것은 아니라는 주장이다. 배병삼, 「유교의 공과 사」, 『동서사상』 14집, 2013.2 참조.

'선후(先後)'라는 시간을 나타내는 명사나 부사가 들어가 있어, 수신·제가·치국·평천하 사이에는 시간적 선후관계나 인과관계가 성립되는 것처럼 읽힌다. 그러나, 이 구절의 해석에서 시간적 선후나 인과관계를 대입하는 것이 옳은가의 여부를 떠나, 서해 소설에서는 최소한 '수신·제가'와 '치국·평천하'는 명백히 분리된 두 개의 서로 다른 영역으로 인식되고 있다는 점이다. 특히 서해에게서 중요한 것은 '제가'와 관련된 자기의식이다.[23]

① 만수는 어머니의 정경을 잘 이해하였다. 자기 하나를 위하여 남에게 된소리 안된소리 듣고 진일 마른 일을 가리지 않고 고생한 어머니를 버리고 천애 타국(간도—인용자)으로 갈 일을 생각할 때면 그 가슴이 쓰렸다.

"부모의 은혜를 배반하는 자여! 벌을 받으라."

하는 듯한 소리가 귓가에 쟁쟁 울리는 듯하였다.

---

23 한 가지 밝혀 둘 것은, '수신제가치국평천하'의 네 가지 범주가 항상 기계적으로 '공과 사'로 나누어지는 것은 아니라는 점이다. 유가적 전통에서의 '공 / 사'의 구분과 그 개념은 이 글에서 구획하고 있는 것처럼, '수신제가 = 사', '치국평천하 = 공'처럼 단순하지 않다. 유가 사상사에서 '공 / 사' 개념의 역사적 전개를 검토한 한 사전(辭典)에 의하면, '공 / 사'의 인식에서 '공 / 사'를 대립개념으로 파악하기 시작한 것은 '순자'에서부터이며, 그의 제자인 법가(法家)의 한비에 이르러, '공 / 사'를 이율배반적으로 대립시키고, 특히 '부자(父子)' 관계 등에 결합되어 있는 가(家)의 양상이나 그것을 이론화한 유가의 효(孝) 등의 윤리를 '사(私)'라 하여 물리치는, 명료한 이분법적 인식이 자리 잡게 되었다고 설명한다. 미조구치 유조·마루야마 마쓰유키·이케다 도모히사 편, 김석근 외역, 『중국사상문화사전』, 책과함께, 2011, 「공사(公私)」 항목 참조. 그러나, 이 글에서 '수신제가'와 '치국평천하'를 공과 사로 나누어보려는 가장 큰 이유는, 서해 소설에서의 두 세계의 경계가 이분법적으로 확연하게 나누어져 있기 때문이다. 서해 소설의 이러한 특징은, 유가적 '공 / 사' 개념이 해체되기 시작하고 그와 동시에 서구의 근대적 '공 / 사' 개념이 막 유입되기 시작하면서 생겨난 착종과 혼란의 한 징후라고도 읽을 수 있다. 위의 인용문에서도 '성인', '충신', '효' 등이 등장하면서, 동시에 '인류'와 같은, 전통적 유가개념에서는 보기 어려운 '공적 개념'이 등장하는 것이 그 예이다. 서해가 활동하던 시기에, 유가적 '공 / 사'의 확실한 해체와 서구의 근대적 '공 / 사' 개념의 명징한 이해에 기초한다는 것이 오히려 비현실적인 것에 가깝다고 할 수 있다.

"성인의 말씀에 충신은 효자의 문에서 구하라!"

고 하였다. 부모에게 불효가 되는 것이 어찌 나라에 충신이 되랴?

② 아니다. 온 인류가 태평해야 부모도 있고 나도 있다. 부모도 있고 나도 있어야 효도도 이루어지는 것이다. 아! 만수여! '나'여! 주저치 말아라. 떠나거라. 어머니께 효자가 되려거든 인류를 위하라…… (…중략…)

③ "아니다. 그것은 어머니의 그름이 아니다. 재래의 인습과 제도가 우리 어머니를 그렇게 가르쳤다. 그 인습에 너무 젖은 우리 어머니는 나를 사랑하여서 잘 되라고 그렇게 하신 것이다."

그는 이렇게 돌쳐 생각할 때면 어머니께 대한 실죽한 마음은 불현 듯 스르르 풀리고 눈물이 옷깃을 적셨다. 이렇게 눈물에 가슴이 끓을 때면 어머니를 저항하고 싶지 않았다. 그래도 어머니의 명령 아래서 수굿이 일생을 보내고 싶었다.

④ 그러나 그것은 한 순간의 생각이었다. 자기의 힘을 생각하고 세상을 바라보는 그로서는 어머니의 은혜에 자기의 전 인격을 희생할 수는 없었다. 은혜는 은혜이다. 은혜로 말미암아 나의 전인격을 희생할 수는 없다 하는 생각이 서로 싸울 때면 그의 고민은 격심하였다. 그는 어쩌면 좋을지 몰랐다.

— 「해돋이」, 『전집』 상, 200~201면

중편 「해돋이」의 주인공 만수는, 간도에서 사회주의 운동을 하다가 지금은 감옥에 갇혀 있다. 그가 가족을 버리고 간도로 떠나기까지의 복잡한 심경을 묘사한 위 인용문에서, 서해 소설의 전형적인 공사(公私) 인식이 드러난다. ①~④는 홀어머니를 모시고 가족을 봉양해야 하는 의무(=제가)와 불합리하고 불공평한 사회를 바꾸어 인류를 구하고자 하는 욕망(=치국 또는 평천하) 사이에서 끊임없이 진자운동을 하는 주인공의 심리를 묘사하고 있다.

　'분노'와 연관지을 때, 서해 소설의 '가족'은 이중적이고 모순적인 기능을 떠맡고 있다. 그 모순적인 기능은 「전아사」의 주인공이 내뱉는 다음의 독백에 절실하게 함축되어 있다.

> 어머니는 나의 큰 은인인 동시에 큰 적이다.
>
> ─「전아사」, 『전집』 상, 332면[24]

　어머니(또는 가족)가 '적'이 되는 이유는, '분노'의 공적(公的) 표출, 즉 사회를 바꾸고 제도를 개혁하는 혁명운동에 뛰어들고자 하는 주인공의 의지를 꺾는 가장 큰 장애물이기 때문이다. 「탈출기」의 주인공은 "나는 나에게 닥치는 풍파 때문에 눈물 흘린 일은 이때까지 없었다. 그러나 어머니가 나무를 줍고 젊은 아내가 삯방아를 찧을 때 나의 피는 끓었으며 나의 눈은 눈물에 흐려졌다"(『전집』 상, 18면)고, 친구에게 토로한다. "차라리 나의 고기가 찢어지고 뼈가 부서지는 것은 참을 수 있으나, 내 눈 앞에서 사랑하는 늙은 어머니와 아내가 배를 주리고 남의 멸시를 받는 것은 참으로 견디기 어렵다"고 절규한다. 그는 이 사랑하는 가족을 포함해, 가난 속에서 고통과 핍박받는 세상을 구제하기 위해 ××단에 가입하기로 결심한다. 그러나, 그가 떠나는 날부터 '식구들

24　이 독백은 1980년대 노동자시인 시절의 박노해가 법정에서 만난 어머니를 향해, "오 어머니, 당신 속엔 우리의 적이 있습니다"라고 절규하는 싯구절과 절묘하게 닮았다. (박노해, 「어머니」, 『노동의 새벽』, 풀빛, 1984, 140면.) 동서고금의 모든 혁명가(운동가)에게, 가족은 이중의 질곡으로 작용하고 있음을 확인하게 되는 작은 증거라고 할 수 있다. 문제는 텍스트 내부에서 그것이 어떻게 처리되고 있으며, 어떻게 기능하는가 하는 문제일 것이다. 이 문제는 다시 후술하기로 한다.

은 더욱 곤경에 들고', '눈속이나 어느 구렁에서 죽는 줄도 모르게 굶어 죽을지도' 모르는 상황에 놓이게 된다. 「탈출기」는 "가족을 못 살리는 힘으로 어찌 사회를 건지랴"라고 주인공의 탈가(脫家)를 만류하고 나무라는 친구 김군에게, 주인공 박군이 자신의 탈가의 절박하고 불가피한 경위를 호소하는 내용으로 채워져 있다. 서해의 거의 모든 소설에는 '가족'이 무한한 애정의 대상이자 동시에 주인공의 발목을 옥죄는 족쇄로 그려진다.

> (어머니, 처, 자식 — 그 조그마한 데 끌릴 것 없다. 내 식구만 불쌍하냐? 세상에는 내 식구보다도 백배나 주리는 사람이 있다. 이것저것 다 돌볼 것 없이 모든 인류가 다 같이 살아갈 운동에 몸을 바치자!) 그는 속으로 이렇게 결심도 하고 분개도 하였으나 아직 그렇게 나서기에는 용기가 부족하였다. 아니 용기가 부족이라는 것보담 식구에게 대한 애착이 너무 컸다. (…중략…) 그는 이생각 저생각 끝에, 모두 죽어라! 하고 온 식구를 저주했다. 모두 다 죽어 주었으면 큰 짐이나 벗어놓은 듯이 시원할 것 같다.
>
> —「기아와 살육」, 『전집』 상, 32면

그러나 서해가 가장 공들여 묘사하는 대목은 거의 예외 없이 '짐'이자 '적'이 되는 가족들의 고통 받는 장면이다. 논리적 순서로 보자면, 가족의 고통이 그의 '분노'의 기원이다. 세상의 구원을 꿈꾸는 것도 그 출발은 가족의 고통으로부터 시작된다. 혁명을 따르자니 가족이 울고, 가족을 따르자니 혁명이 불가능해지는 모순적 상황이 서해 소설의 '가족'이 놓인 자리다. 이런 모순적 상황의 근원은, 주인공이 지나치게 봉건적인 가부장적 책임의식에 사로 잡혀 있기 때문이며, 동시에 주인공을 제외한 다른 가족 구성원들이 주인공의 공적(公的) 결단과 사회적 행위를 전혀 이해하지 못할 뿐 아니라 이해하기 위해 애쓰지도 않는다는 사실에서 비롯된다.

앞서 살펴본 바 있는 중편 「해돋이」는, 서해 소설에서는 드물게도, 운동에 투신한 아들을 그리워하는 '어머니'가 종종 초점화자로 등장하지만, '어머니'는 아들의 사회적 행동의 의미를 전혀 이해하지 못한다. 사적 영역에서 한발자국도 나아가지 못하는 어머니에 대한 애증(愛憎)에 시달리다가도 주인공은 어머니를 이해하려 애쓴다. 종국에 그가 도달하는 결론은, "어머니의 사상에 반항한다. 그러나 어머니를 반항하는 것은 아니다"라는, 자신을 향한 타협의 지점이다. 그러다가 어느 순간에, "아! 어머니는 또 내 일에 방해를 놓으시나? 하고 생각할 때 칼이라도 있으면 그 앞에서 어머니를 찌르고 자기까지 죽고 싶"을 정도로 다시 번민을 되풀이한다.

5. '변신'의 고통에 집중하는 '지연(遲延)'의 크로노토프[25]

그런데, 좀 더 중요하고도 흥미로운 문제는, 이러한 '공사(公私)' 영역의 모호한 경계와 통합적이고도 자기설득적인 논리 확보의 실패로 인해 발생하는 '분노'와, '분노'라는 감정의 촉발을 둘러싼 서사 내부의 인과적 묘사가, 근대 소설사에서 일찍이 찾아보기 어려웠던 독특한 최서해만의 크로노토프를 형성한다는 점이다. 그것은, 한 인간의 실존적 변신(변모)[26] 혹은 사상의 전환에 매개되는 '지연(遲延)'에 관한 집요한

---

25 '크로노토프(chronotope)'는 미하일 바흐찐에게서 빌려온 용어이다. 그는 이 용어를 생물학자 우호똠스키(A.A.Uxtomskij)로부터 차용한 것이라고 밝혔다. 미하일 바흐찐, 『장편소설과 민중언어』, 전승희 외역, 창작과비평사, 1987, 260~261면. 바흐찐은 서양의 서사문학의 역사적 전개과정을 시간 및 공간 구성의 '차이'를 통해 분류하기 위해 이 개념을 도입했다. 이 글에서는, 인식과 감각에 관한 소설과 경전의 차이를, 특히 서해 소설에서의 그 특징을 경향문학 일반의 시간적 구성과 구분하기 위해 빌려 쓴다. 이 글에서 말하는 '지연'의 시간형식이 크로노토프의 유형이나 범주로서 학문적 시민권을 확보할 수 있기 위해서는 더 많은 논의와 풍부한 예증이 필요하다고 본다. 다만, 여기서 확인하고 싶은 것은, 서해 소설에서의 주인공의 사상적·실천적 변신의 과정이 다른 경향문학에서의 그것과 매우 다른 시간구성을 보여주고 있다는 점이다. 이러한 실존적 변신 혹은 전환의 '지연'을 지칭할 마땅한 개념을 아직 확립하지 못했기 때문에, 서사구조의 시간형식을 개념적 범주로 만든 바흐찐의 '크로노토프'에 기대어 설명한다.

26 변신, 혹은 변태(變態)는 본디 생물학의 개념이다. 영어 metamorphosis는 동물이나 식물, 예컨대 애벌레의 성충되기나 알의 상태에서 올챙이를 거쳐 개구리로 바뀌어가는 과정을 일컫는 개념이라고 할 수 있다. 이것이 문학이나 철학, 신학의 영역으로 옮겨오면 다양한 변신 모티프들을 설명하는 개념으로 확장된다. 이를테면 단군신화에서 곰이 여성 인간으로 바뀐다든지(신화), 그리스·로마 신화를 바탕으로 한 오비디우스의 『변신이야기(Metamorphoses)』, 그리고 불신자(不信者)의 상태에서 신을 응접하고 독신자(篤信者)로 바뀌는 종교적 모티프에 이르기까지 그 예는 실로 다양하다. 아마도 프란츠 카프카의 『변신』(독일어 제목은 Die Verwandlung이며 영어 번역 제목은 대체로 metamorphosis로, 때로는 transformation으로 옮겨진다)은, 그러한 변신 모티프를 차용한 근대문학의 한 사례에 해당할 것이다. 이 글에서의 '변신'은, 마르크스주의, 혹은 사회주의 혁명 이념의 세례를 받기 전과 받은 후로 나뉘는 인간의 실존적 변화(과정)를 가리키는 제한적이고 특수한 의미로 사용한다. 그러나, 결국 이것은 인간의 실존적 변신 혹은 변화 과정을 추적하는 근대문학의 전반적인 예술화 과정과

묘사이다. 여기서 말하는 '지연(遲延)'은, 이를테면『논어』에 나오는 유명한 구절, '朝聞道夕死可矣'[27]가 드러내는 시간표상과는 정반대편에서 있는 시간표상이다. 서해 소설에는 사회주의에 경도된 주인공들이이 사상에 공명하면서도, 이 사상을 실천하는 일의 어려움을 지겹도록되풀이해서 보여준다. '진리를 알게 된다면 당장 죽어도 좋다'는 태도가 아니라, 거꾸로 '진리를 알게 되어도 내가 그 진리를 실천하거나 구현하려면, 너무도 많은 난관들이 존재한다'고 하소연하는 형태라고 할수 있다. 그리고, 이러한 '지연'의 형식은 서해 소설이 경향문학의 발전과정에서 그저 하나의 '과도기'적 양식이나 형태로서가 아니라, 그것 나름의 고유한 시공간적 구성방식으로 볼 수 있는 하나의 근거가 된다.

이 문제를 검토하기 위해서는 우선, 서해 소설의 '분노하는 주체'의성격을 검토할 필요가 있다. '분노'가 이성의 통제를 벗어난 정념 또는감정의 노예상태이고, 따라서 바람직하지 못한 '비정상적 상태'로 봤던서양철학사의 전통 가운데에서, 아리스토텔레스는 '분노'의 필요와 정

연결된다. 바흐찐은 앞의 책,『장편소설과 민중언어』에서, 신화로부터 근대소설에 이르기까지, 그러한 '변신'모티프가 '시간'을 매개로 하여 일상과 초자연적 공간 안에서 어떻게 다르게 나타나고 있는가에 대한 유형화를 시도한 바 있다.

27　『논어』의 「이인(里仁)」편에 나오는 유명한 구절이다. 유가의 해석사에는 여러 가지 풀이가있다. 그러나, 가장 소박하게 옮기자면, '아침에 도를 듣는다면 저녁에 죽어도 좋다'는 것으로, 나는 이것이 '진리' 혹은 '깨달음'에 관한 '시간표상'의 형식이라고 생각한다. 불교식으로보자면, 이것은 '돈오돈수(頓悟頓修)'에 가까운 것이다. 반면에, 이러한 경전의 '지혜'나 '깨달음'에 관한 시간표상과는 정반대로, 소설은 깨달음이나 진리가 '순간'과 관계하는 방식이 아니라, 그것이 지각과 감각, 그리고 일상을 통해 어떻게 드러나는지를 다룸으로써 시간적으로 '지연'시킨다. 가령, 김만중의 소설『구운몽』은 육욕(肉慾)과 출세욕을 비롯한 모든 세속욕망의 부질없음을 환기시키는 주제로 압축되지만, 그 '주제의식'을 구현하기 위해 서사의내부에서 욕망과 출세에 관한 사건들을 풍부하게 묘사해야만 한다. 그 점에서,『구운몽』은소설이 '진리'와 교섭하지만, 지각과 감각을 통해 '진리'에 관한 깨달음을 '지연'시키는 한 예라고 할 수 있다.

당성을 강하게 역설한 독특한 철학자의 한 사람이었다. 그는 마땅히 분노해야 할 일에 분노하지 않는 사람은 어리석은 사람으로서 비난받아야 한다고 했다.

당연히 노여워해야 할 일에 대해서 노여워하지 않는 사람은 바보라고 생각되며, 또 올바른 자세로, 마땅한 때에, 혹은 노여워해야 할 상대방에 대해서 노여워하지 않는 사람도 바보로 여겨진다. 왜냐하면 이런 사람은 감각도 없고 고통도 느낄 줄 모르는 사람이라고 생각되며, 또 노여워할 줄 모르는 자라 자기 자신을 수호할 법하지도 않은 사람으로 생각되기 때문이다. 그리고 모욕을 당하고도 참으며 자기의 친구가 모욕당하는 것을 참는 것은 노예적인 일이다.[28]

분노의 정당성에 관한 아리스토텔레스의 이 발언에 비추어 보자면, 서해 소설의 '분노하는 주인공'들은 최소한 '바보'이거나 '노예와 같은 자'의 상태에서는 벗어난 인물들인 셈이다. 문제는, 아리스토텔레스가 말한 '정당한 분노'의 여러 조건에서, '마땅한 방식으로 마땅한 때에 마땅한 사람들에게' 분노하고 있는가의 여부이다. 서해의 여러 소설 속에 그려진 피의 응징과 복수는, 아무리 후하게 보더라도 '마땅한 방식'이라고 보기는 어렵다.

그렇다면, 과연 '마땅한 방식'과 '마땅한 사람들'은 무엇인가? 서해가 그것을 모르기 때문에 소설의 결말을 이렇게 만들었던 것일까?

나는 일이 없으면 없느니만큼, 고통이 닥치면 닥치느니만큼 내 번민은 크다.

---

28 아리스토텔레스, 최명관 역, 『니코마코스윤리학』, 서광사, 1989(6쇄), 132면.

나는 어떤 날은 거의 얼빠진 사람처럼 눈을 감고 깊은 생각에 잠긴 일도 있었다. 이때 머릿속에서는 머리를 움실움실 드는 사상이 있었다. '오늘날에 생각하면 그것은 나의 전 운명을 결정할 사상이었다.' (…중략…) 나는 이것을 인간의 생의 충동이며 확충이라고 본다. 나는 여기서 무상의 법열을 느끼려고 한다. 아니 벌써부터 느껴진다. 이 사상이 나로 하여금 집을 탈출케 하였으며, ××단에 가입케 하였으며, 비바람 밤낮을 헤아리지 않고 벼랑 끝보다 더 험한 선에 서게 한 것이다. (…중략…) 나는 이러다가 성공 없이 죽는다 하더라도 원한이 없겠다. 이 시대, 이 민중의 의무를 이행한 까닭이다.

―「탈출기」, 『전집』 상, 22~23면

「탈출기」(1925), 「전아사」(1926), 「해돋이」(1926), 「의사」(1927) 등에 나오는 인물들이 선택한 방식은, 비슷한 시기 그의 다른 소설들이 보여준 '분노'의 해소 방식과는 전혀 다르다. 이들은 '××단'에 가입해서 투쟁전선에 서거나(「탈출기」, 「전아사」), 운동으로 감옥살이를 하거나(「해돋이」), 부자 환자들이나 치료하는 자기 직업에 스스로 분개하고 병원을 박차고 나와 모스크바를 향해 떠난다(「의사」). 이러한 결말이, 소설 내부의 서사논리에 비추어 얼마나 설득력 있게 그려지고 있는가의 문제는 논외로 하더라도, 최소한 서해는 이런 방식이 '분노'의 합리적 해소에 더 가깝다는 것을 인지하고 있었을 것이다.

당시든 지금이든, 서해 소설에 대해 가해지는 비판의 상당 부분은, 그 결말의 '전망없음'이라고 할 수 있다. 다시 말하자면, 주인공이 가난과 핍박에 시달리더라도, 그 문제의 해결을 개인적 복수가 아니라, 사회 제도 안에서 모색해야 한다는 것이고, 만약 기존의 사회 제도가 그것을 보장해 주지 않는다면, 새로운 사회 제도(혁명)를 마련해서 해결을 모색해야 한다는 뜻이다.

이런 관점에서 정리하자면, 결국 '분노'는 관리되어야 할 '대상'이며 방치해서는 안되는 위험한 '정서적 인자(因子)'다. '분노'의 개인적 표출이 합리적인 방식이 아니라고 비판하는 이면에는, 그것의 표출을 위한 '합리적 방식'이 이미 존재한다는 사실이 전제되어 있다. 거꾸로 말하면, 사회는 '분노'의 파괴적인 속성을 완화하거나 재조정하기 위한 세련되고 체계적으로 조직화된 정치적 제도나 구조를 마련해야 한다는 뜻이다.[29] '분노'를 비이성과 비합리의 범주로 묶고, 야만과 문명의 구분 지표로 삼는 방식은, 그 이면에 관리되지 않은 '분노'가 지니는 위험성과 폭력성에 대한 '공포'가 드리워져 있고, '분노의 내재화'를 '문명'의 이름으로 유도하기 위한 통제와 관리의 거대한 전략을 떠올리게 한다.

그런데, 서해는 그 '합리적 방식'이라는 것을 크게 신뢰했던 것 같지는 않다. '합리적 방식'은 '사상' 자체를 가리키는 것이 아니라, 그 '사상'이 무엇이 되었든 간에 그것을 매개로 한 문제의 해결 '과정'을 의미한다. 「탈출기」는 그 후편에 해당하는 「고국」과 나란히 겹쳐 읽어 보면, 결국 가족을 버리고 '××단'에 뛰어들어 활동한 것이 무망한 노릇이었음을 후일담 형식으로 고백하는 글이다.[30] 서해가 사회주의 사상에 상당히 기울어져 있었음은 사실이지만, '사상'에 대한 이해의 깊고 얕음을 떠나, '사상'이 곧 '합리적 해소' 그 자체가 아님을 생득적으로 깨달

---

29 손병석, 앞의 책, 21면.
30 「고국」(1924)이 먼저 발표되고, 「탈출기」(1925)가 나중에 발표되었지만, 두 소설의 서사전개의 시간 순서는 「탈출기」가 앞서고, 「고국」이 뒤의 이야기이다.

고 있었다. 그것은, 그의 삶의 전반기에 심취했던 '부르주아 계몽주의'가 삶의 구체성에 매개되었던 '사상'이 아니라, 서적과 글을 통해 감염된 '추상 덩어리'였고, 그 '추상'으로서의 '사상'이 삶과 겹쳐지는 순간, 물거품처럼 허망하게 깨져나가는 것을 경험했기 때문이기도 하다. 같은 논리를 대입하자면, '부르주아 계몽주의' 대신에 들어선 사회주의 역시 '사상'으로서는 '추상'인 점에서는 같다고 할 수 있다. 그 '사상'이 '추상'이 되지 않기 위해서는 삶의 구체성이라는 터널을 통과해야 하는 것이었다.

따라서, 서해 소설의 내적 논리에 비추어 보건대, 그에게 좀 더 중요한 문제는, '분노'의 표출 방식이 지니는 '합리 / 비합리'의 여부가 아니라, 그것이 합리적 방식이든 아니든, '분노의 주체'가 분노의 표출과 관련된 어떤 '행위'의 결단에 이르는 '과정'이었다. 서해의 소설에서 '체험'이 중요한 의미와 기능을 지니는 것도 이 지점이다. 다시 말하자면, 서해 소설에 드러나는 갖가지 밑바닥 인생 체험의 묘사는, 그것의 핍진성이나 경이로움 때문이 아니라, 어떤 '결단'의 개연성이나 필연성의 전제로서 중요한 것이라 할 수 있다.

앞서 검토한 것과 같이, 가족과 매개되는 이 모순적 상황을 서해가 이토록 자주 공들여 묘사하는 이유도, 이 딜레마에 대한 핍진한 묘사 없이, 주인공이 한 두 마디 주워들은 사상의 편린들에 추동되어 운동에 투신하거나, 조직에 몸담고 혁명전선에 가담하는 도식성을 소설가로서 받아들이기 힘들었기 때문일 것이다. 그는 운동에 뛰어들기 전에 모름지기 가장 일차적이고 중요한 통과제의의 관문인 '가족' 문제와 부대끼지 않으면 안된다는 것을 보여주고 싶었던 것이 아닐까. '가족'에 관한 소설적 형상은, 미루어 짐작컨대 그의 개인사의 여러 정황에서 비롯되는바 적지 않을 것이나, 당대의 어떤 작가들보다도 이 문제를 소재와 주제로 하여 여러 소설을 써낸 이면에는, 개인사의 체험뿐 아니라, 그 스스로 설정한 소설적 개연성의 논리가 작용하고 있으리라 짐작된다.

가족(의 고통)은 서해 소설 여러 곳에서 주인공들이 '분노하는 주체'로 구성되는 일차적인 이유이자 계기가 된다. 주인공들의 분노가 극도로 고조되는 것은 가족의 고통이 극대화되는 순간과 일치한다. 「박돌의 죽음」은 외동아들을 식중독으로 잃자 어미가 분노로 실성하며, 「기아와 살육」에서는 아내와 어머니가 죽음에 이르게 되자, '경수'의 분노가 폭발한다. 「큰물 진 뒤」에서는 홍수로 아내와 갓난 아기를 잃자 윤호가 강도로 돌변하며, 「홍염」에서는 딸을 애타게 그리다가 아내가 죽자 '문서방'의 피비린내나는 복수극이 펼쳐진다.

서해는 분노의 '공적 해소'가 공소(空疎)해지는 것을 막기 위해, '사적 계기'로 선회한다. 가족을 둘러싼 애증(愛憎), 가족이라는 딜레마는 그런 이유와 맥락에서 선택된 어떤 '통과제의'의 의미와 기능을 띤다.

혁명운동에 뛰어든 '아들'을 지켜보는 '어머니'의 시각과 논리를 가장 뛰어나게 그렸다고 인정받는 막심 고리키의 『어머니』와, 서해 소설의 '어머니(들)'을 비교해 보면, 그 차이가 명료해진다. 고리키의 『어머니』에 등장하는 '어머니(뻴라게야)'는 술주정뱅이 열쇠수리공 미하일 블라소프한테 날마다 술주정과 폭력에 시달린다. 남편이 과음으로 인한 탈장(脫腸)으로 죽자, 이번에는 아들 빠벨 역시 아버지의 길을 걸어가는 것처럼 위태로운 생활을 한다. 어머니의 걱정을 사던 빠벨은 어느 날부턴가 갑자기 변한다. 소설에는 "점차로 모든 사람들의 평범한 길을 꺼리기 시작했다"[31]고 묘사되어 있다. 갑자기 변한 아들의 태도에 불안과 의구심을 느끼던 '어머니'는 아들에게 '뭘 읽고 있냐?'고 묻는다.

전 금서들을 읽고 있어요. 그것들은 우리 노동자들의 삶에 대해 얘기하고 있다고 해서 금지된 것들이에요…… 그것들은 조심조심 몰래 인쇄된 것이어서 만약에 제가 갖고 있다는 게 발각되면 전 감옥에 가게 돼요. 제가 진실을 알고 싶어한다는 이유로 감옥에 간단 말입니다. 이해하시겠어요?[32]

놀란 '어머니'는 "왜 그런 짓을 하느냐"고 묻고, 아들은 다시 장황하게 설명한다.

생각해 보세요. 어머니가 도대체 어떤 삶을 살아왔던가요? 어머닌 벌써 마흔이에요. 그런데 과연 어머닌 살아 있었다고 할 수 있겠어요? 아버지는 어머니를 때리기만 했어요. 지금 생각해 보면 아버진 비참한 삶에 대한 분풀이를 어머니의 옆구리에 해댄 거에요. 자기의 비참한 삶에 대한 분풀이를 말입니다. 비참한 삶이 자기를 짓누르고 있는데도 아버진 그게 무엇 때문인지를 몰랐던 거에요.[33]

아직 어린 빠벨의 변화가 걱정되고 두려웠지만, '어머니'는 빠벨이 집에 데려와 토론하는 그의 그룹사람들을 알게 되고, 그들과 친해지면

---

31 막심 고리키, 최윤락 역, 『어머니』, 열린책들, 1989, 22면.
32 위의 책, 26면.
33 위의 책, 26면.

서 마침내 아들의 세계를 이해하기에 이른다. 어머니의 자각과 동조에 이르는 과정은 소설 전체 분량에 견준다면 소설의 앞 부분에 매우 짧게 서술되어 있다.

소설 『어머니』가 청년 빠벨과 어머니 뻴라게야의 혁명적 변신 과정을 거의 다루지 않거나 과감히 축약한 데 비해, 서해 소설은 바로 '아들'과 '어머니'의 혁명적 변신 그 자체가 얼마나 힘겹거나 불가능한 것인지를 집중적으로 다룬다. 그리고, 그 이유는 앞서 제시한 것처럼, 공사 간의 경계가 너무도 확연해서 이를 어떻게 통합해야 할 것인가에 대해 스스로 답을 구할 수 없었기 때문이다. 반대의 논리로 말하자면, 고리끼의 『어머니』의 경우, 그리고 많은 경향소설의 경우는, 서해 소설에서 지나치게 확대되어 있는 '사적 영역' ─ 공적 세계로의 투신과 실천을 방해하는 ─ 의 세계가 지나치게 가볍게 취급되거나 생략되어 있다고 할 수 있다. 이 두 세계가 반드시 비슷한 비중으로 그려져야 한다거나, 혹은 이 두 세계가 과연 서해 소설에서 그런 것처럼 반드시 대립적이고 상호교섭이 불가능한 세계인가 하는 질문이 제기될 수 있을 것이다.[35] 이것은 정당한 질문이다. 그러나, 중요한 것은, 역시 그 두 세계

---

34 위의 책, 55면.

에 속한 일들이 지나치게 가볍게 취급되는 것도, 반대로 너무 지배적인 모티프로 그려지는 것도 모두 문제라는 점이다.

박노해의 시 「어머니」(1984)는, 서해가 1920년대 중반에 소설을 통해 묘사하고자 했던 공 / 사간의 모순과 딜레마를 60년의 시간을 건너 뛰어 고스란히 다시 제기하고 있어, 한 개인이 혁명적 실천과 같은 특별한 공적 영역으로의 투신을 감행할 때 이 실존적 전환의 과정이 얼마나 해결되기 어려운 난제인가를 다시 문학사적으로 반복해 보여준다고 할 수 있다. 박노해는 "나로 하여 이 세상에서 단 하나 / 슬픔을 준

---

35 정치사상사에서, 한나 아렌트의 '공 / 사'범주에 대한 논의는 칸트와 헤겔의 법철학을 통해 구축된 서구의 근대적 '공 / 사'인식의 틀을 일신하고 있는 것으로 주목받고 있다. 한나 아렌트는 그리스 시대의 '폴리스'를 공론 영역의 하나의 모범이자 고전적 형태로 설정하고, 근대에 들어와 '사회'의 등장이 고전시대의 '공 / 사'영역의 구분을 해체하고, 그 둘의 특징을 모두 수렴함으로써, 공적 영역이 제대로 작동하지 않는 결과가 빚어졌다고 본다. 이 글의 논지와 관련해서 한 가지 흥미로운 점은, 한나 아렌트 역시 유가적 전통 못지 않게 '공 / 사'영역의 경계를 철저히 구분하고 있다는 점이다. 그는 국가와 정치를 '공적 영역'에 배치시키고, 그에 반해 가정(가족)과 경제를 '사적 영역'에 배치한다. 한나 아렌트, 『인간의 조건』(이진우 · 태정호 역, 한길사, 1996), 특히 2장 '공론영역과 사적영역'을 참조. 그러나 이런 범주구분의 이원화의 유사성으로 한나 아렌트의 '공 / 사'인식을 서해와 바로 연결짓기는 어렵다. 무엇보다도 특징적인 것은, 서해 소설에서 가장 문제가 되는 범주 중의 하나는 의심할 수 없이 '가난(빈곤)'의 문제인데, 한나 아렌트는 프랑스혁명(러시아혁명까지 포함하여)이 '정치'의 회복이 아니라 '복지'(가난으로부터의 해방)에 초점을 맞춤으로써 결국 '실패한 혁명'이었다고 분석하는 대목이다. 『혁명론』(홍원표 역, 한길사, 2004), 특히 1~3장을 참조바람. 만약 한나 아렌트의 이러한 '혁명론' 혹은 '공 / 사'인식에 토대해서 논지를 전개하자면, 카프의 서해 소설에 대한 비판을 어떤 맥락에 위치시켜야 하는가가 새로운 논쟁거리로 떠오를 수 있다. 즉, '목적의식기'의 등장은 '경제투쟁으로부터 정치투쟁으로' 옮겨가야 한다는 것이 주된 '슬로건'이었는데, 이것은 좁게 해석하자면 투쟁의 목적과 지향점을 '돈' 문제로부터 '정치'문제로의 확장 / 이행으로 해석할 수 있지만, 종국에 가서는 '돈'문제의 해결(빈곤으로부터의 해방)이 개인이 아닌 (혁명)조직(=당)과 빈곤계급의 연대를 통해서만 가능하다는 것으로 귀결될 경우, 한나 아렌트의 '비판'으로부터 여전히 자유롭지 못하기 때문이다. 그리고, 이것과 대립되는 서해 소설의 지향점이 과연 '빈곤으로부터의 해방'인가 '공적 영역의 회복'인가의 문제로 논점이 옮겨 가야한다. 서해 소설의 지향점이 '빈곤'문제를 종국적으로 어디에 위치시키고 있는가의 문제는 훨씬 근본적인 차원에서부터 다시 검토되어야 할 사안이다. 이 논의는 차후의 과제로 돌린다.

사람이 있다면 / 어머니 바로 당신입니다", 그리고 "이 세상에 태어나 단 한 사람 / 어머니의 가슴에 못을 박습니다"라고 고해한다. 그와 동시에, 서해가 그랬듯이 곧 이어서 "오! 어머니 / 당신 속엔 우리의 적이 있읍니다"라고 절규한다. 그것은 적(敵)들이 "간교하게도 당신의 비원 속에 / 굴종과 이기주의와 탐욕과 안일의 독사로 도사리며 / 간악한 적의 가장 집요하고 공고한 혓바닥으로 / 우리의 가장 약한 인륜을 파고들며 유혹"[36]하기 때문이다. 시 장르의 특성상 고농도로 압축되어 있지만, 이러한 갈등은 서해 소설에서 우리가 자주 목격하던 가족과 어머니를 둘러싼 모순과 딜레마를 그대로 축조(築造)한 것과 같다. 그러나, 시의 화자는 결의에 찬 비장함으로 "당신 속에 도사린 적의 혓바닥을 / 냉혹하게 적대적으로 끊어 버리는 / 진실로 어머니를 사랑하옵는 / 천하의 몹쓸 불효자가 되어 / 피눈물을 뿌리며 싸움터로 나아갑니다"라고 선언한다. 박노해의 「어머니」의 화자(話者)가 '천하의 불효자'가 됨으로써 '사적 영역'의 문제를 과감히 포기해버리는 결의를 보여주었다면, 서해의 소설은 여전히 '효자 / 불효자' 사이에서 갈등하고, 동시에 '사적 영역'과 '공적 영역'의 위계를 결정짓지 못하고 주저한다.

그런데, 다른 관점에서 보자면 서해 소설의 이러한 문제 제기는 '왜 혁명이 당장 실현되지 않는가?'에 대한 소설의 형식을 빌린 질문이기도 하면서, 동시에 '진리는 왜 세계 안에서 구현되지 않는가?'에 대한 질문이기도 하다. 이를테면, 서해 소설은 일반적인 경향소설의 서사적 구조, 예컨대 불공평하고 불합리한 세계에서 억압과 착취의 대상인 인물(들)이, 어떤 기회에 그 세계를 무너뜨릴 '진리'에 접속하고, 연대(조

---

36 박노해, 앞의 글, 같은 면.

직)와 실천(운동)을 통해 그 '진리'를 현실에서 구현해 나가는 이야기 구
조와는 동떨어진 방식으로, 그 '진리'와의 접속과 실천이 왜 잘 안되는
지를 이야기하고 있는 것이라고 볼 수 있다. 동시에, 그런 맥락에서, 세
계에 대한 총체적이고 과학적인 인식과 형상적 사유의 결합으로서의
'리얼리즘'이라는 미학적 정식(定式)과는 다른 의미와 맥락에서, 현실적
개연성을 구성하는 하나의 계기라고도 할 수 있다.

6. 맺음말

이 글은 최서해의 소설을 '분노'를 중심으로 다시 읽으면서, 기존의
연구와 비평이 놓치고 있는 몇몇 지점들을 환기하기 위한 목적으로 썼
다. 이를 위해, 우선 '분노'가 특정한 작품들에만 집중 배치되어 있는
것처럼 이해해 온 기존의 독법을 확장하여, '분노'가 직접적으로 텍스
트의 표면에 노출되는 작품은 물론이고, 그런 감정의 폭발이 전면에
드러나지 않는 작품의 경우에도, '분노'가 응축되는 서사구조의 내부
갈등을 폭넓게 해석하고자 시도했다. 그럼으로써, '분노'의 기원이 단
지 극도의 빈곤과 비인간적 억압의 고통 때문만이 아니라, 좀 더 근본
적으로는 사상과 지적 편력 속에서 형성된 세계인식과 관련된 것이며,
아울러 서해 소설에 등장하는 '분노의 주체'는 감정의 과잉과 '광기' 이
전에 윤리적 주체이며 지적 주체임을 확인할 수 있었다. 서해 소설에

서의 극빈과 억압이 '분노'의 직접적 원인이라면, '분노'에 관한 이 확장된 재독(再讀) 과정을 통해 우리가 다시 발견한 것은, '공 / 사'인식의 모순적 구조라는 또 다른 기원이었다. 이 '공 / 사'인식의 혼란과 착종은 좀 더 내면화되고 간접적인 방식으로 주인공의 '분노'를 구성하는데, 그러한 모순과 착종은 서해의 교양체험과도 관련되는 전통적인 유가적 사유로부터 기원한 것이기도 하면서, 동시에 그 무렵 본격적으로 유입되는 서구적인 근대의 개인과 사회, 혹은 사적 영역과 공적 영역에 관한 새로운 기획의 영향이기도 한 것이었다. 서해의 소설에는 '공 / 사'의 두 영역을 가르는 가장 중요한 분기점으로 '가족', 그 중에서도 '어머니'가 설정되어 있는데, '어머니'로 대표되는 이 '가족'을 둘러싼 딜레마야말로, 서해의 활동 기간 전체에 걸쳐 진행된 일종의 '화두'였다고 할 수 있다. 그는 끝내 이 '공적 영역'에의 투신과 '사적 영역'에의 충실성 사이에서 합리적인 출구를 찾아내는 데는 실패하고 말았으나, 그의 이런 서사적 고투(苦鬪)는 의도하지 않은 다른 미적 효과를 만들어내게 되었다. 그것은, 한 인간의 실존적 '변신'의 과정에 대한 집요한 묘사로서, 특히 한 인간이 혁명이나 사회변혁과 관련된 '공적 실천'에 뛰어들고자 할 때 감당해야 할 일상적이고 구체적인 난관에 관한 소설적 고찰이라고 할 수 있다. 동서양을 막론하고, 경향문학 일반이 노정하는, 이 '변신'의 과정에 관한 생략 혹은 '건너뛰기'와는 달리, 서해는 지나칠 정도로 이 갈등에 집착한다. 그럼으로써, 인간과 사회를 '어떻게' 바꿀 것인가의 질문이 아니라, 거꾸로 인간과 사회는 얼마나 변하기 어려운가를 역설적으로 보여주었다고 할 수 있다.

공사(公私)영역의 구분과 경계인식에 관한 서해의 한계는 비단 그만의 개인적인 한계라고 보기는 어렵다. '공 / 사'를 둘러싼 문제는, 그 때는 물론이고 지금도 여전히 우리에게 중요한 사회적 화두로 제시되어 있다. 우리는 서해의 몇몇 소설을 통해, 그 문제를 둘러싼 혼란과 착종을 잠시 살펴보았지만, 실상 우리 근대문학은 이 문제에 어떻게 대응하고 어떤 사유의 궤적을 그려왔는가를 대상과 시기를 확장하여 더 깊이 탐구해야 할 과제가 우리 앞에 놓여 있다.

제3장

최서해 소설에 나타난 '연애'의 의미

손유경

1. 체험 작가 최서해와 '내면'의 문제

작가 최서해 앞에 붙는 '체험 작가'라는 관용적 수식어는 그의 소설
을 읽는 데 분명 하나의 지침이 된다. 여기에 '생체험'이라는 단어까지
를 등장시키고 보면, 최서해의 소설은 그 생생한 체험을 기록한 서사[1]
라는 자연스러운 결과가 도출된다. 임화가 신문학사를 쓰면서 관념 우
위의 '박영희적 경향'과 체험 우위의 '최서해적 경향'으로 신경향파 문
학을 대별한 이래로, 빈궁 체험이라는 최서해의 개인사는 그의 작품을

---

1   이경돈, 「기록서사와 근대소설―리얼리티의 전통에 대하여」, 『상허학보』 9집, 상허학회,
2002.9.

독해하는 데 필요한 막강한 길잡이 노릇을 자처해 왔다. 김우종[2] 이후 여러 논자들이 이어받은 다음과 같은 경향, 즉 빈궁문학, 체험문학, 자연생장기 프로문학, 저항문학, 보고문학 등으로 최서해 소설을 범주화하는 경향 역시도 우리 근대 소설사에서 최서해가 차지하고 있는 위상을 빈궁 체험이라는 개인사적 자장 안에 붙잡아 두는 결과를 초래했다.

문제는, 이와 같은 일련의 연구 경향이, 최서해 작품에 등장하는 주인공의 '내면'을 본격적으로 문제 삼는 것이 최서해 소설 연구의 본령은 아닐 것이라는 착각과 오해를 불러일으킨다는 데 있다. 문학사에서 최서해가 차지하는 고유한 위치가, 조선과 간도에서 그가 겪었을 체험의 양과 질에 전적으로 좌우될 수 없음은 물론이다. 양자를 상관적으로 읽을 필요는 있으되 전자를 후자에 종속시켜서는 곤란하다는 것인데, 한 연구자의 특정 견해라기보다는 문학 연구 일반의 전제에 해당될 법한 이러한 입장이 최서해의 소설을 다시 읽고자 하는 이 글의 서두에서는 한 번쯤 '주장'될 필요가 있다.

이와 함께, 1900년대에서 1920년에 이르는 시기는 우리 소설에서 '내면'의 위상과 비중이 점차 커지는 과정과 동궤이며 '참자기'로 요약되는 개인에 대한 탐구를 이 시기 문학의 요체로 파악할 수 있다는 지적[3]을 새삼 상기해 볼 필요가 있다. 내면을 토로하며 상대방의 이해를 구하는 행위, 다시 말해 내면을 표출하는 행위가 하나의 권력으로 등장한 근대 초기 단편 소설은, 그러나 거침없는 내면의 토로에는 성공

---

2   김우종, 『작가론』, 동화문화사, 1973; 곽근, 「최서해 연구사의 고찰」, 『반교어문연구』 22집, 반교어문학회, 2007, 184면에서 재인용.

3   박헌호, 「한국 근대소설과 내면의 서사—초기 단편을 중심으로」, 『식민지 근대성과 소설의 양식』, 소명출판, 2004, 130면.

했지만 상대방의 내면에 대한 천착에까지는 나아가지 못했다.[4] 최서해의 첫 작품집 『혈흔』의 서문 「혈흔」에서 우리는 이처럼 비대해진 개인의 내면이 매우 구체적인 형상을 띤 채 제시되고 있음을 목격하게 된다.

> 나는 지금 내가 살아 있는 이 세상 사람과는 정반대의 길을 걷고 있다. (…중략…) 이 세상 사람이야 비웃거나 깔보거나 그것은 내 알 바가 아니다. 나는 다만 '참인간'의 '참생활'이란 목표 아래서 내가 옳다고 믿는 것이면 고기가 찢기고 뼈가 부스러져서 피투성이가 되더라도 해 보려고 한다.[5]

> 천만 사람이 서쪽 달을 좇는 때에 홀로 동쪽 매화를 찾는 사람! 그에게는 아무것도 없다. 지도하는 이가 없고 붙들어 주는 이가 없다. 다만 그 가슴에 끓어 넘치는 정렬과 금석이라도 뚫을 만한 굳센 의지와 신념이 있을 뿐이다.[6]

'참인간'의 '참생활'이라는 지상 과제를 따르기 위해서라면 천만 사람이 서쪽으로 가더라도 자신만은 동쪽을 향할 것이며, 세상 사람들이 뭐라고 하든지 간에 자신이 옳다고 믿는 것에 오장육부가 다 찢기는 한이 있어도 투신하겠다는 것이다. 이 모든 것을 감행케 하는 내적 정열과 굳센 의지야말로 임화가 말한 바 "자신 내의 마음의 문제를 제일의로 삼은" 근대 신인(新人)의 본질을 구성한다. 임화는 「근대 문학상에 나타난 연애」라는 글에서 근대의 개인주의적 경향은 인간의 심리를 내

4　위의 책, 139~143면.

5　최서해, 「혈흔」(『혈흔』의 서문), 『최서해전집』上, 곽근 편, 문학과지성사, 1987, 11면. 이하 『최서해전집』上과 『최서해전집』下는 각각 『전집』上과 『전집』下로 표기한다.

6　위의 책, 15면.

면으로 향하게 하여 근대 신인(新人)이 염두에 두는 것은 "세상이 아니고 내심에 있는 것"이라고 주장한다.[7] 세상 사람들의 시선에 아랑곳하지 않고 자신의 내적 진실과 열정에 따라 살아가겠다는 의지를 피력하는 최서해의 목소리를 경청하다 보면, 내면의 양심과 욕망의 결합을 통해 '남의 시선'으로부터 탈출할 수 있다고 확신한 동인지 작가들과,[8] 신경향파의 비조(鼻祖)라는 부동의 문학사적 위치를 점유한 작가 최서해의 사이가, 실상은 대단히 가까웠던 것 아니냐는 의구심을 갖게 된다.

최서해의 소설은 소재주의적 접근 방식을 전적으로 거두어들이지 못하게 할 만큼 강력한 체험의 소산임에는 틀림이 없다. 하지만 이 체험이란 것이, 과연 카프 측 문인들의 주장 또는 소망처럼 궁핍한 현실의 반영 및 폭로라는 신경향파적 목적에만 부합했었는가는 다시금 진지하게 되물어져야 할 것이다. 과연 최서해는 자신의 체험을 무기 삼아 현실의 부조리를 폭로하려는 강한 정치적 의도를 지녔는가. 박상준의 지적대로 최서해가 그의 첫 작품집 『혈흔』(1926)을 내면서 스스로가 신경향파의 대표 문인으로 편향되게 규정되는 것을 꺼렸다는 사실에 주목해 볼 수도 있겠다. 신경향파에서 카프로 '이어지는' 좌파 문학의 일직선적 구도를 앞세우지 않고 서해의 여러 작품들을 그 자체로 존중해 검토할 필요가 있다는 주장[9]에 새삼 귀 기울여야 하는 것도 이러한 맥락에서이다.

'그 자체로' 검토된 최서해의 단편 소설에서 이 글이 각별히 주목하

---

7   임화, 「근대 문학상에 나타난 연애―연애와 문예의 신구」, 『매일신보』, 1926.1.1.

8   오문석, 「1920년대 '동인지'에 나타난 예술이론 연구」, 『상허학보』 2집, 상허학회, 2000, 깊은샘, 90면.

9   박상준, 『한국 근대문학의 형성과 신경향파』, 소명출판, 2000, 333~335면.

는 지점은, ‘연애’와 ‘공부’에 대한 뿌리 깊은 콤플렉스를 ‘민중적 큰 일’
을 도모함으로써 극복하려는 남성 주인공들의 존재이다. 1920년대 중
반 최서해 소설이 당대뿐만 아니라 후대에 와서도 그토록 이채를 띨
수밖에 없는 것은, 그가 비참한 현실을 폭로하는 데 능한 유일한 작가
였기 때문만은 아닐 것이다. 연애와 혁명의 갈림길에서 열정과 욕망에
고통 받는 주인공들은, 최서해(의 소설)를 경유하지 않는다면 1920년대
우리 문학을 특징짓는 ‘낭만주의’[10]의 스펙트럼은 현저히 줄어들고 말
것이라는 사실을 강하게 암시한다. 요컨대 ‘빈궁’이나 ‘체험’ 대신 ‘연애’
나 ‘열정’과 같은 키워드를 독해의 지침으로 삼음으로써 최서해 소설
연구의 새로운 지평을 열어보자는 것이 이 글의 문제의식이다.

2. ‘愛’의 위계질서 – 연애냐 인류애냐

　1920년대 중반 우리 문학에서 낭만주의는 ‘중산층 유학생 지식인 집
단의 특권’[11]으로 규정될 수 없는, 보다 광범위한 정서적 토대 위에서
융성했다는 사실을 최서해만큼 실질적으로 웅변하는 작가는 드물다.

10　여기서 말하는 ‘낭만성’은 특정 문예 사조로서의 낭만주의가 아니라 시대정신으로서의 ‘낭
　　만 정신’에 가깝다. 시대정신으로서의 낭만정신이라는 관점은 소영현, 「근대소설과 낭만주
　　의」(『상허학보』 10집, 상허학회, 2003. 봄)에서 빌려 온 것이다.
11　김흥규, 「1920년대 초기시의 낭만적 상상력과 그 역사적 성격」, 『문학과 역사적 인간』, 창작
　　과비평사, 1980; 소영현, 위의 글, 62면에서 재인용.

낭만주의란 어떤 내적 열정에 기꺼이 자신의 삶을 바치는 태도[12]라는 교과서적 정의와, 미덕이나 중용과 같은 온건한 것에 대한 낭만주의적 반란이라는 역사적 맥락[13]을 되살려 볼 때, "미적지근한 자극 속에서" 는 결코 살고 싶지 않으며 혁명과 연애의 두 길밖에는 없다고 외친 최서해를 두고 왜 이명은이 "골수에 감도는 혈맥은 전부가 낭만"[14]이었다고 평가했는지 능히 짐작하게 된다.

> 나는 이 세상 사람과 같이 그렇게 미적지근한 자극 속에서 살고 싶지 않다. 쓰라리면 오장이 찢기도록, 기꺼우면 삼백 육십 사 절골이 막 녹듯이 강렬한 자극 속에서 살고 싶다.
>
> 내 앞에는 두 길밖에 없다. 혁명이냐? 연애냐? 이것뿐이다. 극도의 반역이 아니면 극도의 열애 속에 묻히고 싶다. 그러나 내게는 연애가 없다. 아니 있기는 하나 그것은 사야만 된다. 나는 연애를 사려고 하지 않는다. 그러니 내게는 반역뿐이다.[15]

최서해의 첫 작품집 『혈흔』의 서문에서 감지되는 이 열정의 중요성은, 온몸이 찢겨 나가는 듯한 강렬한 자극을 원한다는 수사적 특이성에서만 비롯되는 것은 아니다. 여기서 우리는 「혈흔」에서 묻어나는 이 열정이 우리 문학사에서 동인지 작가들로 알려진 일군의 작가들이 표백한 바 있는 내면의 열정과 변별되는 지점에 주목할 필요가 있다. 그

---

12 이사야 벌린, 강유원·나현영 역, 『낭만주의의 뿌리』, 이제이북스, 2005, 20면.
13 위의 책, 88면.
14 이명은, 「무골호인 최서해」, 『전집』 下, 406면.
15 「혈흔」, 『전집』 上, 13면.

것은 '연애'라는 익숙한 표상에 '혁명'이라는 단어를 병치시켜 놓았다는 점에 있다. 최서해는, 연애의 실패가 주는 깊은 울분을 토로하다가 마침내 '민중적 큰 일'을 도모하는 혁명가(사회주의 운동가)로 변신하는 문제적 주인공들을 형상화하는데, 이들 주인공은 열정이라는 교집합을 형성하고 있는 연애와 혁명이라는 두 표상이 상호 포섭과 배제를 반복하며 경합하는 과정을 보여주는 중요한 존재들이라 할 수 있다.[16]

비교적 긴 단편에 속하는 최서해의 「해돋이」(『신민』 1926.3)에는 삼일운동으로 감옥에 갔다가 마침내 사회주의 운동의 대열에 뛰어든 "뜨거운 정열"의 소유자 만수가 등장한다. 감옥에서 보낸 1년은 만수로 하여금 자신의 열정을 자유롭게 펼칠 수 있는 드넓은 천지를 한층 더 동경하게 만든다. 외로운 사람들과 동지를 규합해 "단체를 조직하여 천하를 가르보고 시기를 기다리는 무대라고 명성이 뜨르렁하던 상해, 서백리아와 북만주를 동경"하는 만수의 심정은 흡사 순교자의 내면과도 같아서 그는 뼈가 부서져도 민중을 구하겠다는 신념에 경도된다.

문제는, 만세운동에 가담한 전력이 있는 그가 북간도로 건너가 ××X에 합류하게끔 한 내적 동력이 다름 아닌 "공부에 뒤진 고민과 연애에 대한 번민"으로 형상화되어 있다는 사실이다. 천하를 호령하는 풍운아로서의 꿈에 들뜬 만수의 내면에는 서울에서 신교육을 받지 못했다는 데서 오는 뿌리 깊은 콤플렉스와, 사랑 없이 장가들게 한 어머니에 대한 분노, 그리고 연애에 대한 무한한 갈망이 복잡하게 뒤엉켜 있

---

16 권보드래는 "1920년대 전반에 사회를 풍미했던 연애 열풍과 1923년 관동 대지진 이후 모습을 드러내기 시작, 1920년대 중반부터 주류를 이룬 사회주의 운동 사이에는 분명 어떤 접점이나 갈등이 있었을 터이지만, 이를 최서해의 서문처럼 뚜렷이 드러낸 예는 찾기 어렵다"고 평가한 바 있다. 권보드래, 『연애의 시대』, 현실문화연구, 2003, 143면.

다. 밖에 대한 동경과 번뇌가 안으로는 연애에 대한 번민의 모습을 취하고 있었던 것이다.

신교육과 자유연애라는 동경의 대상이 멀어지면 멀어질수록 가슴에 끓어 넘치는 정열은 더욱 뜨거워지는 형국이 연출되면서, 만수는 공부와 연애에 뒤쳐졌다는 한을 풀기 위해 만주 벌판을 헤매며 '민중적 큰 일'을 도모한다. 서울이나 일본으로 유학을 다녀 온 소위 '유학파' 출신들과 동시대를 산 만수는 본인조차도 그 근원을 알 수 없는 열정에 포박되어 있었지만, 소위 '있는 집 자제'이거나 '배운 청년'에게만 허락되는 '연애'로부터 그는 철저히 소외되어 있었다. 이에 만수는 "모든 불합리한 인습에 반항하려고 한다"라면서 처와 이혼한다.

이혼한 처를 친정으로 보낼 때 만수의 가슴도 쓸쓸하였다. 죄없는 꽃다운 청춘을 소박주어 보내거니 생각할 때 그의 불안은 컸다. 그러나 불안은 인류가 인류에 대한 사랑에서 노출하는 불안이었다. 이성에 대한 연애에서 우러나오는 것은 아니었다. 그러므로 그렇게 동정하면서도 다시 끌어다가 품에 안기는 몸서리를 칠 지경 싫었다.

이혼만으로서는 만수의 고민을 고칠 수 없었다. 만수는 어찌하든지 고민을 이기고 사람답게 살려고 애썼다. 이때 그의 머리에는 희미하나마 자기의 전인격을 인류를 위하여 바치려는 정신이 일종의 호기심과 아울러 떠올랐다. 공부에 뒤진 고민과 연애에 대한 번민은 인류를 건지려는 열심으로 점점 경향을 옮겼다. 그 사상은 마침내 무르녹아 그로 하여금 감옥 생활을 하게하고 만주로 향하게 하였다.[17]

---

17 「해돋이」,『전집』上, 202면.

이처럼 만수가 어머니의 뜻을 거스르면서 이혼을 감행하고, 삼일운동에 참가했다가 감옥살이를 하고, 만주와 서백리아 등지를 떠돌며 "인류를 위해" 헌신하겠다는 굳은 결심을 하게 된 것은, "공부 못한 것"과 "사랑 없이 장가든 것"이 그의 가슴에 적원(積怨)으로 남아 있었기 때문이다. 만수의 긴 방황은 두 번째로 맞이한 아내의 가출, 그리고 어머니 김소사와 딸 몽주의 끝 모를 비애와 굶주림으로 이어지지만, 만수의 눈에서 "딴 세계를 동경하는 빛"이 사그라질 줄은 모른다.

서간체 형식을 취하고 있는 「전아사」(『동광』 1927.1)에서 '형님'에게 편지를 쓰고 있는 '나' 역시도 뒤처진 공부와 연애의 실패가 주는 쓰린 고통과 모멸감을 '보다 큰 목적'을 위한 헌신으로 치유하려는 노력을 기울인다. 서울로 공부하러 가지 못한 것을 크나큰 고통으로 여기던 '나'는 배우지 못한 데서 오는 설움과 배고픔을 견디다 못해 홀로 상경한다. 이 때 비로소 그토록 갈망하던 '연애'의 맛도 보지만 "그 단맛에 취하여 어쩔 줄 몰랐"던 심정도 잠시, '나'는 보기 좋게 실연을 당한다. 「해돋이」의 만수가 연애에 대한 갈망을 곧바로 운동가로서의 삶 속에서 해소하고자 했다면, 「전아사」의 주인공은 실연으로 인한 상흔을 "내게는 큰 목적이 있다. 연애에 상심할 때가 아니"라면서 "스스로 억지의 위로"를 한다. 이후 '나'는 ××주의적 사상과 행동에 더 한층 공명하게 되어 "이삼 일 안으로 이상적 사회나 건설할 듯이 만장 기염을 토하고" 다닌다. 하지만 그 기운이 오래 지속되는 것은 아니다.

「해돋이」와 「전아사」에서 그려지는 주인공들의 내면과 행적은 「고국」(『조선문단』 1924.10)의 주인공 운심이의 경력을 떠올리게도 한다. 「해돋이」의 만수처럼 "항상 알지 못한 딴 세상을 동경"하던 운심은 3·1운동이 일어나던 해 서간도로 떠난다. 운심이는 청시허라는 작은 동리에서 새 삶의 터전을 마련해 그곳에서 아이들을 모아 놓고 이야기도 하고 글도 가르쳐 보지만 그들은 그 가르침을 이해하지 못한다. 편지 한 장 신문 한 장 읽을 수 없는 외진 곳에서 운심은 "속절없이 스러져 가는" 자신의 신세를 한탄하며 더 큰 비애감만 맛보고 그곳을 떠난다. 때마침 남북 만주에서 독립단이 벌떼같이 일어나자 "피 끓는 청춘인 운심이는 그저 있지 않"고 독립군에 뛰어 들어 배낭을 지고 총을 메 보지만 거기서도 금세 그는 염증을 느끼고 귀국한다.

흥미로운 것은, 어떤 대의에 설복되어서가 아니라 지극히 개인적인 내적 공허감과 열정에 긴박되어 독립 운동이나 사회주의 운동의 대열에 불나방처럼 뛰어드는 위의 주인공들이, 연애나 공부에 대한 갈망이 깊어지면 깊어질수록 연애라는 천박한 행위에 대한 비난의 수위를 함께 올린다는 사실에 있다. 제대로 연애를 해 보지 못했다는 것에 심한 분노와 좌절을 느끼던 이들은 후일 운동가로 극적인 변신을 도모한다. 그리고 이 과정은, 인간은 진정으로 원하는 것을 세상으로부터 얻지 못할 때 자신은 그것을 원하지 않았노라고 스스로 세뇌해야만 한다[18]는 명제가 참임을 몸소 증명하는 과정과 동궤에 있다.

이성과의 달콤한 사랑이라는 연애의 망상에 빠져 허우적대기보다는 전 인류를 사랑하고 구원하는 일에 몰두하겠다는 비약 속에서, 연애를 하지 못한 개인적 원망은 연애라는 것 자체의 의미를 평가 절하하는 운동가적 사명으로 대체된다. 자신의 사랑을 받아 줄 것 같지 않은 여성 앞에서 지레 모욕감을 느끼며 "그까짓 조그마한 계집애" 때문

---

[18] 이사야 벌린, 앞의 책, 64면.

에 번민하지 말고 "민중적 큰 일을 해 보자"고 결의하는 「보석반지」의 주인공이나, 연애의 기회를 박탈당하자 애써 "연애를 그리 대단히 보려고 하지 않"는 「해돋이」의 만수 등이 이를 입증한다. 「탈출기」(『조선문단』 1925.3) 의 주인공이 말하는 "민중의 의무"를 이행하기 위해서라면, 또는 「해돋이」의 만수가 부르짖는 "민중적 큰 일"을 도모하고자 한다면, 어떻게 "나 혼자 사랑의 품에 안"길 수 있겠느냐는 것이다.

단념! 단념할란다. 나는 절대 B를 생각하지 않으련다. 죄 없는 인간들을 처참한 구렁에 빠뜨려 놓고 나 혼자 사랑의 품에 안겨? 거기 잘못 빠지면 나는 헤엄을 잘 못 칠 것이다. 그렇게 되면 나의 이상은 다 헛일이다.[19]

'내가 왜 이러나? 응 글쎄. 내가 어서 공부나 열심히 하자! 어떠한 고통이든지 이기고 나가서 민중적 큰일을 해보자. 그까짓 조그마한 계집애 때문에 번민하다니……. 나는 애써 단념하려고 하였으나 쉽게 스러지지 않았다.[20]

연애 때문에 빚어진 심각한 상대적 박탈감이, 연애와 인류애 간의 엄격한 위계화로 귀결되는 이 같은 양상은, '나의 연애관'이라는 부제를 달고 있는 최서해의 산문 「전생명의 요구는 아니다」(『조선문단』 1925.7) 가 기대고 있는 핵심 명제, 즉 "인류애로 연애를 이기고 실의의 상흔을 고친 이가 많다"라는 구절을 떠올리게 한다. 이 글에서 최서해는 연애란 그 근원을 따지자면 "성적으로 자기를 충실히 하려는 강렬한 애욕

---

19 「백금」, 『전집』上, 181면.
20 「보석반지」, 『전집』上, 53면.

에서 나오는 것"이지만 궁극적으로는 "이성이라는 한 인격이 이성이라는 한 인격에 대한 요구"를 뜻하므로 "영육의 일치"를 의미한다고 서술한다. 또 연애란 성적·영적 두 방면에서 충실을 요구하기에 상호 간의 인격적 이해와 존중에 바탕을 둔 자유로운 이성 교제가 지지되어야 한다고도 주장한다. 이렇게 볼 때 최서해의 연애관이 영육일치의 엘렌 케이의 연애론을 중심으로 전개된 1920년대 연애 담론의 자장에서 크게 벗어나 성립되었다고 볼 근거는 없다. 번역된 연애, 모방된 연애라는 널리 알려진 문학사적 통념에 비추어 볼 때도 최서해의 자리는 그다지 돌출적이지 않다.[21] 사랑도 하기 전에 사랑하고자 하는 욕망이 먼저 있었다는 주장을 여기서도 굳이 되풀이할 필요는 없어 보인다.[22]

이 글이 주목하고 있는 최서해의 의도랄까 전략은 다름 아닌 자기 합리화에 있다. 연애의 위대성과 중요성을 그토록 힘주어 강조하면서도 그는 그것이 다'는' 아니라는 유보적이고 방어적인 태도를 고수한다. 인간은 연애에 실패할 수도 있기 때문이다. 만일 "연애지상주의자"라고 지칭되는 일군의 사람들이 말하는 대로 '연애 = 전 생명'이라면,

---

21 이를테면 아내를 품에 안아 보지만 책에서 읽은 어떤 관능미 있는 인물이 떠오르면서 그 열정이 확 사라지는 풍경을 그리고 있는 다음 대목은 참으로 인상적이다. "끊어지도록 안아도 그저 눈을 내리감고 귀밑만 불그레해서 일언반사가 없는 아내를 보는 때면 흥분되었던 그의 감정은 꿈같이 스러지면서 온몸의 피가 식어 내렸다. 동시에 어떠한 유혹을 느꼈다. 상큼거리는 맑은 눈! 타는 듯한 입술! 파르르 떨리는 백어 같은 손가락과 대리석같이 희고도 뜨거운 팔! 인정 있게 속삭이는 그 아름다운 목소리― 그의 기억에 남은 소설의 주인공들이 그의 눈앞을 **엷은 베일을 쓰고 꿈같이 지나갔다.**" (강조―인용자) 「용신난」, 『전집』上, 396면.
22 1920년대 연애 담론과 그것의 문학적 형상화에 관해서는 권보드래, 『연애의 시대』, 현실문화연구, 2003; 김지영, 「근대문학 형성기 '연애'표상 연구」, 고려대 박사논문, 2004; 임정연, 「1920년대 연애담론 연구」, 이화여대 박사논문, 2005; 최미진·임주탁, 「한국 근대소설과 연애담론」, 『한국문학논총』44집, 2006.12; 류종렬 외, 「근대의 성립과 연애의 발견」, 『한국문학논총』43집, 2006.8 등을 참고.

연애의 기회를 갖지 못하거나 실연한 자들은 살아갈 의미를 어디서 구해야 한다는 말인가. 최서해는 '인류애'에서 그것을 찾고자 한다. 연애는 범위가 좁지만 인류애는 포괄하는 대상이 많아지면 많아질수록 더 힘 있고 커진다는 것이다.

> 사랑하는 사람을 위하여서는 희생을 아끼지 않는다—하는 말을 흔히 들으나 이것은 전연히 자기를 부인하는 말이 아니다. 사람은 한 자기보담 두 자기, 세 자기, 이렇게 여러 자기를 조성할수록 법열을 느끼는 것이다. 그 법열이 내 생의 충동이며 확충이다. 한 인간을 위하여 희생함은 한 자기를 조성함이며, 두 사람, 세 사람, 열 사람, 백 사람, 천 사람을 위하여 희생하면 두 자기, 세 자기, 열 자기, 백 자기, 천 자기를 조성함이니 (…중략…) 예수 석가가 그러한 사람이며 쏘크라테스, 공자가 그러한 사람이다. 그런데 연애는 범위가 좁다. 한 인격을 완성하는 위대한 힘은 되나, 만 인격을 완성하는 인류애와는 다르다.
>
> "한 사람으로는 고적하고 두 사람으로는 원만하고 세 사람부터는 질투와 살육이 일어난다." 이것은 연애의 범위다. 그러나 인류애는 그 대상이 많으면 많을수록 더 힘 있고 커지는 것이다. (…중략…) 인류애는 이렇게 그 범위가 커서, 이 인류애로 연애를 이기고 실의의 상흔을 고친 이가 많다.[23]

인격의 성숙이라는 기준으로 연애와 인류애의 가치를 저울질하는 위 글의 논리는, 한갓 연애를 하느니 민중적 큰 일을 도모하는 편이 낫겠다고 애써 위로하며 가출을 결행하는 앞선 주인공들의 어두운 내면을 인화한 결과물처럼 보인다. 알 수 없는 내적 열정에 이끌려 조선과

---

23 「전생명의 요구는 아니다」, 『전집』 下, 208면.

간도를 넘나들며 인류애를 실현하겠다고 토로하는 이 낭만적 주체들은, "연애냐 혁명이냐"라는 갈림길에서 결국 혁명을 택한다. 그러나 과연 그것을 '선택'이었다고 말할 수 있을까. 지금부터 밝혀 볼 문제는 이것이다.

3. '私的인 것'의 귀환

이 지점에서 우리는 최서해의 주인공들이 그토록 원한 '연애'가 과연 무엇이었는지 새삼스럽게 질문하지 않을 수 없다.

산문 「전생명의 요구는 아니다」가 최서해의 연애관을 단적으로 드러낸 경우라면, 그 관점에 의해 채색된 내면의 풍경을 담고 있는 것이 단편 「보석반지」(『시대일보』 1925.7)이다. 「보석반지」는 최서해 소설을 논의하는 자리에서 거의 언급된 적 없는, 소위 대표작의 반열에 들지 않는 작품이다.[24] 첫 작품집 『혈흔』에 실렸다는 상징적 중요성에도 불구하고 별다른 주목을 받지 못한 것은, 이 작품이 그다지 '최서해적'이지 않다는 논자들의 판단에 주로 기인할 것이다. 그러나 이 글에서 「보석반지」의 위상은 연애의 문제와 관련해 사뭇 달라질 수밖에 없다.

「보석반지」의 주인공은 뜨거운 가슴을 지닌 스물 셋의 청년이다. '나'는 이성의 뜨거운 사랑을 열렬히 구하나 자조적이고 비관적인 품성

---

[24] 권보드래(앞의 책, 145면)와 박상준(앞의 책, 350면) 등이 단편적으로 언급한 정도이다.

으로 말미암아 그것을 선뜻 드러내 놓지는 못한다. 가정교사로 들어간 최목사의 집에서 최목사의 누이 혜경을 짝사랑하게 된 '나'는 그녀가 베푸는 사소한 친절 앞에서도 황홀을 느낄 만큼 정열을 불태우지만 고백은 꿈도 꾸지 못한 채 안으로 번민을 키운다. "거치른 환경에서 거치른 바람에 꽉꽉 응결되어서 인간의 달콤한 정열을 못 느낀 내 마음은 공교롭게 만난 이성의 냄새와 빛에 봄눈같이 풀렸"지만, 워낙 불행에 익숙해져 있는 '나'는 "어떠한 행복을 생각할 때면 그것이 나에게는 무의미하다는 것보다 와질 것같이 믿어지지 않"았기에, 환상 속에서만 혜경의 허리를 끊어지도록 포옹해 볼 뿐이다.

하지만 주인공의 눈에 띄는 큼지막한 보석 반지가 알려주듯 혜경은 마흔 둘의 돈 많은 남자와 이미 결혼한 상태다. 혜경이 결혼했다는 사실에 알 수 없는 멸시와 모욕의 감정까지 느끼며 '나'는 혜경과 최목사의 속물스러움을 탓한다. 물론 자신에게는 그녀를 비난할 아무런 권리가 없음을 '나'는 알고 있다. 하지만 중요한 사실은, 이 작품에 "어떠한 기회를 얻어서든지 붓으로나 입으로 설토"해야만 하는 '나'의 넘치는 열정과 번민만이 있을 뿐, 상대방인 혜경의 내면에 대한 탐색이 전무하다는 것이다. 기실 그들은 한 마디의 대화도 나누지 않는다. 자신을 사랑해 주지 않는 혜경을 속물로 재단해버리는 주인공의 내면은 "대립적 인물을 속물로 재단해버리는 한국 근대소설의 뿌리 깊은 관행"[25]을 새삼 떠오르게 하는 것이 사실이다.

'내'가 혜경의 결혼반지를 발견하고 그토록 심한 모멸감을 느끼는 것은 그녀가 결혼할 줄 뻔히 알면서도, 적어도 반지를 보기 전까지는, '나'

---

[25] 박헌호, 앞의 책, 143면.

는 시시각각 그녀와의 "단란한 부부 생활"을 그려 봤기 때문이다. 혜경이 왼손 무명지에 끼고 있는 홍보석 반지는 그러나 그녀를 사랑할 수는 있지만 그녀와 결혼할 수는 없다는 사실을 선고한다.

결혼반지 앞에서 맥없이 무너지는 모습을 보임으로써 「보석반지」의 주인공에게 "러브" 곧 연애가 의미하는 바는 보다 뚜렷해진다. '나'에게 연애는 일차적으로 "이성의 뜨거운 사랑"을 의미하지만, 궁극적으로 그것은 "단란한 부부생활", 또는 가정이라는 구체적인 '장소성', 즉 사적 영역을 지향하고 있음에 유의해야 한다.

한나 아렌트에 의하면 사적인 것의 본래적 의미는 절박하게 필요한 것을 의미한다. 인간은 사적 영역에서 기본적 삶 즉 생계를 유지하기 위한 활동을 한다는 점에서 가정과 같은 사적 영역은 필연성의 산물이자 필연성의 지배를 받는다. 반면 폴리스와 같은 공론 영역은 자유의 영역이다. 폴리스에서 인간은 힘과 폭력이 아닌 말과 행위로써 상대방을 설득하고 타인과 토론한다. 따라서 인간이 자신의 개성과 탁월성을 입증하고 발휘할 수 있는 곳은, 이 모든 가능성이 박탈된 사적 영역[26]이 아닌, 폴리스라는 공론 영역이었다. 그러나 사적 영역이 박탈성만을 본령으로 하는 것은 아니다. 마르크스적 의미의 사유 재산 또는 부(富)와는 무관한 '소유'라는 개념은 사적 영역 고유의 것으로[27] 사적 소

26　본래 '박탈된'이라는 의미를 지닌 '사적인'이라는 정치적 동물인 인간에게 필수적인 어떤 것이 박탈되어 있음을 의미한다. 즉 타인이 보고 들음으로써 생기는 현실성의 박탈, 공동의 사물세계의 중재를 통해 타인과 관계를 맺거나 분리됨으로써 형성되는 타인과의 '객관적' 관계의 박탈, 삶 그 자체보다 더 영속적인 어떤 것을 성취할 수 있는 가능성의 박탈 등이 그것이다. 사적 생활의 이 같은 박탈성은 타인의 부재에 기인하는 것이다. 한나 아렌트, 이진우·태정호 역, 『인간의 조건』, 한길사, 2001, 112면.

27　아렌트가 말하는 '소유'와 마르크스주의적 의미의 '사유' 간의 본질적 차이에 관해서는 위의 책, 112~121면 참고.

유(所有)는 말 그대로 장소를 가짐, 즉 세계 안에서 자기 자신의 구체적 장소를 갖는다는 것, 또는 공공성으로부터 스스로를 보호하는 은신처를 갖는다는 것을 의미한다. 타인들이 있는 곳에서만 보내는 삶은 천박해지고, 어두움이 제거되면 밝음은 더 이상 밝지 않다. 따라서 사적 영역의 제거는 인간 실존의 위험을 야기한다. 사적 소유의 폐지가 빈곤의 악을 치유할 수는 있어도 보다 큰 악인 전제주의를 야기할 수 있다고 생각했던 프루동을 인용하면서 아렌트가 강조하려던 것은 다름 아닌 사적 영역의 고유함이었다.

결국 사적인 영역과 공적 영역은 한 쪽이 다른 한 쪽을 배제하는 관계라기보다는 본질적으로는 하나인 인간의 두 조건을 이룬다. 그렇기 때문에 한 쪽을 포기함으로써 다른 한 쪽을 부풀릴 수 있다거나, 하나를 희생함으로서 다른 하나를 살찌울 수 있다는 논리는 성립하지 않는다.

사회라는 모호한 영역이 출현함으로써 공론 영역과 사적 영역의 본질적 차이가 흐려지는 과정을 섬세하게 그리고 있는 아렌트의 이론적 맥락[28]에, '公을 위한 私의 포기(희생)'를 공공연하게 부르짖는 최서해의 인물들을 위치지우면, 왜 이들이 우울과 침체, 그리고 분노에서 결국 헤어나지 못한 채 또 다른 실존적 위기에 직면하는지 이해할 수 있게 된다.

우선 눈여겨보아야 할 점은, 한 여성에 대한 사랑이 가능하지 않게

---

28 근대에 이르러 발생한 '사회'라는 영역은 사적 영역과 공론 영역의 본질적인 차이, 다시 말해 보여야만 하는 것과 숨겨져야만 하는 것 사이의 경계선을 불분명하게 만든다. 개인의 보존과 종의 지속을 관리하고 보장하는 사적 영역의 일이 공공의 사안이 됨으로써 단순히 생존에 관련된 활동(경제 활동)이 공적으로 등장하는 곳이 바로 사회라는 것이다. 이처럼 사회는 사적 영역을 잠식했을 뿐 아니라, 본래적인 의미의 공론 영역인 정치적 영역까지도 부식시킨다. 폴리스(공론 영역)에서 인간은 탁월성과 개성을 입증하기 위한 '행위'를 요청받지만, 사회가 인간에게 기대하는 것은 규칙에 따르는 유형화한 '행동'이기 때문이다. 위의 책, 90~102면.

되자 인류를 사랑해버리겠다고 결심한 최서해의 주인공들이, 천하를 호령하겠다는 포부나 문필가로서 성공하겠다는 야심을 불태우면서도 끊임없이 자조와 우울, 그리고 비애의 감정에서 벗어나지 못한다는 사실이다. 「보석반지」의 주인공은 끝끝내 혜경을 향했던 넘치는 열정을 삭이지 못했다고 고백하고(“젊은 가슴에 한 번 끓어 넘은 사실은 그렇게 용이히 스러지지 않았다. 날이 가고 달이 갈수록 혜경이와 보석반지는 내 가슴 속에서 서로얼크러져 싸우는 때가 많았다.”), 「해돋이」의 만수의 내면에서는 아무리 “연애를 그리 대단히 보려고 하지 않”아도 “연애의 불꽃이” 좀처럼 꺼지지 않는다. 뭔가 ‘큰 일’을 도모하기 위해 가족 곁을 떠난 「백금」(『신민』1926.2)의 주인공은 이런 상태를 다음과 같이 표현한다.

> 공중으로 솟는 내 영혼은 땅에 붙은 내 육체를 끌어올리려 하고, 땅에 자빠진 내 육체는 공중으로 솟으려는 내 영혼을 끄집어 내리려 한다. 그러나 두 사이는 점점 벌어질 뿐이다. 거기에 차는 것은 고통, 번민, 우울, 비애, 침체, 분노뿐이다.[29]

미완의 소설 「용신난」(『신민』1928.8)에서는 이 꺼지지 않는 연애의 불꽃이 가슴 한 구석에 남은 허전함으로 변주되어 등장한다. 아내를 사랑하지는 못하지만 더 많은 사람을 사랑할 수 있다는 신념으로 청년회와 노동 동맹에 열정적으로 참여하는 주인공의 가슴은 그럼에도 여전히 공허하다.

> 동정과 뜨거운 사랑은— 처지를 같이 한 사람이 처지를 같이 한 사람에게 대

---

29 「백금」, 『전집』上, 182면.

하는 이해의 동정과 사랑은 참으로 굳세인 것이었다. 이성에게 대한 사랑은 한 사람을 포용하지만 그 사랑은 수없는 사람을 포용하고도 남음이 있었다. 그는 그 사랑으로써 아내와의 동거를 충분히 유지하였고 청년회와 노동 동맹의 신망을 받았다. 그러면서도 그의 가슴은 때로 헛헛하였다. 자기의 사업을 이해하고 자기의 사업에 힘 될 이성이 그리웠던 것이다.[30]

앞에서도 논의되었듯 연애에 실패한 이들 주인공의 열정은 '민중적 큰 일'을 도모하는 데로 옮겨 붙는다. 그 전환의 시점부터 이들이 열렬히 추구하는 것은 공적인 영역에서 자기 자신의 탁월성을 입증해내는 일이다. 이들은 조선 '사회'가 요구하는 획일화되고 표준적인 행동을 거부하고 이혼이나 가출, ××주의적 단체 출입과 같은 반항을 감행한다. 여기에도 만족하지 못한 이들은 만주나 서백리아로 표상되는 광활한 공공 영역에서만 발휘될 수 있는 명예로운 정치적 '행위'를 열망한다. 혁명가로서의 삶이 허락되지 않는 경우라면, 문필가가 되는 길을 선택함으로써 이들은 명예로운 삶을 꿈꾼다. 「전아사」에서 연애에 상심한 '내'가 '큰 목적'을 상기해낼 때 그 '큰 목적'은 바로 문필가가 되는 것이었다. 탈가를 결심하고 만주 벌판을 헤매거나 홀로 상경하여 주린 배를 움켜쥐고 원고를 쓰면서도, 자유로운 '행위'와 '말'에 대한 이들 주인공의 욕망은 포기되는 법이 없다. 「해돋이」에서 만수가 그토록 찾고자 했던 "자유로운 천지", 즉 "의기로운 사람들이 동지를 규합하고 단체를 조직하여 천하"를 호령하는 공간은, 먹고 자고 일해야 하는 생물학적 필연성에 속박된 채 언젠가는 죽을 수밖에 없는 한 인간을 "잠재

---

30 「용신난」, 『전집』上, 397면.

적 불멸성으로 초월"[31]하게끔 한다.

그렇지만 드넓은 공간에서 '정치적 동물'로서의 행복을 추구하고자 했던 이들은, 자신의 '소유', 다시 말해 사적 영역 고유의 은폐된 장소성, 은밀함, 어두움 같은 것들을 깡그리 부정함으로써 더 큰 공적 행복에 도달할 수 있다는 자기기만에 빠진다. 위기에서 벗어나려던 이들이 도리어 더 깊은 함정으로 빠져드는 듯한 불안을 느끼는 이유는 여기에 있다. 이들은 사적으로 보호받아야 하고 은밀하게 감추어두어야 하는 사랑의 기회 자체를 박탈당하자 그것을 회복하려고 하는 것이 아니라 그것은 '원래 중요하지 않았다'고 스스로 세뇌한다. 만일 「해돋이」의 주인공 만수의 말대로 "연애에 뒤진 것"이 그토록 사무치는 적원이 되었다면, 만수는 모든 것을 제쳐놓고서 연애에 투신했어야 했다. 하지만 그는 연애로 상징되는 '자기만의 장소 갖기'를 스스로 거부함으로써 숨겨진 영역이 얼마나 풍부하고 다양하게 존재할 수 있는가를 미처 발견하지 못하거나 그것을 보고도 애써 눈을 감아버린다.

더군다나 만수와 그의 분신들이 그토록 살아보기를 갈구한 그 공간(공론 영역), 다시 말해 '인류를 사랑'하겠다며 뛰어든 그 공간에서 결코 사랑은 추구될 수 없고 원해져서도 안 된다. 아렌트의 비유적 표현을 빌려 온다면, 사랑은 "공적인 빛을 견딜 수 없기" 때문이다. 아렌트가 여러 저작에 걸쳐 두루 강조하고 있듯이 선이나 사랑과 같이 우리가 인간의 '마음'이라 바꾸어 부를 수 있는 모든 것들은 어둠이 품어 줘야만 제대로 숨 쉬거나 자라날 수 있다.[32] 정치적 행위는 명예를 위해 입

---

31 그리스인들은 "타인과 공유하는 어떤 것이 자신들의 현세적 삶보다 더 오래 영속하기를 원했기 때문에 공론 영역에 참여"한다. 한나 아렌트, 앞의 책, 108면.

증되고 발휘되어야 하지만, 사랑과 선은 자신이 하는 것을 스스로 모를 때에만 사랑이고 선일 수 있다. 이성을 사랑할 수는 없지만 인류는 사랑할 수 있고, 연애는 한 사람을 사랑할 뿐이지만 인류애는 천만 사람을 사랑할 수 있다는 만수의 논리가 지지되기는 힘들다. 연애와 인류애는 一 : 多의 비례식을 대입해 풀 수 있는 문제가 아니기 때문이며, 인류는 사랑의 대상이 아니라 함께 토론하고 상호 설득해야 하는 실질적 관계를 '나'와 형성하고 있기 때문이다.

연애를 희생하거나 포기함으로써 더 위대한 인류애를 실현할 수 있다는 논리는 대단히 위험스런 결과를 야기할 수도 있다. 왜냐하면 인류애를 부르짖는 많은 경우에, 사랑의 대상은 인간이 아니라 인류애라는 탁월한 이념 자체일 가능성이 훨씬 더 높기 때문이다. 이념에 대한 사랑 앞에서 인간에 대한 사랑은 실종되기 마련이다. 인류를 구하기 위한 정치적 행위는 있을 수 있지만 인류를 사랑하는 인류애는 '입증'되거나 '실험'될 수 없는 것이다. "사랑은 우정과는 달리 공적으로 드러나는 한 끝나거나 없어진다."[33] 사랑은 오로지 사적 영역에서만 살아남는다. 아렌트가, 사랑을 통해 세계를 변화시키고 인류를 구원하겠다는 정치적 시도를 거짓되고 왜곡된 것으로 바라보는 것은 이 때문이다.

이 대목에서, 모든 사적 소유를 부르주아적인 것으로 간주하고 내면을 문제 삼는 일 자체를 죄악시하는 것은 파시즘의 징후와 다를 바 없다는 마르쿠제의 경고가 떠오르거니와[34] 다행히도 최서해는 전 인류

---

32 한나 아렌트, 홍원표 역, 『혁명론』, 한길사, 2004, 181면.
33 한나 아렌트, 이진우·태정호 역, 앞의 책, 104~105면.
34 H. 마르쿠제, 박종렬 역, 『혁명과 반역―마르쿠제 평론선 Ⅱ』, 풀빛, 1984, 47면.

를 사랑해 보아도 채워지지 않는 갈망은 여전히 남아 있다는 어둡고 깊은 '내면'을 끝까지 간직한 여러 인물을 형상화해 놓았다.

'헛물켜던 이야기'라는 부제를 달고 있는 단편 「동대문」(『문예시대』 1926.11)도 이와 같은 맥락에서 새삼 유의미하게 읽힌다. 「보석반지」와 마찬가지로 기왕의 논의에서 거의 거론된 바 없는 「동대문」은, 친구들 의 속임수에 넘어가 잠시 동안 연애 감정에 달떠 허둥대던 우스꽝스런 자신의 모습을 회고하는 짧은 이야기이다. 스스로를 "연애라면 겉으로 픽픽 코웃음치고 비웃던 나"로 소개하는 것으로 보아, 주인공은 「해돋 이」나 「보석반지」의 주인공처럼 '그까짓 연애'보다는 '보다 큰 일'을 도 모하는 데서 삶의 의미를 찾고자 하는 인물임을 알 수 있다. 그러나 어 느 날 자신이 없는 사이 채영숙이라는 여자가 전화를 걸어 자신을 찾 았더라는 소식을 접한 순간부터 '나'는 연애라는 감정이 참을 수 없이 치밀어 오르는 경험을 한다. 아무리 부정하려 해도 점점 더 마음은 심 란해지고, 소설가인 '나'를 누군가가 짝사랑하고 있었던 것은 아닐까라 는 기분 좋은 몽상에도 잠겨본다. 다시 전화를 건 채영숙이 '나'를 동대 문으로 불러내자 '나'는 온갖 환상과 사랑의 감정에 취해 동대문으로 향한다.

무엇을 보았나? 오오 내가 글줄이나 쓰니 거기에 반했나? 그럴 리가 없다. 아 마 다른 일로 보자는 게지……. 이렇게 생각은 하나 연애란 생각은 걷잡을 수 없이 치밀어 오르고 또 그렇기를 은근히 바랐다.[35]

---

[35] 「동대문」, 『전집』 上, 296면.

이 "걷잡을 수 없이 치밀어 오르는" 연애에 대한 환상이야말로, 서해의 주인공들이 밝은 곳에서 그토록 해소시키고자 했던, 그렇지만 여전히 사적인 것으로 고스란히 남아 있는 어두운 내면이라 할 수 있다. 채영숙이라는 여자에게 보기 좋게 바람맞은 후, '나'는 그것이 친구들의 장난 전화였음을 알게 된다. "내 자신도 그러한 생각의 소유자인 사내"라는 것을 다시 말해 생면부지의 여성에게 달려갈 만큼 사랑에 굶주린 사내라는 것을 고백하는 이 자기 폭로적인 주인공은, 공적 가치와 대의에 포박되었던 사적인 것이 어느 덧 귀환했음을 알려 주는 의미 있는 존재일 것이다.

이렇게 볼 때, 1927~1928년을 경계로 최서해의 소설적 관심이 '현실폭로'의 자연주의적 경향에서 벗어나 '자기'안으로 축소되었다는 평가[36]나, 가난과 병고로 인해 현실 비판의 열정이 줄어들었다는 평가는 좀 더 유연해질 필요가 있겠다. 「보석반지」가 다름 아닌 첫 작품집 『혈흔』에 실려 있다는 점, 그리고 연애라는 테마가 진폭을 달리할지언정 그의 단편 곳곳에 지뢰처럼 숨어 있다는 사실 등이, 최서해가 현실에서 내면으로 눈 돌린 게 아니라 애초부터 비대해질 대로 배대해져 있는 내면과 열정에 이끌린 낭만적 주체였음을 강하게 암시하는 것은 아닐지 반문해보아야 한다.

---

36 김병구, 「최서해 소설의 (탈)식민성 연구―식민지적 정신성의 문제를 중심으로」, 『최서해 문학의 재조명』, 문학사와비평학회, 국학자료원, 2002, 31면.

4. 맺음말

최서해의 첫 작품집 『혈흔』의 서문 「혈흔」은, 그가 내면의 고통을 필사적으로 드러내고자 했음을 간취하게 한다. 문제는 그가 고독과 비애를 겪었다는 사실 자체가 아니라 그것을 토로하지 않고서는 못 배길 것 같다는 열정적인 고백을 했다는 점에 있다. 최서해는 "가슴에 끓어 넘치는 정열"로 "속 깊은 고통"을 겪고 또 그것을 세상 밖으로 내보이고 싶어 했지만, 세상은 그의 내면보다는 그의 체험에, 그의 뿌리 깊은 낭만적 성향보다는 카프가 기대하는 정치적 효과에 오랜 시간을 두고 주목해 왔다.

이 글에서는 체험에 근거한 현실 폭로라는 오랜 문학사적 평가가 최서해의 작품에 등장하는 청년들의 내적 열정의 문제를 간과하게 만들었다는 문제의식 아래, '연애냐 혁명이냐'라는 갈림길에 서서 고뇌하는 주인공의 내면을 본격적으로 고찰하였다, 이들 주인공이 조선과 간도 땅을 넘나들며 겪는 시련의 대부분은, 조선 사회에서 이들이 경험한 심각한 상대적 박탈감을 해소하기 위해 그들 스스로가 자초했다는 공통점을 보인다.

본문에서 언급된 여러 작품에서 연애는 민중적 큰 일(혁명)과 치열하게 경합하는 가치로 그려졌다. 여기서 주인공들은 서로 다른 고유의 존재 근거를 가지는 인간 조건의 두 영역, 즉 연애와 혁명을 평행적으로 보는 것이 아니라 위계적으로 평가함으로써, 연애와 관련된 뿌리 깊은 콤플렉스를 해소하려 한다. 하지만 사적인 것의 가치에 대한 자기기만적인 부정은 더 큰 실존적 위기를 야기한다.

연애를 죄악시하고 인류애라는 신성한 가치를 고상한 '애'의 전형으로 질서지우는 위계적 상상력은 사실 최서해 고유의 것은 아니다. 실연의 상처를 어떻게 치유해야 하느냐는 독자의 질문에, 한 여자를 사랑하기보다는 온 조선 사람, 온 세계 사람을 사랑함으로서 상처를 극복하라고 권유한 이광수[37]로부터, 모든 연애는 사적이고 부르주아적이라는 점에서 예외적인 경우('붉은 연애')를 제외한다면 배제되어야 한다고 주장했던 유수한 사회주의 문인에 이르기까지,[38] 인류애나 혁명적 대의와 경합하는 과정에서 사적 연애가 승리를 거머쥔 경우는 매우 드물다.

연애의 문제를 다루고 있는 최서해의 작품들이 이 같은 흐름 속에서 돋보이는 지점은, '민중적 큰 일'과 경합하는 내면의 가치로 형상화된 '연애'가 최종적으로 승리한 것은 아닐지언정 결코 압도적으로 패하지는 않았다는 사실에 있다. 오히려 최서해는 연애에 대한 갈망을 억누르고 자기 합리화를 거쳐 더 큰 일을 도모하던 주인공들이 궁극적으로 맞닥뜨린 깊은 우울과 비애의 정조를 포착해, 역설적으로 연애야말로 이들의 삶을 지탱하고 이끈 은폐된 추진력임을 드러내고 있다. 대의에 대한 강박과 공적 영역에서 탁월해지고자 하는 욕망이, 사적 영역 고유의 어두움과 숨겨진 것들에 대한 폭력적 개입으로 전화할 때, 인간은 더 큰 공적 행복에 도달하는 것이 아니라 실존 자체를 위협받게 된

---

37 이광수, 「상담란」, 『동광』 1호, 1926.5, 46~47면.
38 사회주의 문학에 나타난 연애의 문제에 관해서는, 이태숙, 「붉은 연애와 새로운 여성」, 『현대소설연구』 29집, 한국현대소설학회, 2006 참고.

다는 사실을 최서해만큼 예리하게 간파하고 있는 작가도 드물 것이다. 내면의 열정으로 가득 찬 낭만적 주체로 작가 최서해를 다시금 바라보게 될 때, 소위 그의 대표작이라고 할 만한 작품에 자주 등장하는 훙건한 피나 활활 타오르는 불꽃은, 다름 아닌 그의 내면에서 끓어 넘치던 열정의 문학적 표상은 아니었는지 새삼 질문하게 된다. 최서해 소설 연구의 새로운 지평은 이 같은 질문에 대한 해답을 찾는 과정에서 보다 진지하게 모색되어야 할 것이다.

제4장

본성, 폭력, 사랑 :
정념의 서사로서 프로문학의 조건(들)

송영 소설을 중심으로

최병구

1. 문제제기―프로문학과 정념

　프로문학에 나타난 감정의 문제는 프로문학 연구사에서 빠지지 않고 등장하는 주제이다. 초기에는 프로문학의 감정 문제가 낭만주의의 잔재이자 '총체성'을 확보하지 못한 개인의 과잉된 주관주의로 평가되었다. 이런 지점은 실제로 1927년 이후 프로문인들 스스로 인간의 감정에 입각했던 과거의 경향을 자연발생적인 것으로 반성하며, 그것을 극복해야 할 대상으로 발언했다는 점에서 결정적 근거를 확보했다. 그래서 프로문학의 중심은 정치투쟁의 슬로건이 본격적으로 제기된 1927

년 이후에 있다고 판단되었다. 그렇지만 현실 사회주의 국가의 몰락은 프로문학의 이러한 중심이 더 이상은 유효하지 않음을 증명하는 계기가 되었다. 이로 인해 1990년대에는 카프 해산 이후에 집중된 연구가 수행되었다. 카프 해산 이후 일제 말기 프로작가들에 대한 연구가 축적될수록 카프 시기 프로문학은 이념에 밀착된 것으로 쉽게 재단되어 버린 경향이 있다.

한편 2000년대 중반 이후 프로문학 연구사에서 감정의 문제는 긍정적인 의미를 부여받았다.[1] 감성 / 이성의 이분법을 극복하고 프로문학의 정치성을 드러내기 위한 기제로 '감성의 정치'가 새롭게 평가되었다. 또한 프로문학의 사회주의가 가지고 있는 과학적 특질을 일본발 지식의 유입과 자기화의 과정으로 새롭게 분석한 연구[2]를 통해 프로문학에 나타난 감정의 형식들에 대한 과학적 인식이 가능해졌다. 이러한 과정을 통해 프로문학과 감정이라는 주제는 프로문학 연구의 중요한 경향으로 자리 잡았다고 해도 과언이 아니다. 구체적으로는 1920년대 초중반 문학에 있어서 '낭만주의'·'상징주의', 정치사상의 '신칸트주의' 등과 프로문학의 상관성이 조명되었으며, 윤리·도덕의 문제가 집중적으로 제기되었다.

이처럼 이제는 다소 식상한 느낌마저 주는 프로문학과 감정이라는 주제는 폭넓은 외연을 가지고 있다. 그런데 프로문학에 나타난 감정의

---

1   차원현, 「문학과 이데올로기, 주체 그리고 윤리학」, 『민족문학사연구』 21, 2002; 이호걸, 「사회주의와 눈물」, 『대동문화연구』 64, 2008; 손유경, 『프로문학과 감정구조』, 소명출판, 2012 등.

2   이철호, 「신경향파 비평의 낭만적 기원」, 『민족문학사연구』 38, 2008; 송민호, 「카프 초기 문예론의 전개와 과학적 이상주의의 영향」, 『한국문학연구』 42, 2012.

문제에 천착한 일련의 연구들은 정작 조선 내부의 자생적 흐름 속에서 포착될 수 있는 정치성의 구조에 대해서는 면밀하게 살펴보지 않는다는 점에서 보완되어야 할 부분이 적지 않다.

실제 프로문학은 1920년대 초반 사회주의 매체를 중심으로 한 사회주의 운동가 집단과의 긴밀한 연관성 속에서 형성된 것이었다.[3] 1920년대 초반 사회주의 조직운동과 식민지 담론장이라는 특수성 속에서 구성된 문학에 대한 새로운 이념지향이 '카프'라는 조직과 그들이 추구했던 문화운동의 방향성을 결정했다. 요컨대 프로문학은 식민지 시기 사회주의 문화정치학의 자장 속에서 형성된 것이었다. 따라서 프로문학을 새롭게 읽는 작업은 그 기원에서부터 '문화운동'의 구조와 동력을 살피는 일로부터 시작되어야 한다.

이와 같은 맥락을 견지한 채, 이 글은 프로문학에 나타난 정념의 문제에 주목하고자 한다. 정념은 외부의 제약에 의해 형성되는 정서, 즉 내면의 상태를 지시한다. 분노, 슬픔, 기쁨과 같은 정념이 의미를 갖는 것은 그것이 정동으로의 이행을 통해 신체의 행동을 촉구하며 정치적 활동을 가능하게 만들기 때문이다.[4] 수동적인 신체는 사회주의로 인해 뒤바뀐 내면성으로 인해 구체적인 행동으로 나아간다. 식민지 시기 프로문학은 물질적 조건과 거기서 촉발된 사건에 근거하면서도 그것을 돌파하는 동력을 정념으로부터 얻게 되는 문화예술의 성격과 연동된다.[5]

---

3 이에 대한 자세한 내용은 최병구, 「1920년대 프로문학의 형성과정과 '미적 공통성'에 관한 연구」, 성균관대 박사논문, 2013, 2장 논의를 참고할 것.

4 질 들뢰즈, 서창현 역, 「정동이란 무엇인가?」, 『비물질노동과 다중』, 갈무리, 2005.

5 이는 1927년 이후 프로문학이 사회주의 조직운동과 밀접하게 연관되어 '문예의 정치투쟁'을 내세웠다는 논리와 모순되는 것으로 보일 수 있다. 그렇지만 1927년 이후 프로문학이 그 이전의 경향성으로부터 벗어나서 정치투쟁으로 귀결된다는 논리는 재고의 여지가 있는 것

그래서 프로문학을 정념의 서사로 읽는다는 것은 프로문학에 스며들어 있는 당대 사회에 대한 작가 개인의 감각과 '정치적 공동체'의 절합 과정을 질문하는 것이다. 우리는 생활 속에서 분노와 공포, 적대감 등을 느낀다. 지배 권력은 제도화된 시스템을 이용하여 이러한 감정 상태를 '합법'이라는 이름으로 조작하고 통제한다. 이때 개인은 이러한 통제에 너무나 무기력하다. 개인의 힘과 국가제도의 힘이 충돌하는 순간의 결과는 일방적이다. 프로문학은 이러한 합법적 폭력이 가지는 비윤리성과 잔인함을 날카롭게 인식하고 폭로하고자 했다. 프로소설에서 발견되는 주인공 주체의 정념은 바로 이러한 합법적 폭력을 드러낸다. 프로문인들은 과학적 사회주의를 통해 개인의 운명으로 받아들여져 왔던 현실이 자본주의적 국가권력에 의해 지배되고 있음을 인식했다. 이러한 맥락에서 프로문인이 느끼는 분노나 공포, 슬픔은 자본주의적 국가권력의 폭력에 대항한 정치적, 사회적 실천을 위한 중요한 기제로서 주목된다.

카프 시기(1925~1935) 송영의 소설에서는 이와 같은 측면들이 중요한 면모로 부각된다. 그의 소설은 다른 프로작가들과 비교할 때 가장 극적인 형태의 정념이 드러나는 특징을 보인다. 그는 스스로를 "불 같은 意氣 雄大한 計劃만을 가슴에 품고 한걸음 나아간 적극적 행동을 갓지 못한 弱點"[6]의 소유자로 인식할 만큼 정념과 실천의 문제에 민감했다.

이다. 가령 1927년 『조선지광』에서 벌어진 유물논쟁의 과정에서 조직논리가 아닌 철학적 유물론에 대한 논의가 활발하게 이루어졌으며 송영의 「윤리적 이상문제」(『조선지광』, 1927.8)나 김복진의 「신체와 영혼, 육체와 정신과의 이원론에 대항하여」(『조선지광』, 1928.5~7)와 같은 글들이 제출되었기 때문이다. 이에 대해서는 별도의 지면을 통해 본격적으로 논의하고자 한다.

6 「내가 본 나 名士의 自我觀」, 『별건곤』, 1930.5, 62면.

삶에 대한 열정은 누구보다 뜨거웠으나 카프운동의 전위에 서는 것은 주저했다. 이로 인해 1930년대에는 "실생활을 쓰지 못하고 허황한 정치적 사실을 취급하여 가지고 실패한 작품 낭만적 작품 비현실적 작품"[7]을 쓰며, "작품의 태반이 虛構한 사실을 그대로 기록한 것 같은 感"[8]을 주는 작가라는 평가를 받기도 한다. 그렇지만 이러한 평가는 거꾸로 송영이 자기 정념의 극대화를 통해 현실의 구조적 모순을 드러낸 작가였음을 반증하는 것이기도 하다. 송영에 대한 당대의 평가는 특정한 정치이념이 강제된 상태에서 이루어진 것이었음을 추측해 볼 수 있다. 무엇보다 송영은 1차 방향전환 직후인 1927년부터 1934년까지 학교에서 아이들을 가르치며 『별나라』의 편집에 관여하며 문화운동을 펼칠 만큼 꾸준한 실천을 한 작가이다.[9] 요컨대 그의 실천은 조직·전위의 실천과는 또 다른 형태였던 것이다.

이러한 정황들은 송영 소설에 나타난 정념의 문제가 "허황한 정치적 사실"로 귀결되는 것이 아니라 작가 주체의 사회적 실천과 결합된, '어떤 범주'를 함의하고 있음을 암시한다. 이와 같은 측면에서 이 글은 송영의 소설 창작이 지향하는 바의 구체적 실감을 소설 텍스트를 통해 확인하고, 나아가 프로문학과 정념이라는 논제의 가능성을 질문하고자 한다.

---

7   민병휘, 「조선프로작가론」, 『삼천리』, 1932.9, 86면.

8   이무영, 「二作家의 非現實性, 문단월평」, 『동광』, 1932.7, 88면.

9   "형은 이 6, 7년간(1927~1934년 ─ 인용자) 시외 사평면 소학교에서 아이들을 가르치는 한편 창작의 붓을 달리고 세영이 편집하는 「별나라」를 중심으로 새로 싹터나는 이곳 소년문학의 굳은 초석을 놓아온 것으로 아마 후자의 영역에서의 형의 공적은 세영의 그것과 더불어 「염군」의 그것에 못지않게 큰 것일 것입니다."(임화, 「송영 형에게」, 『문학의 논리』, 서음출판사, 1989, 318면.)

2. 동경 노동자 생활과 '내면성'의 정치적 의미

송영은 3 · 1운동 당시 배재고보 동창생인 박세영 등과 『자유종신
보』라는 비밀 신문을 발간하며 활동하였다. 이후 그는 학교로 돌아가
지 않고 운송부원 생활을 하며, 박세영, 이적효 등과 운동 잡지『새누
리』를 발행하였다. 이 시기 송영은 레닌의 『무엇을 할 것인가?』마르
크스의 『자본, 임금, 잉여 가치』,『공산당 선언』 등을 읽으며 사회주의
이론을 본격적으로 학습하기 시작했다. 우편국 직원으로 자리를 옮긴
뒤, 그러한 생활 속에서 송영은 사회주의 서적과 문예작품을 읽으며
계급적 시각을 확고하게 다져나갔던 것으로 보인다. 1922년 여름 송영
은 일본인 우편국장에게 폭력을 행사하고 동경으로 건너가서 유리 공
장의 직공이 되었다. 건강 문제로 6개월 만에 귀국하기 전까지 일본에
서의 노동자 생활은 소설 창작의 중요한 원천이 된다.

> 1922년 여름 나는 왜놈 우편국장을 잉크병으로 때리고 즉석에서 쫓겨나서 밥
> 벌이도 할 겸, 고학도 할 겸 해서 일본 동경으로 건너가 어떤 공장의 견습 직공
> 살이를 하였다. 그때는 일본의 노동 계급의 혁명적 세력이 고도로 앙양되었던
> 때다. 내가 있던 공장에도 일본인 공산주의자 지도 밑에 노동 조합이 결성되고
> 합법적인 파업 투쟁, 보선 투쟁(보통선거를 위한 투쟁)이 격렬하게 벌어지고 있
> 었다. (…중략…) 이 시기 나의 생활은 '카프' 창립 전후에 발표된 단편들인 「용
> 광로」, 「석탄 속의 부부들」, 「우리들의 사랑」 등 여러 작품 속에 반영되었다.[10]

10 송영, 「어두운 밤 폭풍을 뚫고」,『나의 인간수업, 文學수업』, 인동, 1990, 95~96면.

송영이 일본에서 노동자로 생활하던 1922년 말은 1921년 11월 결성된 '흑도회'가 아나키즘 경향의 박열 그룹과 마르크스시즘 경향의 김약수 그룹으로 분열되던 시기였다. '흑도회'는 박열, 김약수, 정태신 등이 일본인 사회주의자 사카이 토시히코, 오스기 사카에 등과 어울리며 결성한 재일한인 최초의 사상단체였다. 1922년 '보통선거제' 시행을 둘러싸고 사회주의자들은 자신들의 입장에 따라 분리되었던 것이다.[11] 이 무렵 송영은 노동현장에서 조선인, 일본인 노동자들의 연대를 목격하며 조선인 사회주의자들과도 일정한 교류를 했던 것으로 보인다. 여기서 1920년대 송영 소설의 다수가 그의 동경 노동자 시절의 경험에 기반하여 창작되었다는 사실은 조금 더 강조될 필요가 있다. 이는 송영 소설은 카프운동사의 변화에 맞추어 이해될 것이 아니라, 카프 창립 이전 동경에서의 노동자 생활에 따른 계급의식의 정초라는 관점에서 분석되어야 함을 문제제기하는 것이다.[12]

그렇다면 송영은 일본에서 어떤 인물들과 어울리며 무엇을 느꼈을까? 이를 우회적으로 살펴볼 수 있는 것이 바로 앞서 언급한 '흑도회'의 주축 인물이었던 김약수, 정태신, 박열 등과 그들이 발간한 잡지 『흑도』, 『대중시보』이다. 특히 『대중시보』를 발간한 김약수, 정태신은 1923년 조선에 귀국하여 '건설사'를 조직하고 이후 '염군사'를 통합하여 '북

11 　김광열, 「大正期 일본의 사회사상과 在日韓人」, 『일본학보』 42, 1999; 김명섭, 「黑濤會의 결성과 활동(1921~1922)」, 『사학지』, 1998; 김명섭, 「1920年代 初期 在日 朝鮮人의 思想團體」, 『한일민족문제연구』, 2001 등을 참조.

12 　송영은 조선에 귀국하여 카프가 창립되기 이전인 1923~4년 사이에 농촌에서 강습소를 운영하며 "단편 「늘어가는 무리」, 「선동자」, 「용광로」 등도 썼다." 일본을 배경으로 하는 「늘어가는 무리」, 「용광로」는 그의 일본 노동자 체험이 반영된 것으로 보이며, 「선동자」는 1923년 함남 홍원의 사립중학교에서 실제 있었던 일은 목격하며 창작된 작품이다(송영, 앞의 글, 97~99면 참조).

'풍회'를 건설하게 된다. '염군사'의 일원이었던 이호와 최승일이 '북풍회'에 참여한 사실은 익히 알려진 바와 같다. 송영이 일본에서 조선인 사회주의자들과 직접적으로 교류하지는 않았을지라도, 당시의 담론적 환경으로부터 일정한 영향을 받았을 것이라는 짐작이 가능하다.[13]

『대중시보』와 『흑도』는 1920년대 초반 사회주의로 인해 뒤바뀐 내면성의 모습을 확인시켜준다. 먼저 『대중시보』는 사회적 실천의 원천으로서 개인의 내면에 주목했다. 정태신은 권두언을 통해 계급 차별을 극복할 민중문화를 자기의 "생존권"을 회복하려는 "超人主義에서 生長한 階級文化"[14]로 정의한다. 그가 말하는 초인주의란 "吾人의 熱烈한 感情과 純粹한 理性의 兩極을 合一"한 것이다. 그리하여 "恍惚한 活動美와 痛快感에서 驀進勇往함이 今日 吾人의 存在한 最高表現이며 今日吾人의 吾人自體를 慰藉하는 유일한 線路"[15]가 된다. 한편 변희용은 노동 문제를 이야기하며 노동조건의 개선이란 현장의 노동자 "心中으로부터 湧出하는 自由의 精神"[16]으로부터 이루어지는 것이라고 한다. 정태신은 일본의 검열제도를 비판하며 "多數한 民衆의 感情意思를 無視한 法律이 何等의 가치가 存"[17]할 수 있겠냐고 질문하기도 한다. 이러한 논의들을 거치며 자기에 대한 인식과 감정의 표현은 계급문화의 창조와 외

---

13 이는 비단 송영에 국한된 것은 아니다. 조명희와 이기영이 1920년대 초반 일본의 아나키스트들과 어울리며 적지 않은 영향을 받았다는 사실은 이미 밝혀진 바 있다. 이에 대한 자세한 내용은 김홍식, 「조명희의 문학과 아나키즘 체험」, 『어문논집』 26, 1998; 김종현, 「이기영 초기소설의 아나키즘적 경향 연구」, 『문학과 언어』 26, 2004; 김홍식, 「이기영의 문학과 아나키즘 체험」, 『한국현대문학연구』 17, 2005등을 참고.

14 정태신, 「권두에」, 『대중시보』, 1921.5.

15 정태신, 「생의 약동」, 『대중시보』, 1921.9, 1면.

16 변희용, 「신사회의 이상」, 『대중시보』, 1921.5, 4면.

17 정태신, 「시사단평」, 『대중시보』, 1921.9, 37면.

부적 억압(검열제도)을 드러내는 심급이 된다. 그리고 흥미롭게도 이러한 논리는 1922년 7월 후미코와 박열이 창간한 『흑도』로 이어진다. 먼저 다음의 인용문을 보자.

> 우리들은 언제까지나 철저하게 자아에 입각하여 산다. 일상의 일거일동도 모두 자아에서 그 출발점을 구하지 않으면 안 된다. 우리는 철저한 자아주의자(自我主義者)를 통하여 인간은 서로 으르렁댈 필요도 없이 상호 친밀하게 도울 수 있다는 것을 발견한다. 우리들은 각자의 자유로운 자아의 자유를 무시하고 개성의 완전한 발전을 방해하는 불합리한 인위적인 통일에 끝까지 반대하며, 또 전력을 다하여 그것을 파괴하는 데 노력할 것이다.[18]

위 인용문의 주지는 1921년에 발행 된 『대중시보』와 동일하다. 자아의 자유를 무시하고 억압하는 요소들에 끝까지 저항하며 싸우겠다는 것이다. 국가제도의 폭력성을 '자아'를 통해 드러내는 행위는 달리 말해 자아 해방을 위한 자유의지의 표현이다. 이 시기 사회주의자들이 주목한 것은 자기를 억압하는 사회제도와 그것을 넘어서고자 하는 자아의 신념과 의지였다. 비록 식민지 제도라는 성격상 일본 / 조선이라는 민족적 차이를 무시할 수는 없었지만, 그것은 '해방'에 대한 자기의 신념과 믿음에 비하면 부차적인 것이었다.

그렇기에 후미코와 박열은 사랑을 나누며 『흑도』를 발간할 수 있었다. 1922년 2월 무렵 후미코는 정태신의 소개로 박열을 알게 되고 얼마 후 동거에 들어간다. 후미코에게 사회주의는 "살아오는 과정에서 겪었

---

18 야마다 쇼지, 정선태 역, 『가네코 후미코』, 산처럼, 2003, 150면에서 재인용.

던 일들을 통해 형성된 나의 감정이 잘못된 게 아니라는 것을 이론적으로 확인"[19]해주는 지식이었다. 박열은 조선인이라는 '민족 공동체'로의 귀속성을 무시할 수는 없었지만, "민족과 개체로서의 자아의 관계를 심도 있게 묻지"[20]않았다.

후미코는 '훌륭한 사람'이 되겠다는 생각을 바꾸어 자기 자신이 진정으로 원하는 참된 일을 하고 싶다는 생각을 다잡고 있었다. 그러나 참된 자기 또는 자기 자신의 참된 일이라고는 했지만 그것이 무엇인지 구체적으로 정해져 있지는 않았다. 후미꼬는 박열과의 만남을 박열의 생활태도를 통하여 자기(自己)를 발견했다. 그 역사적 의미는 참으로 중요하다. 근대일본인은 서구의 근대에서만 인간해방의 이념을 구했다. 근대일본은 일본문명에 의해 억압받고 있는 조선인을 멸시하거나 아니면 무관심의 저편으로 추방해 버렸다. 그것은 서구의 문명대국을 정점으로 한 세계지배와 차별구조를 바꾸는 게 아니라, 그 구조 속에서 자신이 '선진국민'으로 올라서기만 하면 그뿐이라는 것을 의미했다. 그것은 환상 속의 해방에 지나지 않는다. 그러나 후미코는 역으로 일본문명에 의해 식민지로 전락한 조선인의 일원인 박열의 모습에서 자신이 살아갈 방향을 발견했던 것이다. 그것은 근대세계의 지배질서 맨 밑바닥에 놓여 있던 인간의 해방을 향한 길에 자기 해방을 서로 포개는 보편적인 인간해방의 길이었다.[21] (강조—인용자)

일본인 후미코와 조선인 박열의 사랑은 근대적 지배질서로부터 자

---

19 위의 책, 114면.
20 위의 책, 143면.
21 위의 책, 126~127면.

유롭고자 하는 인간 본성의 해방에 대한 선언이라고 요약할 수 있다. 일본인 / 조선인이라는 민족적 차이는 근대의 정치경제학적 지배질서에 대항하는 보편적 인간이라는 근원으로 수렴된다. 여기서 보편적 인간이란 정확히 말해 계급적 인간(프롤레타리아적 인간)일 것이다. 다시 말해 계급적 인간이란 자신이 처한 환경의 특이성에 입각하여 세계를 해석하는 주체를 말하는 것이다. 마르크스가 법-종교제도에 의한 국가의 지배를 비판하며 "근본적인 혁명은, 바로 그것의 전제들과 탄생지들이 결여하고 있는 것처럼 보이는 근본적 욕구들의 혁명 이외의 것일 수 없다"[22]라고 말한 것도 동일한 맥락 위에 있다. 적어도 1920년대 초반 사회주의는 자기가 처한 환경을 이해하고 내면의 욕망을 발화하는 지식으로 작용했다. 후미코와 박열의 연애와 사랑은 1920년대 초반 사회주의에 대한 주의자들의 이러한 자기화 방식의 일면을 보여준다.

이러한 점들을 고려할 때 프로문인 중 유일하게 조선인과 외국인 사이의 연대와 사랑을 주제로 제기했던 송영 소설[23]을 풍부하게 이해하는 것이 가능해진다. 다음 절에서는 구체적인 작품을 통해 이를 살펴보도록 하겠다.

---

22 「헤겔 법철학의 비판을 위하여」, 『칼 맑스 프리드리히 엥겔스 선집』 1, 박종철출판사, 1991, 10면.

23 송영은 「용광로」(『개벽』, 1926.2)에서는 조선인 노동자와 일본인 하녀의 사랑을, 「인도병사」(『조선지광』, 1928.2)에서는 조선이 병사와 인동 병사의 연대를, 「백색여왕」(『조선지광』, 1929.11~1930.1)에서는 러시아 여성과 조선인 남성의 사랑을 「교대시간」(『조선지광』, 1930.3~6)에서는 조선인 노동자와 일본인 노동자의 연대를 묘사한다.

3. 사건으로서의 폭력, 연대로서의 사랑

1_ 송영의 등단작인 「늘어가는 무리」(『개벽』, 1925.7)는 동경의 공사판 노동자로 전락한 승호의 감정상태가 두드러지는 작품이다. 사무실 노동자였던 승호는 자신의 외모를 놀리는 동료들에게서 "기쁨과 호기심과 분노와 우울"을 동시에 느낀다. 동료들은 "배고프다가 음식을 보고 좋아하며 좋아하는 음식을 입에 넣을 때의 쾌한 느낌 ─ 가벼운 느낌 ─을 느끼는 생물 필연의 본능적 환희"에 취하는 사람들이다. 승호는 욕정에 취한 동료의 강제적 성적 행위로부터 간신히 도망쳐 나와서는 다음과 같은 생각을 하게 된다.

색종이 삐라를 뿌리고 강연회 간판을 쓰며 손에는 팜프렛트를 쥐고 눈은 항상 반역자적 광채에 잠겨 있는 축들이 그림같이 동경되었었다. 옳다. 천재도 천재답게 발휘할 곳도 암만해도 졸업장 매상인 대학의 배경이 필요하고 기세를 기세답게 뽐내는 데에도 명예 보고서인 신문 삼면이 유력하다. 그는 이렇게까지 그전 생활하던 동리의 모든 것이 하나씩 둘씩 신임하게 되었다. (…중략…) 거대한 공장과 거친 일터가 그림같이 나타나고 있다. 그리고 변도끼고 가는 늙은이 젊은이 부녀자나 어린애들의 초췌한 꼴이 눈앞에 나타난다. (…중략…) 승호는 얼마 만에 빙긋이 웃었다. 그는 자기를 웃었다. 어린아이, 새색시, 도련님이라고 그는 자기를 비웃었다. 거친 곳에 참이 흐르고 짐승 같은 곳에 인간성이 있다.**24**

---

24 「늘어가는 무리」, 박정희 편, 『송영 소설 선집』, 현대문학, 2010, 39~40면.

위 인용문은 승호가 인간 본성에 주목한 이유를 보여준다. 그는 짐
승 같은 노동자의 욕정에 분노하며 과거 자신의 생활을 떠올린다. "대
학"을 졸업한 지식인 운동가들과 어울리며 "강연회"와 "팜프렛트"를 통
해 민중을 교화시키는 활동, 그리고 이는 "신문 삼면"에 보도되어 운동
가들의 명예를 드높였다. 이에 비할 때 노동현장은 그야말로 동물적
본능(성욕, 식욕)만이 난무하는 세계였다. 그렇지만 과거에 대한 동경은
오래가지 않는다. 자기의 눈앞을 지나가는 민중들을 바라보며 동료들
의 본성을 인간성의 일부로 이해하며 공감하기 시작한다.

이러한 승호의 의식 변화는, 송영이 일본에서 경험하고 이해한 사회
주의의 핵심이 조직과 강령이 아니라 민중의 생활에 대한 새로운 시각
을 정초하는 것에 있었다는 앞서의 사실과 맞물려 있다. 즉 현실을 돌
파할 수 있는 계기로서 인간 본성에 주목하여, 그로부터 자기의 내면
과 현실을 뒤바꾸고자 했던 것이다. 인간 본성(본능)에 대한 적극적인
해석과 고평은 1920년대 중반 프로문인들 사이에서 폭넓게 발견되는
현상인데, 송영의 경우에는 대중 집단의 결속력과 해방에 대한 상상력
과 결부되어 그것이 보다 중층적으로 나타난다는 점에서 특징적이다.
가령 한설야의 「주림」(『조선문단』, 1926.3)이나 김기진의 「본능의 복수」
(『문예운동』, 1926.2)도 주인공의 성적 욕망을 긍정적으로 묘사한다. 그
렇지만 문제는 주인공의 성욕에 대한 긍정적 시각, 즉 본성에 대한 입
장만 존재할 뿐, 그러한 인간 본성이 정치적인 것과 어떻게 결합할 수
있는지에 대한 인식은 나타나지 않는다.

송영, 한설야, 김기진은 공통적으로 1920년대 중반 프로문학의 결성
시점에서 인간의 내면에 주목했다. 내면의 표현을 새로운 미의 원천으

로 파악했던 것이다. 이는 조직으로서 카프가 결성될 수 있는 구심력이었다. 하지만 한설야와 김기진에게 있어서 이것은 당시에 등장한 새로운 예술사조에 따른 판단이었던 것으로 보인다.[25] 이에 비해 송영은 인간 내면의 문제를 계급적 환경과 결부지어 사유하며 정치적인 것과 절합될 수 있는 가능성을 포착했다.

따라서 1920년대 프로작가들의 공통된 외연 속에서 송영 소설의 특이성에 주목할 필요가 있다. 일상적 삶에서 자기의 내면이 문제시되는 것은 존재가 외부 세계에 대해 이질감을 느끼는 순간이다. 지배 권력의 규율 ― 특히 법과 제도에 의해 정초되는 보편적인 것 ― 에 대한 믿음이 허구임을 자각하는 순간 보편은 조작된 억압으로 인식된다. 폭력적 사건이 발생하는 것은 바로 이 순간이다. 「선동자」(『개벽』, 1926.3)의 주인공 필승은 홍원의 C신문지국의 기자이다. 어느 날 취재를 나갔던 삼호역에서 T학원 여자부 생도들이 울고 있는 것을 목격한다. 학교의 K선생이 C선생의 모함에 쫓겨났기 때문이다. 이후 여자 생도들은 동맹휴학을 시작하고 학교에서는 배후로 필승을 지목하는 한편 남자 생도들을 부채질하여 필승에게 폭력을 행사하게 만든다.

우지끈 하며 걸상 두 개는 일시로 이의 어깨와 머리에 떨어졌다. 발길과 주먹,

---

25 김복진은 「주관주의의 현대미술(1)」(『문예운동』, 1926.2)에서 현대 미술을 주관강조의 미술이라고 파악한 뒤 구체적인 사례로 입체파와 미래파 등을 거론한다. 한편 한설야는 「동경」(『조선문단』, 1925.5)에서 동경미술학교 출신 S와 간호부 K를 등장시켜서 현대 미술을 심리와 주관의 표현으로 정의한다. 요컨대 1925년 카프 결성 과정에서 형성된 문학에 대한 이해는 새로운 예술사조로서 신이상주의, 표현주의와 밀접한 관련을 맺고 있었던 것이다. 이는 별도의 지면을 통해 심도 있게 논의되어야 할 문제이다. 다만 여기서는 이러한 흐름과 외연은 동일하면서도 내포가 달랐던 송영 문학의 특이성을 제기하는 수준에서 그치고자 한다.

주먹과 발길 빗발치듯 했다. 군중은 군중 자체도 모르는 이유 아래에서 흥분이 되었다. 피 떨어지는 '이필승'의 시체가 보고 싶었다. 필승이 하나만 죽이면 천하가 태평할 듯이 생각되었다. (…중략…) 다시 눈앞에는 두 손에 붙잡힌 죄 없는 두 어린 시체가 나타났다. 이들은 죄 없는 무리다. 죄 없는 자는 죽일 수가 없다. 속아서 병든 자는…… 에라 죽을지언정 죽이지 못하겠다. 이러는 사이에 그는 머리가 깨어졌다. (…중략…) 그러나 다시 그의 머리에는 죽음이라는 공포가 엄습하였다. 그리고 그는 이제까지 주저하던 것을 결심하였다. 결정하였다느니보다 본능적으로 저절로 그래졌다. 즉 유죄무죄니 하는 소위 인도적 번민보다 그는 먼저 자기의 생명이 아까웠다. 순진한 생물 본능의 발작에 지배가 되었다.[26]

필승은 남학생들의 폭력에 피를 흘리면서도 대항하지 않는다. 권력의 주체인 H교무 등에 의해 남학생들이 "마비"되었다고 생각했기 때문이다. 이미 학생들의 말투는 "사법관인의 어조로 변하였다." 발리바르는 마르크스를 다시 읽으며 국가제도에 의한 폭력과 프롤레타리아트의 폭력이 가지고 있는 순환성에 대해 지적한 바 있다. 프롤레타리아 계급 폭력에 의한 권력의 쟁취가 또 다른 지배계급 창출의 계기가 될 수 있기 때문이다. 그런 면에서 폭력은 제도적으로 근절될 수 있는 것이 아니라 제도의 순환 가운데 언제나 잠재되어 있는 것이다.[27] 따라서 중요한 것은 폭력의 목적에 따라 어떤 폭력을 옹호하기보다는 폭력의 순환구조를 절단하고 진리의 복원을 이룩하는 것이다. 달리 말해

---

26 박정희 편, 앞의 책, 66~67면.
27 에티엔 발리바르, 진태원 역, 『폭력과 시민다움』, 난장, 2012.

폭력이 잠재된 현실을 한 순간에 무력하게 만들어 낼 수 있는 근원에 대한 사유를 멈추어서는 안 된다. 이러한 맥락에서 송영이 소설을 학교 내부의 H교무나 C선생의 폭력과 여기에 저항하는 학생들의 동맹휴학이라는 구도로 진행시키지 않고, 필승이라는 인물을 등장시키는 것은 상징적이다. 학교 내부 권력자들의 폭력적 행위를 고발하는 것이 목적이었다면 필승이 개입할 이유가 없기 때문이다.

필승은 학생들의 폭력을 예감하면서도 "유전적으로 내려오는 반역의 핏발"과 "야수적 맹염(猛炎)"을 참지 못하고 산으로 올라간다. 자신에게 가해지는 폭력을 온 몸으로 받아내며 이지적 판단에 따라 학생들에게 폭력을 행사하지 않는다. 그러나 공포감이 임계점에 달하는 순간 마침내 폭발하고 만다. 권력의 사주를 받은 폭력과 생명의 절대적 위기 속에서 행하여지는 폭력이 충돌한다. 소설은 이러한 사건의 순간을 현시한다. 그리고 어머니라는 절대자의 개입으로 한 순간에 사건은 정리되고 만다. 어머니는 양반을 욕한다고 맞아 죽었던 남편의 모습과 아들의 모습을 교차하며 분노하여, 폭력적 사건을 정지시키는 정치적 역할을 수행한 것이다. 그러니까 이 소설은 폭력의 현장을 제시하며 거기에 내재된 권력(힘)의 충돌을 드러내는 작품이다. 학교제도의 권력자인 H교무의 힘 —즉 그에게 오염된 남자생도들과 모성애를 발휘하여 사건을 정지시키는 어머니의 힘이 그것이다. 주인공 필승은 이러한 삶의 구조를 체현한 존재로서 '법률'과 '폭력'앞에 무력해지는 순간 생물학적 본능에 의해 기적처럼 살아난다.

이처럼 송영은 「선동자」에서 국가 / 자본주의 폭력에 순응하면서도 대항하는 정념의 스펙트럼을 보여준다. H교무, 어머니, 필승, 학생 등 다양한 계급의 인물들이 충돌하며 드러나는 정념의 스펙트럼은 폭력의 순간이 갖는 '공포'에 의해 극단화된다. 송영의 소설 중에서 폭력의 사건이 극단적으로 드러나는 또 다른 작품으로는 「교대시간」(『조선지광』, 1930년 3~6월)이 있다. 이 소설은 동경의 어느 광산을 배경으로 일본인 노동자와 조선인 노동자 사이의 갈등과 연대를 다루고 있다. 어느 날 아침 사소한 다툼으로 인해 발생한 노동자 사이의 충돌은 민족적 차이로 인해 걷잡을 수 없이 번져나간다. "무장경관쯤이야 이러한 싸움에서 아무런 소용이 없다. 무력이 있다면은 그래도 대포와 비행기"가 필요할 정도로 악화된다. 군대까지 동원되는 전장(戰場)과 같은 국면이 주는 공포감에 주인공은 결국 죽은 척하며 위기를 넘기고 경찰이 등장하여 사건을 정리한다. 전체 분량의 대부분을 차지하는 폭력사태에 대한 묘사에서 중요한 것은 송영이 일본인과 조선인 사이에서 선 / 악의 논리를 내세우지 않는 점이다. 그들은 자본가 계급의 조작에 의해 대립하고 충돌하는 공통존재이다. 그리고 마침내 주인공이 병원에서 퇴원 한 후 일본인 노동자와 조선인 노동자는 힘을 합쳐 광주(鑛主)에 대항하게 된다.

송영이 마르크스를 읽으며 발견할 것은 계급적 차이로 환원되는 경제학적 이분법이 아니라 노동자 계급을 보편인간으로 정의하고, 그들로부터 사회의 변화를 이끌어내려는 상상력이었다. 앞서 「선동자」가 '어머니'라는 신적 존재의 등장으로 사건이 한 순간에 정리된 것에 비할 때, 「교대시간」은 '경찰'의 개입이 이루어진다는 점에서 보다 현실 제도에 밀착해있다. '현실로서의 보편적인 것'이 갖는 폭력성은 이러한 과정을 거쳐 드러나게 되며, 이를 통해 한-일 노동자 연대라는 '이상성으로서의 보편적인 것'[28]이 갖는 윤리적 정당성이 확보된다. 송영 소설에 나타난 이러한 폭력의 구조는 프로소설, 특히 신경향파소설의 폭력성과 대비할 때 그 의미가 좀 더 분명해진다. 일반적으로 신경향 파소설에서 주인공의 폭력이 비판을 받는 이유는 현실제도의 문제와 결부되지 못하고, 주인공 개인의 사적인 차원에 한정된 해결방식이기 때문이다. 비록 소설의 말미에 현실제도의 문제가 드러난다 하더라도 소설의 전개과정에서는 찾아보기 어렵다.[29] 이에 비해 송영은 폭력의 사건을 통해 주체의 정념이 복합적으로 얽히며 현실제도의 문제를 부 감하는 특징을 가진다. 카프 1차 방향전환 이후 볼셰비키화에 대한 논 의가 진전된 1930년에 발표된 「교대시간」의 서사는 '공포'를 '희망'으로 전유시키며 조직 논리와 일정한 거리를 두고 있다는 점에서도 의미심 장하다.

---

28 발리바르의 개념이다. 그는 보편적인 것을 현실로서의 보편적인 것, 허구로서의 보편적인 것, 이상성으로서의 보편적인 것으로 구분 한 뒤, 현실로서의 보편적인 것은 "세계라 불리는 것을 구성하는 요소들 내지 단위들의 실제적 상호의존성이라는 관념으로 이해하는데, 거기 서 세계란 제도들, 집단들, 개인들이요, 더 심원하게는 그것들을 포섭하는 과정들의 총화, 즉 사람과 사물 사이의 유통, 정치적 타협의 관계들과 세력관계들, 법적 계약들, 정보들과 문화적 모델들의 교통 따위의 총화이다"를 의미한다. 허구로서의 보편적인 것은 민족 공동 체와 종교에 대한 관념을 '이상성으로서의 보편적인 것'은 "광의의 봉기라는 의념"에 연결된 것으로 "역사 과정을 해방 및 인간이라는 관념(또는 인간적 본질, 또는 계급 없는 사회 등)의 실현 과정 자체로 만드는" 관념으로 정의한다. 에티엔 발리바르, 최원·서관모 역, 『대중들 의 공포』, b, 2007, 5부 논의를 참조.

29 가령 김기진의 「붉은쥐」(『개벽』, 1924.11)의 경우 주인공 형준의 폭력은 결말에서 드러나 는 경찰제도에 대한 비판적 시선과는 함께 읽을 필요가 있다. 하지만 결말과 폭력적 사건이 유기적으로 이어지지 못하는 것이 사실이다. 이는 추가적인 논의가 필요하지만 넓게 볼 때 신경향파 소설 일반이 공유하는 특징이다. 이에 비할 때 송영 소설은 주인공의 정념과 폭력 적 사건이 제도비판과 분리되지 않고 일치한다는 특징을 갖는다. 이로 인해 1차 방향전환 이 후 송영소설에서 '정념'의 문제는 여전히 중요한 항목으로 남게 된다.

2_ 송영 소설에서 폭력적 상황은 공포를 통해 인간의 본성을 일깨우는 효과를 거둔다. 「늘어가는 무리」에서 승호가 동료의 '성욕'에 대해 긍정적인 의미를 부여할 수 있었던 것은, 성욕이라는 본성이 "반역의 열정"으로 치환될 수 있는 가능성을 내재하고 있었기 때문이다. 도식적으로 말하자면 본성의 내포로 성욕이나 반항심 등의 항목이 설정될 수 있는 것이다. 이는 「선동자」와 「교대시간」에서 더욱 극화되어 폭력이라는 사건을 통해 제도 권력의 비윤리성이 드러나는 효과를 거두게 된다. 사랑은 인간 본성에 뿌리를 두고 있다는 점에서 폭력과 공통적이지만, 타인에 대한 이해와 연대의 문제를 보여준다는 점에서 차이를 갖는다.

「용광로」(『개벽』, 1926.2)는 동경 노동자 김상덕의 내면 감정에 초점을 맞추며 사랑을 정의한다. 김상덕은 지속된 가난으로 인해 "반역적 정열"을 가지고 있는 인물이다. 소설은 김상덕의 반역적 정열이라는 본성을 사랑과 혁명의 공통성으로 제시한다.

> 하얀 발, 하얀 다리 목, 그리고 또 빨간 고시마키······ 그의 머릿속에는 하얀 젖가슴, 하얀 어깻죽지까지 어른거렸다······ 뛰었다. 숫짐승의 피가 뛰었다, 이러다가 그는 꿈 깬 듯이 억지로 정신을 차렸다.[30]

> 그는 그러한 주인의 얼굴도 살필 여가가 없을 만치 흥분이 되었다. 몇 해 동안 쌓였던 묵은 원한은 한데 터져서 그를 불꽃으로 만들었다. 그는 직공이 아니었다. 사람이었다. 그보다도 짐승이었다. 여러 해 주린 거칠은 짐승이었다. 그의 눈에는 보이는 것이 피밖에 없었다.[31]

---

30 박정희 편, 앞의 책, 77면.

기미고에 대한 사랑은 성적 욕망에 바탕을 두고 있다. 소설의 후반부에 확인되는 기미고와 필승의 사랑을 매개하는 것은 성적 욕망이 유일하다. 그리고 후자의 인용문이 보여주듯, 자기의 육체를 관통하는 사랑에 대한 열정은 혁명에 대한 열정으로 전환될 가능성이 잠재된 상태이다. 사랑과 혁명은 자기를 규정하는 틀(민족적 차이)로부터 벗어나 공통적인 것을 향한 이동의 지속성을 공유한다. 사랑은 각자의 특이성을 유지하며 '이상성으로서의 보편적인 것'을 향한 길로의 합류이다.[32] 그래서 소설 후반부에 경관이 출동하여 김상덕을 폭행하며 충돌하는 장면은 주의 깊게 살펴 볼 필요가 있다. 상덕은 출동한 경관에게 "아무 소리 없이 잡혔다." 그러나 기미고와 두 눈이 마주치고 사랑을 느끼는 순간 '슬픔'과 '분노'를 느끼고 "생물 본능의 반항"에 이끌려 포효한다. 사랑과 혁명이 일치되는 이 순간 두 사람 앞에는 새로운 세계가 열린다. "조건 없이 잡혀가는 김상덕이의 마음, 조건 없이 병실에 드러누워 있는 기미고의 마음"은 사랑과 혁명에 대한 열정을 공유한 두 사람의 미래를 예상하게 만든다.

「석탄 속의 부부들」(『조선지광』, 1928.5)과 「우리들의 사랑」(『조선지광』, 1929.1)은 사랑과 혁명의 길항관계가 더욱 분명하게 나타나는 작품이다. 먼저 「우리들의 사랑」은 1923년 보통선거 투쟁이 한창이던 일본을

---

31 위의 책, 85~86면.

32 바디유는 사랑의 진리가 둘이 하나가 되는 것이 아니라 둘이 그 자체로 존재하며 사랑이라는 '선언'을 통해 새로운 전선을 구축하는 것이라고 파악한다. 둘이 사랑의 '선언'을 하는 순간 그들에 방해하는 요인에 대해 적대감을 가지고 사건을 통해 진실에 개입하는 것으로 사랑을 이해한다(알랭 바디유, 조재룡 역, 『사랑예찬』, 길, 2011). 바디유의 개념을 통해 볼 때 송영 소설에서 사랑은 두 존재가 자기의 주체성을 확인하는 계기이자 적대성을 확립하는 조건이라고도 할 수 있다. 소설 속에서 이것은 기미고와 상덕이 식모와 노동자라는 수동적 삶에서 적극적 삶으로 이동하는 과정으로 나타난다.

배경으로 한다. 노동운동에 전념하던 영노는 약혼녀였던 용희를 만나고는 운동에 몰입하지 못한다. 메이데이 행사가 얼마 남지 않았지만, 고향을 떠나서 동경으로 자기를 찾아 온 사정을 듣고는 그녀를 구해낼 방법을 고민하느라 행사 준비에 집중하지 못하게 된 것이다. 이 소설은 제목이 상징하듯 부르주아 사랑과 구분되는 "우리들의 사랑"방식에 대한 이야기다. 그것은 "자동차나 타고 커피차나 먹고 어린애의 옷감 때문에 싸움"[33]을 하는 부르주아적 사랑과는 구분되는 것으로 "서로 붙어서 일을 하려는 것"이다. 이렇게 다시 만난 두 사람은 "키스"를 나누며 사랑을 다시 확인한다. 그리고 영노는 메이데이 깃발 아래서 모이자는 그녀의 편지를 받고는 안정을 되찾아 일에 전념하게 된다. 영노에게 혁명이란 사랑의 지속이고, 사랑의 지속이란 혁명의 지속인 것이다.

「석탄 속의 부부들」은 동경의 가스 공장에서 일하고 있는 1923년 경 일본에 온 노동자 A와 B 부부의 이야기이다. 어느 날 A는 아내와 다투고 공장에 나와서 B에게 불평을 하지만, B는 그런 A를 꾸짖는다.

> "흥, 똑 요놈의 ××××것은 부부의 사랑도 기계화나 그렇지 않으면 돈으로 정가표를 붙여준단 말이지" 하면서 씨근씨근 한다. B는 그저 한 모양으로 한 모양으로 냉정하게만 "흥, 자네는 지금 123,4년 식式 밖에는 안 되는 소리를 하네―."
>
> "왜?"
>
> "왜라니. 요컨대 자네는 자네의 아낙이 자네가 하는 운동을 적극적으로 후원하여주지 않는다고 분개해서 하는 말이 아닌가."

---

33 박정희 편, 앞의 책, 173면.

“그럼 뭐야.”

“아닐세. 그럼 뭐야가 아니라 자네는 아직 우리 운동이 아주 호기에 있을 때에 운동자가 가지고 있는 불평을 자네의 아내에게 가지고 있네!”

(…중략…)

“자네가 대답을 아니하고 있어도 뻔한 문서이지. ……그렇지만 여보게, 꼭 운동이란 것은 동부인을 해서 하여야 하나. 그리고 더군다나 자네는 직공이 아닌가?”[34]

B는 A가 아내를 대하는 마음을 비판한다. 노동자로서의 환경에 대한 입장을 공유하지 못하고, 운동의 후원자로 아내를 대하는 자세는 “1923~4년 식”밖에 안 된다는 주장이다. 달리 말해 여성은 남성과 동등한 위치에서 혁명을 향한 마음을 서로 공유하는 존재라는 말이다. 이는 송영 소설에 나타난 '사랑'의 의미를 이해하는 중요한 통로이다. 프로소설에서 남성 노동자와 여성 인물 사이의 사랑은 어렵지 않게 발견되는 주제이다. 그렇지만 대부분의 경우 여성은 남성 노동자의 후원자이거나 남성의 도움에 의해서야 의식화된다. 한 마디로 주체화된 의식을 소유하지 못한 대상으로 그려진다. 하지만 송영에게 사랑은 남녀가 자기애를 확인하고 보편적인 것을 향하여 함께 나아가는 과정이다. “우리들의 연애나 부부애는 정가표가 없기 때문에” 고정되거나 일방적으로 증여되는 것이 아니다. 그리하여 소설은 집회의 현장에서 체포당한 남편들을 보내고 돌아 온 여성들에게 남아 있는 '생활'[35]을 강조하

---

34 위의 책, 144~145면.

35 손유경은 「석탄 속의 부부들」 결말부에서 강조되는 생활을 송영의 문학적 성취로 높이 평가하며 “주인공들의 '생활'은 이념적 지식인의 황폐한 내면을 상징하는 것이 아니라 자각한 노동자들의 생생한 고민과 희망을 담은 산 현장으로 부조된다.”(손유경, 「삐라와 연애편

며 마무리 된다. 그녀들에게는 새로운 삶이 시작되고 있는 것이다.

마지막으로 「백색여왕」(『조선지광』, 1929년 11월~1930년 1월)은 뉴욕 시가를 배경으로 조선인 노동자 홍기와 러시아 여성 리지아의 혁명에 대한 열정과 사랑을 다루고 있는 작품이다. 송영은 회고에서 이 작품이 "소재가 구체적인 현실이 아니라 작가의 임의로 설정한 추상적인 개념이었기 때문에 진실감이 없음은 물론, 형상에 있어서도 황당무계하였다"[36]라고 말한 바 있다. 실제 사건이 아닌 작가의 상상력만으로 창작된 작품이라는 비판이다. 그러나 이는 역으로 이 작품이 사회주의에 대한 송영의 이해와 문학적 상상력을 확인하기에 적합한 것일 수 있음을 암시한다. 홍기는 리지아를 뉴욕 경시청의 스파이로 오해하였지만, 사실 그녀는 러시아에서 메이데이를 기획하기 위해 뉴욕으로 온 운동가였다. 메이데이 당일 뉴욕의 "모든 것이 정지되었다." 그러던 어느 날 경찰에 쫓기던 리지아는 홍기의 집에 찾아와서 사정을 이야기하고 하룻밤을 지내게 된다. 그 날 밤 홍기는 성욕을 참지 못해 그녀의 방으로 뛰어 들어 청혼을 한다. "리지아의 가슴에도 홍기의 가슴과 공통되는 성욕"[37]이 솟아오른다. 그리고 다음 날 아침 두 사람은 뉴욕 경찰에게 체포되지만, 그 다음 날 새벽 "모든 것이 또 다시 정지"되고 "뉴욕은 암흑세계"가 된다.

이 작품이 발표된 1929년을 전후한 무렵 국내에서의 사회주의 운동은 위기에 봉착하게 된다. 1928년 7월~8월 사이에 주의자들의 대대적

지」, 『프로문학의 감성구조』, 소명출판, 2012, 269면)라고 평가한 바 있다.

36 송영, 앞의 글, 100면.

37 송영, 「백색여왕」, 『조선지광』, 1930년 1월, 67면.

인 검거를 불러일으켰던 제4차 공산당 사건이 발생했다. 이로 인해 사회주의 운동은 완전히 와해되었다.[38] 프로문학 내부에서 김기진은 이러한 상황을 목격하며 "작금 1년 이래로 재미없는 정세에 있어서 우리들의 '연장으로서의 문학'은 그 정도를 수그려야 한다"[39]고 주장했다. 이는 대중화 논쟁의 발단이 되어서 김기진과 임화를 중심으로 문학의 대중화 전략에 대한 논의들이 시작되었다. 일본의 사회주의 탄압이 더욱 강력해지며 사회주의 운동 전체가 흔들리던 시기에 발표된 송영의 소설이 비현실적이라는 비판을 받는 것은 자연스러운 일로 보이기도 한다. 당대의 이러한 정치적 사건들 속에서 사랑을 전면에 내세우고 있는 송영의 소설들은 추상적이고 주관적 오류를 범하고 있는 것으로 독해될 수 있기 때문이다. 이 문제와 관련하여 「우리들의 사랑」에 대해 한설야의 "공장에서 기계 앞에서 그들이 어떻게 노동하여 어떤 대우를 받는가 어떠한 생활하는가…… 어떠한 생활을 하는가…… 어디로 나아가야 할가?"를 그리지 못했다며, "사랑이 의식을 결정한다는 것은 가련한 유심론의 망발"[40]이라는 비판은 숙고의 여지가 있다. 공장, 기계, 노동 등의 개념을 통해 혁명을 공장노동의 환경으로 국한시키는 태도의 이면에는 연애와 사랑을 사적이고 주관적인 것으로 평가절하하려는 의도가 포함되어 있다. 한설야의 눈에는 사적인 것(사랑)과 공

---

38 "최초의 검거자에게서 얻은 정보를 토대로 경찰은 8월 20일~22일까지 전국적인 검거를 단행하여 약 175명을 체포했다. 검거를 모면한 사람들도 1928년 가을 속속 체포되었다. 이 해 말로 한국 공산주의운동은 사실상 마비되었다."(스칼라피노·이정식, 한홍구 역, 『한국공산주의 운동사』 1, 돌베개, 1987, 140면)

39 김기진, 「변증적 사실주의」, 『동아일보』, 1929.2.25~3.7; 홍정선 편, 『김팔봉문학전집 Ⅰ-이론과 비평』, 문학과지성사, 1988, 62면.

40 한설야, 「신춘창작평」, 『조선지광』, 1929.2, 107~108면.

적인 것(혁명)의 구분을 해체하며 인간 본성을 강조하는 송영의 방식이 치명적인 오류로 보일 수밖에 없다.[41]

그러나 1930년대 남성사회주의자들의 이러한 방식은 현실의 벽 앞에 무기력[42]했으며, 카프는 1931년 1차 검거사건 이후 실질적인 활동을 중단하게 된다. 공장 안으로만 국한되는 혁명에 대한 이해는 운동가들의 활동범위를 협소하게 만들 수밖에 없는 운명으로 귀결된 것이다. 바로 이 지점에서 송영의 사랑 개념이 갖는 의미는 되새겨질 필요가 있다. 송영에게 사랑은 폭력의 순환구조를 해체하고 진리에 대한 믿음을 표현하는 정념이었다. 다시 말해 합법적 사회질서를 유지하기 위한 '신화적 폭력'을 해체하고 공통의 미래에 대한 믿음을 표현한 '신적폭력'[43]이었다.

---

41 이러한 이유로 1920년대 후반 한설야의 소설에서 여성인물들은 미성숙한 존재로서 늘 사건의 주변에 위치한다. 가령 「그 전후」(『조선지광』, 1927.5)의 주인공인 B라는 여성은 노동자로서 자각을 한 이후에 남편을 만나 진정으로 사랑을 나누게 된다. 「인조폭포」(『조선지광』, 1928.2)는 주인공 '나'와 홍대장의 관계에만 주목하여, 인육시장에 팔려 간 은순은 배경으로만 남게 된다.

42 장영은은 1930년대 일제 검거 사건에 대응한 남성사회주의자들의 무기력과 공포를 "자본주의도 제국도 일본도 두려움도 없이 넘어서려 했던 남성 사회주의자들은 사사롭고 쓸모없는 연애 따위는 그냥 외면해버리자고 했지만, 어쩌면 그들은 연애를 두려워한 것이 아니었을까? 그들은 연애 자체가 두렵기도 했고, 연애의 파급력과 혁명을 결합시켜내지 못하고 있는 자신들의 상황이 두렵기도 했을 것이다"(장영은, 「아지트 키퍼와 하우스 키퍼─여성 사회주의자의 연애와 입지」, 『대동문화연구』 64, 2008, 200면, 200면)라고 날카롭게 지적한 바 있다.

43 바디우는 사도 바울의 텍스트를 다시 읽으며 사랑을 강조한다. 바디우가 읽어 낸 사랑 개념은 현실제도의 가상적 보편성을 정의하는 '법'의 체계를 부정하고, 자기의 욕망을 통해 진리에 대한 믿음을 이어가겠다는 의지의 드러냄이다. 그래서 그는 "율법은 모든 사람을 위한 삶의 접합, 믿음의 길, 법을 넘어서는 법으로서 회귀한다. 이것이 바로 바울이 사랑이라고 부르는 것이다"라고 주장한다(알랭 바디우, 현성환 역, 『사도바울』, 새물결, 2008, 168면). 한편 지젝은 벤야민의 신화적 폭력과 신적 폭력에 대해 논평하며 "신적 폭력은 주체가 만들어 낸 사랑의 역사인 셈이다."(슬라보예 지젝, 이현우 외역, 『폭력이란 무엇인가』, 난장이, 2011, 279면)라고 언급한다. 신적 폭력이 언제든 신화적 폭력(법 보전적 폭력)으로 전환될 수 있는 가능성을 경계하며, 지젝은 순수한 폭력의 영역으로 사랑의 영역을 소환한다. 사랑이 국가─제도의 폭력성을 넘어서려는 주체의 의지와 욕망의 표현이라는 점에서 가능한 일

4. 줄이며

　1931년 카프는 1차 검거사건과 '군기' 사건, 해외문학파의 논쟁을 거치며, 조직 안팎의 위기에 봉착한다. 서기장 임화는 이러한 위기를 극복하고자 일련의 글[44]을 발표한다. 이를 통해 임화는 과거 프로문학의 고정화된 정치주의를 비판하며 "당장이라도 십수개 가맹 기초조직을 가진 일본이나 독일의 문화운동을 그대로 세워보려는 기도는 더한층 중증의 환상"[45]이라고 주장한다. 1~2년 전 러시아의 당 문학론을 기치로 내세웠던 무산파[46]의 일원이었던 임화에게 정치적 위기는 식민지 현실에 천착하는 결과를 가져왔던 것이다. 조직의 운명이 얼마 남지 않은 상황에서 이루어진 임화의 이러한 인식의 변화는 송영의 다음과 같은 언급과 기본적인 맥을 함께 한다.

이다. 바디유나 지젝의 최근 논의들이 가지고 있는 '사랑'에 대한 논의는 '보편성'의 문제를 주체 개인의 내면성으로부터 발견한다는 공통점을 갖는다. 이는 당-조직론과 거리를 두며 인간과 생활의 문제에 천착했던 송영 소설에 나타난 '사랑'의 문제를 이해하는 중요한 참조점이 될 수 있다.

44 「1931년간의 카프예술운동의 정황」, 『중앙일보』, 1931.12.7~13; 「1932년을 당하여 조선문학운동의 신계단」, 『중앙일보』, 1932.1.1~28; 「당면 정세의 특질과 예술운동의 일반적 경향」, 『조선일보』, 1932.1.1~2.10.

45 임화, 「당면 정세의 특질과 예술운동의 일반적 경향」, 『조선일보』, 1932.1.1~2.10; 임화문화예술전집 편찬위원회 편, 『임화문학예술전집 4-평론 1』, 소명출판, 2009, 232~233면.

46 이를 보여주는 대표적인 글이 바로 안막의 「조선프로예술가의 당면의 긴급한 인무」(『중외일보』, 1930.8.16)이다. 여기서 안막은 모스크바 '러시아프롤레타리아작가동맹'을 거론하며 "카프 예술가는 다만 막연한 '프롤레타리아적' 내지 '무산계급적' 예술이 아니라 진실히 프롤레타리아트의 유일의 X[당과 결부된 XX]공산주의 예술확립에 여하한 고가(高價)의 희생도 아끼어서는 안될 것이다."(안막, 「조선프로예술가의 당면의 긴급한 인무」, 『카프비평자료총서 IV-볼세비카화와 조직운동』, 태학사, 1989, 185면)라고 주장한다.

공장은 현대의 어느 계급에 속한 사실이며 또 그 공장의 구성은 어떤 계급과
계급과의 대립으로 되었으며 그 대립의 성원은 어떠한 모양으로 되어있는가 분
명치가 않았다. 그저 개념적으로 노동자계급 자본가계급밖에로 밖에 분별되어
있기만 하였다. (…중략…) 그러니까 거기에 따라서 노동자나 소작인이나 혹은
×××l공산당전위 등등의 등장인물들도 모두가 '산 인간'이 아닌 로보트였었
던 것이다. (…중략…) 하등의 쟁의가 될만한 내재적 사실, 즉 노동계급의 생생
한 생활 기록도 없고 또 쟁의에 대한 정치적 경제적 의의도 갖지 못하고 의례히
노자가 대립하면 쟁의가 일어나며 이 쟁의의 결과는 표면적 패배와 내재적 성
장―즉 승리의 축적이 병행되어서 결국에는 궁극에까지 도달한다는 공식에
질곡이 되고 말았다.[47]

송영에게 생활은 혁명이라는 '대의'를 위해 포기하거나 사적인 것으
로 치부해버릴 것이 아니다. 지금까지 살펴보았듯 그가 묘사하는 생활
은 학교권력의 힘과 어머니의 힘이 충돌(「선동자」)하거나, 자본가 계급
의 조작에 의해 조선인 노동자와 일본인 노동자가 싸움(「교대시간」)을
벌이는 공간이다. 무엇보다 이 공간은 남성 사회주의와 여성 사회주의
자가 동등하게 연애를 하며 삶에 대한 열의를 분출하는 공간이다. 한
마디로 인용문에서 송영이 강조하고 있는 "산 인간"이라는 개념은 1920
년대 내내 송영이 견지해왔던 것이다.

1931년 이후 송영 소설이 구체적인 생활의 현장으로 들어가는 이유
는 이와 무관하지 않다. 「노인부」(『조선지광』, 1931.2)는 서울 근교의 홍
련사라는 절에서 화장장을 운영하고 있는 박첨지 영감의 이야기다. 그

---

47 송영, 「1932년의 창작의 실천방법」, 『조선중앙일보』, 1932.1.7; 위의 책, 496~497면.

는 젊었을 때 아내와 자식을 버리고 만주에서 학교를 세워 교육운동을 했던 인물이다. 어느 날 화장장에 찾아 온 젊은이들이 친구의 시신을 가지고 온다. 그들은 "노동조합 농민조합 청년동맹 그리고 근우회 프롤레타리예술동맹―의 맹원들이다".[48] 운동의 현장에서 죽음을 맞게 된 친구를 화장시키기 위해 화장장을 찾아온 것이다. 그런데 죽은 친구는 박첨지의 아들이었다. 사회운동을 위해 가족을 버리거나 갈등하는 주인공의 모습은 프로소설에서 어렵지 않게 발견된다. 그런데 송영은 그러한 전형적 갈등을 박첨지를 통해 과거형으로 제시할 뿐이다. 오히려 소설은 아들이 시체로 돌아 온 현실에서 그러한 삶을 대상화시키며 부자의 슬픔과 젊은이들의 분노를 묘사한다. 그리고 소설은 "서울과 시골에는 점점 더― 큰XX이 일어났다. 아침에 호외가 나는가 하면 밤중에는 호외는 또 돌았다"라며 아들의 죽음에 대한 노인과 친구들의 감정이 사회적 실천으로 이어졌음을 암시하며 끝나게 된다. 「그 뒤의 박승호」(『신계단』, 1933.7)는 이기영의 「박승호」(『신계단』, 1933.1)에 공명하여 시골 마을에 남게 된 박승호의 이야기를 하고 있다. 「박승호」가 지식인 주체가 농민대중 속으로 들어가는 과정에서 겪는 의식의 전환을 주제로 한다면, 「그 뒤의 박승호」는 '동양척식주식회사'가 농촌 마을을 통제하기 위해 세운 '진흥회'에 거리를 두며 마을 사람들이 근검저축계를 설립하는 과정을 그리고 있다. 이 과정에서 박승호는 계의 설립에서 한 발 물러나 있다. 이보다 앞서 송영은 「오전 9시」(『신계단』, 1933.1)에서는 소작쟁의가 검거 사건으로 무너진 뒤, 다시 조합을 결성하는 마을 사람들의 모습을 묘사한 바 있다. 이 작품에서는 지식인 주

인공이 아예 등장하지 않는다. 또한 러시아에 운동을 하러 간 남편을 기다리며 백화점에서 식모일을 하고 있는 영순(「눈썹달」, 『청년조선』, 1934.1)을 통해 백화점 내부의 모습을 그려내기도 한다.

이처럼 1930년대 초반 송영 소설은 주의자 남성이 부재하거나 후면으로 물러 난 가운데 생활의 다양한 현장을 그려낸다. 1930년대 초반 공장이라는 협소한 배경에서 창작된 일련의 노동소설과 비교할 때 생활에 육박하는 송영 소설이 갖는 의미는 분명하다. 혁명을 꿈꾼다는 것은 대의를 위해 나의 일상을 포기하는 것이 아니다. 오히려 혁명은 삶 속에서 내가 느끼는 슬픔과 분노를 표현하며 자본주의 사회체제에 길들여져 있는 신체의 작동방식을 변형시키는 것이다. 이것은 대의를 위해 포기해야 하는 사적인 것이 아니라 그 자체로 공적인(정치적)인 행위이다.

물론 당대의 프로문인들 심지어 송영 자신도 정념의 문제가 국가 자본주의의 폭력에 대응할 수 있는 원천일 수 있음을 명료화하지는 못했다. 그러나 지금까지 살펴보았듯, 송영의 경우 1920년대 초반의 일본 생활과 이어진 소설 작품을 통해 사회주의를 생활의 현장에서 인간이 느끼는 정념과 주체의 문제로 제기하였다. 이는 단순히 송영 소설만이 아니라 다른 프로소설들에게서도 공통적으로 발견되는 현상이기도 하다.[49] 송영은 프로작가들 중에서 가장 극단의 정념을 노출시킨 작가

---

49 권명아는 이기영의 「서화」(『조선일보』, 1933.6)와 이를 둘러 싼 논쟁을 다루며 "「서화」를 통해 비평이라는 이성의 언어, 비판의 언어, 또는 카프 비평이라는 사회주의적 주체 이론 앞에 던져진 문제, 그것이 바로 '부적절한 정념 / 열정'의 외관을 취하고 있는 어떤 정동의 문제라는 것이다."(권명아, 『음란과 혁명』, 책세상, 2013, 64면)라며 정념의 문제가 프로문학가들의 내면에 자리 잡고 있음을 주장한 바 있다.

였다. 극작가이자 소설가, 그리고 현장의 문화운동가로서 송영의 활동 궤적은 다른 프로작가들과 구분되며, 특히 1925년 카프 창립부터 조직 활동을 시작했지만 제3전선파, 무산자파 등에 밀려 그의 문학은 제대로 된 평가를 받기 어려웠다. 그도 그럴 것이 정념의 서사로서 송영 소설은 당대 카프 노선의 이념과는 적지 않은 거리가 있기 때문이다. 여기서는 송영의 동경 생활을 통한 사회주의 학습과 이해의 방식이 소설 텍스트에 깊게 자리하고 있음을 중점적으로 제기하며, 프로문학에 나타난 감정의 문제가 정치적 의제와 어떻게 결부되는지를 구획하고자 했다.

프로작가들이 구체적으로 발화하지 않았고, 오히려 부정적 태도를 취했던 정념의 의미를 간취하는 작업은 보다 많은 작가들로 확대될 필요가 있다. 이 작업은 사회주의 다시 읽기의 결과일 수 있지만, 한편으로는 조직운동론 아래 공론화되기 어려웠던 프로문인들의 (무)의식을 적극적으로 간취하고 이론화시키는 작업이다. 서론에서도 언급한 바, 1980년대 프로문학연구가 프로문학을 1920~30년대 사회주의 조직운동과 대응시키며 이루어졌다면, 최근의 프로문학연구는 그러한 역사성을 소홀히 하고 프로소설을 중심으로 주인공 정념의 상태를 징후적으로만 읽어냈다. 따라서 앞으로의 프로문학연구는 1920~30년대 사회주의 문화 담론의 구조 속에서 프로문학에 나타난 정념의 문제를 질문해야 한다. 다시 말해 프로문학에 나타난 본성, 사랑, 폭력의 문제가 당대의 사회주의 문화 담론의 지형도 속에서 어떠한 기능과 역할을 수행했는지를 작가별로 다루어 볼 필요가 있다는 것이다. 이것이 사회주의 문화정치학으로서 프로문학의 구체성을 확보할 수 있는 길이기 때문이다.

제3부
신경향파 문학과 공통감각

신경향파 문학과 1920년대의 공통감각
하정일 약력

신경향파 문학과 1920년대의 공통감각

하정일

신경향파 문학과 민족주의의 관계는 복합적이다. 김기진과 박영희가 부르주아 문학의 대안으로 신경향파 문학을 제안했지만, 민족 문제를 바라보는 기본 관점은 부르주아 민족주의와 공유하고 있는 부분이 적지 않다.

> 물론 조선의 부르조아나 프롤레타리아는 다 함께 피학대 계급인 것은 분명한 사실이지만, 그래도 부르조아를 옹호하는 자유와 프롤레타리아 계급적 자유는 가려볼 여지가 있는 것이다.
>
> —「클라르테운동의 세계화」, 1923

"조선의 부르조아나 프롤레타리아는 다 함께 피학대 계급"이라는 김기진의 진술은 "부르조아를 옹호하는 자유와 프롤레타리아의 계급적

자유는 가려볼 여지가 있"다는 유보에도 불구하고 조선민족 전체를 동
질적 공동체로 여기는 민족주의적 관점을 여전히 잇고 있다. 조선 대
일본의 대립구도가 일종의 최종심급으로 작용하고 있는 것이다. 박영
희 역시 비슷하다.

> 조선은 정치적으로 파멸을 당한 지도 오램으로 민족적으로 궁경(窮境)에 있
> 는지가 오래가 되었다. 그것과 한가지로 제일 중요한 문제는 우리는 경제적으
> 로 파산을 당하고 사지(死地)에 미로(迷路)하는 것이 사실이다. 얼른 말하면 백
> 의(白衣)의 무산자와 그 계급에 있는 민중의 생활은 현금 우리가 각각 당하고
> 있는 명확한 사실이다.
>
> —「고민문학의 필연성」, 1925

> 더 세밀히 말하면 조선은 정치적으로 혹은 경제적 민족적으로 침륜한 것이
> 흡사히 칠야에 심연을 향하고 가는 맹인과도 같다. 더욱이 무산화하는 조선민
> 족에게는 이중삼중으로 고압과 파멸이 내리누르는 것을 우리는 날마다 분격과
> 통탄으로써만 그날그날을 보내지 않는가.
>
> —「신흥예술운동의 초기」, 1926

위 인용문을 살펴보면, 조선-민족-백의의 무산자-민중이 미분화된
채 뒤섞여 있다. 그래서 백의의 무산자가 민족에도 걸리고 민중에도
걸린다. 정치적 파멸-민족적 궁경-경제적 파산도 마찬가지다. 이것들
은 식민지 조선을 가리키는 말인 동시에 민중 현실을 뜻하는 용어이기
도 하다. 「신흥예술운동의 초기」에서는 보다 분명하게 조선민족을 무

산자로 규정하고 있기도 하다. 말하자면 박영희는 무산자를 어떤 때에
는 계급적 규정으로, 다른 때에는 민족의 메타포로 혼용하고 있는 셈
이다. 나는 이전에는 이를 김기진과 박영희에게 민족과 계급이 미분화
된 착종상태에 놓여 있는 것으로 해석했다. 요컨대 김기진과 박영희의
신경향파 문학론이 부르주아 민족주의의 극복을 주장하면서도 무의
식적으로는 민족주의에 여전히 긴박된 과도기적 단계에 머물러 있다
고 이해한 것이다.

하지만 이들은 무의식적으로 민족주의에 긴박되어 있었던 것이 아
니다. 이들과 민족주의의 관계는 대단히 의식적이고 전략적인 것이었
다. 1차 방향전환이 민족단일당(신간회) 운동과 긴밀히 연관되어 있다
는 사실은 이 점을 잘 보여준다. 박영희는 신간회의 간부이기도 했다.
박영희가 주도한 1차 방향전환은 민족단일당 운동에 초점이 맞추어져
있었다. 이는 박영희가 민족주의와 맺고 있는 관계가 대단히 복합적임
을 말해준다. 1차 방향전환론이 강조한 '경제투쟁에서 정치투쟁으로
의 전환'에서 정치투쟁이란 한마디로 민족해방운동을 가리키는 말이
다. 박영희는 "우리 무산계급문학의 방향전환은 실로 이 소부르조아적,
보수적, 처세술적 문학을 지양하고, 역사적 필연적 과정인 민족××(해
방)문학운동을 전개시키지 않으면 아니 된다"(문예운동의 목적의식론, 1927)
고 주장했다. 프롤레타리아의 계급적 이익을 위한 경제투쟁에서 민족
해방운동이라는 정치투쟁으로 전환해야 한다는 것이 1차 방향전환론
의 골자였던 셈이다. 1차 방향전환의 근간이 된 「무산계급 예술운동에
대한 논강」이 '조선의 민족단일당'에 '총역량을 집중시키자'고 주장한
것도 그러한 맥락에서였다.

카프 경성본부와 동경지부의 갈등 역시 이 문제와 직결되어 있다. 제 3전선파의 이북만은 '조선의 특수성' 때문에 "약소민족의 계급성에 입각한 전(全)민족적 단일당을 조직하지 않으면 안 될 필연성"이 있음을 인정하면서도, 신간회가 "조선 무산계급운동의 한 과정이요 매개체에 불과"하다고 규정하면서 프로문학운동이 "대중을 전(全)무산 계급적 정치투쟁에까지 동원하는 매개체"가 되어야 한다고 주장한다. 요컨대 '민족단일당'이라는 논리에 매몰돼 프로문학운동의 독자성을 상실해서는 안 된다는 것이다. 이북만의 주장은 박영희의 방향전환론에 대한 우회적인 비판이라 할 수 있다. 그런 점에서 카프 경성본부와 동경지부의 갈등은 변형된 형태의 민족주의와 마르크스주의의 갈등으로 해석할 수 있다. 박영희와 비슷한 사유는 신채호에게서도 찾아볼 수 있다.

> 유산계급의 조선인이 일본인과 같다 함은 우리도 승인하는 바이거니와, 무산계급의 일본인을 조선인으로 본다 함은 몰상식한 언론인가 하니, 일본인이 아무리 무산자일지라도 그래도 그 뒤에 일본제국이 있어 위험이 있을까 보호하며, 재해에 걸리면 보조하며, 자녀가 나면 교육으로 지식을 주도록 하여, 조선의 유산자보다 호강한 생활을 누릴 뿐더러, 하물며 조선에 이식한 자는 조선인의 생활을 위혁(威嚇)하는 식민의 선봉이니, 무산자의 일인을 환영함이 곧 식민의 선봉을 환영함이 아니냐.

— 「낭객의 신년만필」, 1925

인용문에서 신채호는 "무산계급의 일본인을 조선인으로 본다 함은 몰상식한 언론"이라고 비판하는데, 이는 식민국의 무산계급과 피식민국의 무산계급은 조건과 처지가 다르다는 의미를 담고 있다. 문제는 일본의 무산계급이 "조선의 유산자보다 호강한 생활을 누"린다는 주장이다. 일본의 무산자가 조선의 유산자보다 호강한 생활을 누린다는 판단은 아나키즘과 거리가 멀다. 따라서 신채호가 이러한 주장을 한 것은 그가 민족 대 민족이라는 관점에서 민중을 바라보고 있기 때문이라 할 수 있다. 「낭객의 신년만필」을 발표한 1925년은 신채호가 아나키즘으로 전회한 때이다. 그럼에도 신채호는 "무산자의 일인을 환영함이 식민의 선봉을 환영"하는 것이라고 말하고 있는 것이다. 이는 신채호에게 아나키즘보다 민족주의가 선차적으로 작용하고 있음을 암시한다. 그렇게 보면, 후기 신채호의 사유를 규율하고 있는 최종심급은 여전히 민족주의인 것으로 보인다. 그런 점에서 신채호와 박영희는 일맥상통한다.

이처럼 신경향파 문학론은 민족주의와 밀접한 친연성을 지니고 있다. 민족주의는 신경향파 문학론의 중요한 사상적 원천이라 할 수 있다. 신경향파 문학론이 부르주아 민족주의와 다른 점은 아래로부터의 민족을 구상했다는 사실이다. 부르주아 민족주의가 부르주아를 중심으로 한 위로부터의 민족을 꾀한 데 비해 신경향파 문학론은 민중이 중심이 된 아래로부터의 민족을 기획했다(최서해의 문학 역시 그러하다). 그런 점에서 신경향파 문학론은 민족주의의 급진화의 결과라 할 수 있다. 다시 말해, 신채호가 그렇듯이, 신경향파 문학론 역시 민족주의라는 한 뿌리에서 나온 두 가지 — 부르주아 민족주의와 신경향파 문학론 — 인 셈이다.

신경향파 문학과 부르주아 문학이 공유하고 있는 것은 민족주의뿐만이 아니다. 가령 염상섭의 「개성과 예술」(1922)을 보자.

① 예술미는, 작자의 개성, 다시 말하면, 작자의 독이적(獨異的) 생명을 통하여 투시한 창조적 직관의 세계요, 그것을 투영한 것이 예술적 표현이라 하겠다. 그러하므로 개성의 표현, 개성의 활약에 미적 가치가 있다 할 수 있고, 동시에 예술은 생명의 유로(流露)요, 생명의 활약이라 할 수 있는 것이다.

② (자연주의는) 현실폭로의 비애, 환멸의 애수, 또는 인생의 암흑 추악한 일반면으로 여실히 묘사함으로써, 인생의 진상은 이러하다는 것을 표현하기 위하여, 이상주의 혹은 낭만파문학에 대한 반동적으로 일어난 수단에 불과하다.

①에서 염상섭은 예술을 '생명의 유로'라고 규정하고 있다. 생명은 일본 낭만주의의 핵심 개념이다. ②는 자연주의에 대한 설명인데, 염상섭은 그것을 '현실폭로의 비애, 환멸의 애수, 인생의 암흑 추악한 일반면의 묘사'로 요약하고 있다. 이 역시 일본 자연주의의 독특한 용법이다. 일본에서 낭만주의와 자연주의가 한 세트를 이루고 있었던 것처럼 염상섭 역시 낭만주의와 자연주의를 뒤섞어 문학예술을 설명하고 있다. 염상섭에게 자연주의는 낭만주의의 최종적 귀결점으로 자리하고 있는 것으로 보인다. 흥미로운 것은 김기진이 생각하는 문학예술 역시 염상섭과 비슷하다는 점이다.

생의 본연한 요구의 문학— 이것이 필요하다. 생명이 있는 문학이 필요하다.
— 「프로므나드 상티망탈」, 1923

전인류의 영성을 해방시키고자 하는 생명의 철학을 붙잡고자 하는 인생에 대
한 감격을 가지고서 나아가는 전 프롤레타리아운동과 목적을 위해서

— 「지배계급 교화, 피지배계급 교화」, 1924

문학을 하고자 하는 사람 중에 현실의 비애를 느끼지 아니하는 사람이 없을
것은 사실이다. (혹 현실폭로의 비애를 느끼지 못하는 사람이 있거든 또는 그
현실 폭로의 비애를 현실 혁명에까지 끌고나가지 못하는 사람이 있거든 목이라
도 매고서 죽어버리는 게 좋겠다.)

— 「클라르테운동의 세계화」, 1923

김기진은 곳곳에서 생, 생명, 생의 본연의 요구 같은 용어들을 사용
하고 있다. 김기진에게 문학이란 생명의 표현이다. 그런 점에서 이 용
어들은 김기진에게 본질적 의미를 갖고 있는 것으로 보인다. 따라서
김기진은 염상섭과 낭만주의적 문학관을 공유하고 있는 셈이다. 신경
향파 문학이 낭만주의적 문학관을 기반으로 한다는 사실은 부르주아
계몽주의에 대한 반발로 등장한 1920년대 문학이 다양한 분파에도 불
구하고 낭만주의를 자신들의 문학적 원천으로 공유하고 있음을 말해
준다. 이는 박영희의 낭만적 경향과 구별해 임화가 사실적 경향의 신
경향파 문학으로 평한 최서해의 경우도 예외가 아니다. 「탈출기」에서
주인공은 가족을 떠나 독립운동에 투신하면서 다음과 같이 말한다.

나는 이것을 인간의 **생의 충동이며 확충**이라고 본다. 나는 여기서 무상의 법열
을 느끼려고 한다. 아니 벌써부터 느껴진다. 이 사상이 나로 하여금 집을 탈출

케 하였으며, ××단에 가입케 하였으며, 비바람 밤낮을 헤아리지 않고 벼랑 끝
보다 더 험한 선에 서게 한 것이다.

'생의 충동이자 확충'이라는 표현은 주인공이 자신의 저항행위를 낭
만주의적으로 이해하고 있음을 보여준다. 최서해가 이러한 낭만주의적
인 표현을 스스럼없이 사용하고 있다는 것은 당시의 작가들에게 낭만주
의적 멘탈리티가 자연스럽게 공유되고 있었음을 말해주는 것 아닐까.
(김기진은 처음에는 생명과 생활을 병용하다가 뒤로 가면서 생활이라는 용어를 사용
한다. 생명에서 생활로의 변화는 낭만주의에서 리얼리즘으로의 변화와 조응한다고
할 수 있을 것이다. 하지만, 따지고 보면 생명이나 생활이나 모두 life의 번역어이다.)
「클라르테운동의 세계화」에서 김기진은 현실폭로의 비애를 느끼지
못하는 사람은 목을 매고 죽어버리는 게 좋다는 표현을 쓰고 있다. 현
실폭로의 비애는 자연주의의 슬로건이다. 그런 점에서 이 구절은 자연
주의에 대한 김기진의 믿음을 보여준다고 해석해도 무리가 없을 것이
다. 20년대 작가들이 낭만주의적 멘탈리티를 공유하고 있는 것처럼 자
연주의에 대해서도 일종의 공통감각이 존재하고 있음을 확인할 수 있
다. 한국과 일본의 근대문학에서 자연주의가 낭만주의의 연장선상에
있음을 감안하면 이는 자연스러운 일이라고도 할 수 있겠다.

1920년대 문학은 계몽주의에 대한 불신에서 출발했다. 낭만주의와
자연주의는 그로부터 나온 대안이었던 것인데, 그런 맥락에서 부르주
아 문학이든 신경향파 문학이든 낭만주의와 자연주의는 그들의 문학
적 원천으로 작용하고 있었던 셈이다. 물론 김기진은 생명의 철학을
프롤레타리아문학과 연결시키고 있고, 현실폭로의 비애를 현실 변혁

으로 진전시키고 있다. 이 점이 신경향파 문학의 독자적 특질이라고
할 수 있고, 이 지점에서부터 분화가 시작된다. 하지만 그럼에도 불구
하고 1920년대 문학의 출발점은 동일하다. 낭만주의와 자연주의가 그
러하고 민족주의 또한 마찬가지다. 그런 점에서 신경향파 문학은 낭만
주의·자연주의·민족주의를 급진화시킨 문학으로 보는 것이 적절하
지 않을까. 마르크스주의와의 만남 또한 낭만주의·자연주의·민족
주의가 급진화되는 과정에서 이루어진 내발적인 귀결 아닐까.

　지금까지 우리는 신경향파 문학을 다른 분파들과의 차이를 중심으
로 이해해왔다. 신경향파 문학을 프로문학운동과의 연관 속에서 설명
해온 것도 그래서이다. 하지만 신경향파 문학의 주요 구성원들은 프로
문학운동의 과정에서 대부분 탈락한다. 이는 어쩌면 신경향파 문학과
프로문학이 공통감각의 차원에서 서로 이질적이었기 때문일지도 모
른다. 오히려 공통감각의 차원에서 보면, 유미주의, 낭만주의, 자연주
의, 신경향파 문학 등 1920년대 문학의 주요 분파들은 동질적이다. 낭
만주의, 자연주의, 민족주의를 공유하고 있다는 점에서 그러하다. 낭
만주의, 자연주의, 민족주의는 그들에게 이론이나 이념 이전에 감성
혹은 정서로 내면화되어 있었다. 지금까지 신경향파 문학에 대한 연구
는 주로 이론과 이념의 문제를 중심으로 이루어져 왔다. 신경향파 문
학을 소부르주아문학에서 프로문학으로 넘어가는 과도기적 문학으로
설명한 것도 그래서이다. 하지만 공통감각의 측면에서 보면 신경향파
문학은 프로문학과 다른 독자성을 지니고 있다. 나는 신경향파 문학의
독자성이 낭만주의, 자연주의, 민족주의의 급진화 아닐까 생각한다.
신경향파 문학에 대한 새로운 접근이 필요한 것은 그런 연유에서이다.

하정일(河晸日) 연보

1959.12.10.	서울시 성북구 정릉동 출생
1978.3.	연세대학교 국어국문학과 입학
1982.1. ~ 1984.2.	군 복무(육군 병장 전역)
1985.3.	연세대 국어국문학과 석사과정 입학
1987.2.	연세대 문학석사 취득(논문명 「1950년대 단편소설 연구」)
1987.3.	연세대 국어국문학과 박사과정 입학
1990.4.	민족문학사연구소 창립 발기인
1992.8.	연세대학교 박사학위 취득(논문명 「해방기 민족문학론 연구」)
1993.12.	『민족문학의 이념과 방법』(태학사) 출간
12.	『한국근대민족문학사』(한길사) 공저
1995.3. ~ 1996.12.	민족문학사학회 연구실장
5.	한국근대문학회 창립 발기인
1997.3.	원광대학교 국어국문학과 전임강사
1997.3.	민족문학사학회 편집위원장
2000.4.	『20세기 한국문학과 근대성의 변증법』(소명출판) 출간
2002.3.	한국근대문학회 편집위원장
2002.4.	『분단 자본주의 시대의 민족문학사론』(소명출판) 출간
2005.5.	『최서해 선집－홍염』(범우사) 편저
2006.3.	민족문학사학회 기획위원장
6.	『분단 자본주의 시대의 민족문학사론』(소명출판) 출간
2008.2.	『탈식민의 미학』(소명출판) 출간
3.	민족문학사학회 집행위원장
2009.1.	원광대학교 대안문화연구소 초대 소장

5.	『새 민족문학사강좌』(창비) (공저)
5.	『임화문학예술전집』(소명출판) (공동 편저)
2011.1.	『하근찬 선집』(현대문학) 편저
3.	민족문학사학회 대표
2012.7.	『탈식민의 미학 2−탈근대주의를 넘어서』(역락) 출간
2015.5.23.	대전시 정림동 자택에서 별세

· 논문

「해방직후 문예전통론의 변모양상」,『외대』, 1988.

「전후 단편소설의 세계관적 구조와 장르적 특성」,『현대문학의 연구』, 1989.

「카프문학과 민족해방운동」,『역사비평』, 1989.

「남한 문학운동의 이념」,『현대문학의 연구』, 1989.

「30년대 휴머니즘논쟁과 민족문학의 구도」,『30년대 민족문학의 인식』, 한길사, 1990.

「『고향』과 농민소설의 방향」,『연세어문학』, 1990.

「1930년대 후기 문예이론」,『한국근현대문학연구입문』, 한길사, 1990.

「『태백산맥』과 '빨치산문학'」,『원우론집』, 1990.

「『태백산맥』론,『문학과논리』」, 태학사, 1990.

「소설사 연구방법론에 대한 문제제기적 검토」,『민족문학사연구』, 1991 상반기.

「자유주의문학론의 이념과 방법」,『실천문학』, 1991 여름.

「1930년대 후반 사회주의 리얼리즘론의 발전과 반파시즘 인민전선」,『창작과비평』, 1991 봄.

「성장의 의미와 현실인식」,『성장소설선』, 웅진, 1991.

「80년대 국문학 연구의 현황과 90년대의 새로운 모색」,『문학과사회』, 1993 봄.

「90년대 소설의 경향과 서사성의 문제」,『노둣돌』, 1993 봄.

「민족문학의 이념과 방법」,『민족문학사연구』, 1993 하반기.

「프리체의 리얼리즘관과 30년대 후반의 리얼리즘론」,『현대문학의연구』, 평민사, 1993.

「곽종원−극에서 극으로 변신을 거듭한 '청문협'의 맹장」,『청산하지 못한 역사』, 청년사, 1994.

「근대성과 민족문학」, 『실천문학』, 1994 여름.

「한국 근현대문학사 연구의 반성과 전망」, 『창작과비평』, 1994 겨울.

「해방직후의 민족문학론과 근대관(공)」, 『민족문학사연구』, 1995 하반기.

「90년대 한국문학의 지형과 민족문학의 새로운 가능성」, 『실천문학』, 1995 겨울.

「후기 자본주의와 근대소설의 운명」, 『현상과인식』, 1995 봄.

「해방 50주년과 민족문학」, 『민족문학사연구』, 1995.

「남북한 현대문학비평사(공)」, 『성곡논총』, 1995.

「민중의 발견과 민족문학의 새로운 도약」, 『민족문학사강좌』 하권, 창작과비평
　　　　사, 1995.

「30년대 후반 문학비평의 변모와 근대성」, 『민족문학과 근대성』, 문학과지성사, 1995.

「'천변'의 유토피아와 근대 비판」, 『한국근대문학연구』, 태학사, 1996.

「계몽의 정신과 자기확인의 서사」, 『근대문학과 구인회』, 깊은샘, 1996.

「시민문학론에서 근대극복론까지」, 『한국문학평론』, 1997 여름.

「파시즘의 신화, 단선적 근대관의 역설」, 『실천문학』, 1997 가을.

「한국전쟁의 시공간성과 1960년대 소설의 새로움」, 『한국언어문학』, 1997.

「근대성의 변증법과 주체화의 미학」, 『우리 시대의 소설, 우리 시대의 작가』, 웅
　　　　진, 1997.

「30년대 후반 비평사 연구의 몇 가지 문제점」, 『현대문학이론연구』, 1997.

「리얼리즘의 가능성」, 『민족문학사연구』, 1998 하반기.

「보편주의의 극복과 '복수(複數)의 근대'」, 『염상섭문학의 재인식』, 깊은샘, 1998.

「김수영, 근대성 그리고 민족문학」, 『실천문학』, 1998 여름.

「사실 논쟁과 30년대 후반 문학의 성격」, 『작가연구』, 1998 하반기.

「주체성의 복원과 성찰의 서사」, 『1960년대 문학연구』, 깊은샘, 1998.

「탈식민주의 시대의 민족문제와 20세기 한국문학」, 『실천문학』, 1999 여름.

「채만식문학과 사회주의」, 『채만식문학의 재인식』, 소명출판, 1999.

「20세기 한국문학과 근대성」, 『문학사상』, 1999.8.

「눈물 없는 비관주의를 넘어서」, 『창작과비평』, 1999 겨울.

「대안적 근대를 향한 조심스러운 탐험」, 『마술의 손』, 살림, 1999.

「민족문학론의 쟁점」, 『20세기 한국문학의 반성과 쟁점』, 소명출판, 1999.

「전후 소설의 성격과 이범선 문학」, 『한국문학연구』, 1999.

「복수의 근대와 민족문학」, 『민족문학사연구』, 2000.

「1930년대 후반 한설야 문학과 자기 성찰의 깊이」, 『한설야 문학의 재인식』, 소명출판, 2000.

「해방기 남북한 소설과 근대성」, 『한국언어문학』, 2000.

「저항의 서사와 대안적 근대의 모색-산업화 시대의 민족문학」, 『1970년대 문학연구』, 소명출판, 2000.

「한국문학과 근대」, 『한국문학의 이해』, 소명출판, 2000.

「프로문학과 식민주의」, 『한국근대문학연구』, 2002.

「한국 문학비평 50년-이식을 넘어 탈식민으로」, 『국어 국문학회 50년』, 태학사, 2002.

「30년대 후반 문학비평과 "이식" 논의」, 『한민족어문학』, 2003.

「한국 근대문학 연구와 탈식민」, 『민족문학사연구』, 2003.

「전쟁세대의 자화상」, 『손창섭 : 모멸과 연민의 이중주』, 새미, 2003.

「탈민족 담론과 새로운 본질주의」, 『민족문학사연구』, 2004.

「이식, 근대, 탈식민」, 『임화문학의 재인식』, 소명출판, 2004.

「1930년대 후반 이태준 문학과 내부 식민주의 성찰」, 『배달말』, 2004.

「월북 이후 이태준 문학활동과 「먼지」의 문제성」, 『이태준 문학의 재인식』, 소명출판, 2004.

「친일의 기준을 어떻게 잡을 것인가」, 『이태준 문학의 재인식』, 소명출판, 2004.

「민족과 계급의 변증법」, 『한국근대문학연구』, 2005.

「일제 말기 임화의 생산문학론과 근대극복론」, 『민족문학사연구』, 2006.

「민족문학, 국민문학, 민족주의문학」, 『역사용어 바로쓰기』, 역사비평사, 2006.

「강경애 문학의 탈식민성과 프로문학」, 『강경애, 시대와 문학』, 랜덤하우스코리아, 2006.

「탈식민의 역학」, 『탈식민의 역학』, 소명출판, 2006.

「한국근대문학의 위기에 대한 몇 가지 단상」, 『오늘의 문예비평』, 2007.

「탈근대 담론-해체 혹은 폐허」, 『민족문학사연구』, 2007.

「『해방전후사의 재인식』의 민족과 민족주의」, 『창작과 비평』, 2007.

「급진적 근대기획과 예술의 정치화」, 『근대계몽기 문학의 재인식』, 소명출판, 2007.

「'신체제'성립 이후의 한국근대문학 연구방법론 고찰」, 『한국현대문학연구』, 2008.

「소통의 부재 혹은 민중 동원의 수단으로서의 소통」, 『인문연구』, 2008.
「반미의 세 층위」, 『민족문학사연구』, 2008.
「일제말기 임화의 문학비평과 이중과제론」, 『한국근대문학연구』, 2009.
「학문의 식민성과 기원의 은폐」, 『오늘의 문예비평』, 2009.
「자율적 개인과 부르주아 결사로서의 민족」, 『이광수 문학의 재인식』, 소명출
　　판, 2009.
「근대의 위기와 한국문학의 새로운 대응」, 『새 민족문학사 강좌』, 창작과 비평
　　사, 2009.
「순수 문학 논쟁을 다시 읽는다」, 『전환기, 근대 문학의 모험』, 민음사, 2009.
「마르크스로의 귀환」, 『임화문학연구』, 소명출판, 2009.
「'문학'교육과 문학'교육'―7차 및 개정 문학교육과정을 중심으로」, 『문학의 교
　　육, 문학을 통한 교육』, 문학과지성사, 2009.
「탈근대주의와 과잉 식민성 혹은 신실증주의」, 『황해문화』, 2010.
「프로문학의 탈식민 기획과 근대극복론」, 『한국근대문학연구』, 2010.
「임화의 민족문학론과 언어론」, 『한국근대문학연구』, 2011.
「한일병합 100년, 한국문학의 식민성과 탈식민성」, 『민족문학사연구』, 2011.
「민족문학론의 현재성과 새로움」, 『창작과 비평』, 2011.
「지역, 내부 디아스포라, 사회주의적 상상력」, 『민족문학사연구』, 2011.
「일제 말기 임화의 문화산업론과 대중문화론」, 『한국학연구』, 2012.
「제3세계 민중의 시각과 민족주의의 내적 극복」, 『민족문학론에서 동아시아론
　　까지』, 창작과비평사, 2015.

· 저서

『민족문학의 이념과 방법』, 태학사, 1993.
『20세기 한국문학과 근대성의 변증법』, 소명출판, 2000.
『분단 자본주의 시대의 민족문학사론』, 소명출판, 2002.
『탈식민의 미학』, 소명출판, 2008.
『탈근대주의를 넘어서―탈식민의 미학 2』, 역락, 2012.

· 편서

하정일 외 3명 편,『한국근대민족문학사』, 한길사, 1993.

하정일 편,『식민지시대 노동소설선』, 민족과문학, 1988.

하정일 편,『홍염(외) / 최서해 저』, 범우, 2005.

하정일 외 4명 편,『임화예술전집』, 소명출판, 2009.

하정일 편,『하근찬 선집』, 현대문학, 2011.

새 천 년이 시작된 지도 벌써 몇 해가 지났다. 식민지와 분단국가로 지낸 20세기 한국 역사의 와중에서 근대 민족국가 수립과 민족 문화 정립에 애써온 우리 한국학계는 세계사 속의 근대 한국을 학술적으로 미처 정리하지 못한 채 세계화와 지방화라는 또 다른 과제를 안게 되었다. 국가보다 개인, 지방, 동아시아가 새로운 한국학의 주요 대상이 된 작금의 현실에서 우리가 겪어온 근대성을 다시 한번 정리하고 21세기에 맞는 새로운 모습으로 탈바꿈시키는 것은 어느 과제보다 앞서 우리 학계가 정리해야 할 숙제이다. 20세기 초 전근대 한국학을 재구성하지 못한 채 맞은 지난 세기 조선학·한국학이 겪은 어려움을 상기해 보면, 새로운 세기를 맞아 한국 역사의 근대성을 정리하는 일의 시급성은 아무리 강조해도 지나치지 않다.

우리 근대한국학연구소는 오랜 전통이 있는 연세대학교 조선학·한국학 연구 전통을 원주에서 창조적으로 계승하고자 하는 목표에서 설립되었다. 1928년 위당·동암·용재가 조선 유학과 마르크스주의, 그리고 서학이라는 상이한 학문적 기반에도 불구하고 조선학·한국학 정립을 목표로 힘을 합친 전통은 매우 중요한 경험이었다. 이에 외솔과 한결이 힘을 더함으로써 그 내포가 풍부해졌음은 두말할 나위가 없다. 연세대학교 원주캠퍼스에서 20년의 역사를 지닌 매지학술연구소를 모체로 삼아, 여러 학자들이 힘을 합쳐 근대한국학연구소를 탄생시킨 것은 이러한 선배학자들의 노력을 교훈으로 삼은 것이다.

이에 우리 연구소는 한국의 근대성을 밝히는 것을 주 과제로 삼고자 한다. 문학 부문에서는 개항을 전후로 한 근대 계몽기 문학의 특성을 밝히는 데 주력할 것이다. 역사 부문에서는 새로운 사회경제사를 재확립하고 지역학 활성화를 위한 원주학 연구에 경진할 것이다. 철학 부문에서는 근대 학문의 체계화를 이끌고 사회과학 분야에서는 학제 간 연구를 활성화시키며 근대성 연구에 역량을 축적해 온 국내외 학자들과 학술 교류를 추진할 것이다. 이러한 연구들은 일방성보다는 상호 이해와 소통을 중시하는 통합적인 결과물의 산출로 이어질 것이다.

근대한국학총서는 이런 연구 결과물을 집약적으로 정리하기 위해 마련한 총서이다. 여러 한국학 연구 분야 가운데 우리 연구소가 맡아야 할 특성화된 분야의 기초자료를 수집·출판하고 연구성과를 기획·발간할 수 있다면, 우리 시대 연구자들뿐만 아니라 학문 후속세대들에게도 편리함과 유용함을 줄 수 있을 것이다. 새롭게 시작한 근대한국학총서가 맡은 바 역할을 충분히 할 수 있도록 주변의 관심과 협조를 기대하는 바이다.

2003년 12월 3일
연세대학교 원주캠퍼스 근대한국학연구소